宁夏大学民族学一流学科建设经费资助出版（NXYLXK2017A02）

宁夏回族自治区文化名家郎伟工作室阶段性成果

宁夏社会科学院博士科研启动项目阶段性成果

宁夏大学民族学优秀博士学位论文

新时期以来的宁夏文学批评研究
（1978—2018）

许　峰　著

中国社会科学出版社

图书在版编目(CIP)数据

新时期以来的宁夏文学批评研究:1978—2018/许峰著.—北京:中国社会科学出版社,2023.10
ISBN 978-7-5227-2487-4

Ⅰ.①新… Ⅱ.①许… Ⅲ.①中国文学—当代文学—文学评论—研究 Ⅳ.①I206.7

中国国家版本馆CIP数据核字(2023)第155215号

出 版 人	赵剑英
责任编辑	王小溪　顾世宝
责任校对	师敏革
责任印制	戴　宽

出　　版	中国社会科学出版社
社　　址	北京鼓楼西大街甲158号
邮　　编	100720
网　　址	http://www.csspw.cn
发 行 部	010-84083685
门 市 部	010-84029450
经　　销	新华书店及其他书店
印　　刷	北京君升印刷有限公司
装　　订	廊坊市广阳区广增装订厂
版　　次	2023年10月第1版
印　　次	2023年10月第1次印刷
开　　本	710×1000　1/16
印　　张	16
插　　页	2
字　　数	247千字
定　　价	89.00元

凡购买中国社会科学出版社图书,如有质量问题请与本社营销中心联系调换
电话:010-84083683
版权所有　侵权必究

序

郎　伟

　　宁夏当代文学的高光时刻出现于东风骀荡、千帆竞发的新时期。此前一个历史时期（1958—1978），由于诸多因素的制约和限制，在宁夏，虽然出现了一些作家，他们也创作了许多作品，但在当代中国主流文坛，宁夏文学却几乎是"失声"的。宁夏文学在当代中国文坛的"放声歌唱"始于粉碎"四人帮"之后的社会主义新时期。当崭新的社会政治局面开启，当这个民族被压抑的追求理想和正义的激情终于得到释放，当文学又一次义无反顾地充当了民众心声的代言人，在这样的历史转折时刻，张贤亮以其饱经沧桑忧患之后的独特"歌喉"，征服了大江南北。张贤亮在创作上的崛起，不仅意味着新时期的中国文坛又增加了一位超重量级的作家，更为重要的意义在于，宁夏文学从此结束了在当代中国主流文坛长时间沉默失声的状态而成为令人瞩目的存在。事实上，从1978年至今的四十多年里，宁夏的文学创作成就，尤其是小说创作的业绩，在中国文学界是颇具知名度和美誉度的。张贤亮自然是激情澎湃的20世纪80年代的文学"弄潮儿"——他凭借中短篇小说《灵与肉》（1980）、《肖尔布拉克》（1983）、《绿化树》（1984）三获全国优秀中短篇小说奖；他的《河的子孙》《初吻》《男人的一半是女人》《习惯死亡》《普贤寺》等作品，几十年之后读来，依然让人心灵震撼。20世纪90年代中后期至今，"宁夏青年作家群"由崛起而走向创作繁盛，"三棵树"（陈继明、石舒清、金瓯）、"新三棵树"（漠月、季栋梁、张学东）声名远播。石舒清（《清水里的刀子》）、郭文斌（《吉祥如意》）、马金莲（《1987年的浆水和酸菜》）分别荣获第二届、第四届和第七届鲁迅文学奖短篇小说奖，石舒清、马宇桢、金瓯、了一容、李进祥、马金莲等人获得全国少数民族文学创作"骏马奖"（中短篇小说奖），马金莲和季栋梁以长篇小说《马兰花开》和《上庄记》获得"五个一工程"作品奖（第十三届精神文明建设"五个一工程"作品奖，2014），赵华获得全国优秀儿童文学奖（第十届，2017），石舒清、陈继明、漠月、季栋梁、李进祥、张学东、马金莲、马悦、阿舍等作家获得《人民文学》《十月》《小说选刊》《上海文学》《民族文学》等国内著名文学刊物的年度创作奖，石舒清等八位作家的中短篇小说荣登2000年以来的中国小说学会年度小说排行榜。

  可以看到，进入新时期以来的宁夏文学创作，特别是小说创作的成就，是相当辉煌的。宁夏文学由新时期早期的张贤亮唱出"报春第一声"到如今的歌声嘹亮、动人心扉，其发展和逐渐繁荣的原因是多方面的。宁夏各界，尤其是宁夏回族自治区党委和政府的积极扶持和热情推动是一个重要方面，宁夏文联和作协扎实有效的工作与作家自身的不懈努力也构成文学发展和繁荣的重要前提。还有一个重要的因素不能不被提及，那就是宁夏文学批评界的"摇旗呐喊"和数十年来的无私奉献。事实上，从20世纪70年代末张贤亮以"归来者"身份重新在文坛发声之时，宁夏文学批评界便及时给予了充分的肯定和鼓励。以后，张贤亮佳作频出、纸贵洛阳；"宁夏青年作家群"沉潜多年、一朝崛起；石舒清十年砥砺、宝剑出鞘；郭文斌超越苦难、发现诗意；马金莲奋力爬坡、遥望曙光；等等。四十多年来，宁夏文坛的每一次潮起潮落，宁夏作家的每一部打动人心的作品由偏远之地走向全国，背后都有着宁夏文学批评界人士辛勤劳作的身影，凝聚着他们的心血、汗水和智慧。在百废待举、新旧嬗变的历史时刻，他们以启蒙者的姿态和话语拨乱反正、廓清思想的迷雾，为宁夏文学的未来发展开辟前行之路；在艳阳高照、百花盛开的春天里，他们寻觅名花、探索珍奇，以发现和推出宁夏文学的精品杰作为至关重要的历史责任；在商业大潮激荡、消费主义和享乐主义哲学流行之时，他们激浊扬清、奋力抗争，努力捍卫人类社会永恒的精神价值尊严，既脚踩大地，也仰望星空。一句话，自新时期以来，宁夏文学批评界在建设清朗的文学生态环境、培养和挖掘优秀的创作人才、发现卓越的文学原创作品和推动宁夏文学由偏远的宁夏走向全国等方面，是立下了汗马功劳的。无视这一历史事实，当代宁夏文学的历史发展状况将会面目不清，有关的历史记录和文学叙述将会是残缺的、不完整的。

许峰2016年秋天再度进入宁夏大学人文学院攻读博士学位。入学不久，我们师徒俩便开始了他的博士学位论文选题方向的斟酌与碰撞。在我的记忆里，若干次思想碰撞和交流之后，似乎没有大费周章，许峰便确定了他的论文选题方向，他要做"新时期以来的宁夏文学批评研究（1978—2018）"这一题目。说实话，我当时心里多多少少有点不踏实。虽然，许峰跟随我攻读硕士研究生阶段，已经显现出超越同龄人的文学理论素养和学术探索精神，但做眼下的这个论题，困难也是显而易见的。首先是资料爬梳的不易。做这个题目，不仅要熟悉四十年来宁夏文学创作的基本流向和各阶段的重要作品，更要通过认真阅读原始刊物上的所有文学理论和文学批评文章，还原和熟悉文学创作与批评的历史现场，理性总结和归纳宁夏文学批评的历史脉络与思想文化追求。单就这一项工作，就要费去大量的时间与心血。其次，新时期以来的宁夏文学批评，毕竟是在改革开放的时代文化背景之下展开的，异域文化的进入和国内文坛思潮的涌动，深刻地影响着宁夏的当代文学批评。对异域文化和四十年来国内文坛状况的深度知晓和深刻理解，构成了论题是否能够深入展开讨论的理论背景。也就是说，论文所涉及的可能只是一个偏远地区四十年间的文学批评状况，背景参照却必须是新时期以来中国社会文化思潮的奔腾与翻转。仅此两点，便足以构成论文写作中难以回避的阻碍。我直率地谈了我的学术担忧。许峰告诉我说，容他回去再仔细思索一二。一周后，我们师徒俩再碰面时，许峰不仅不改初衷，还拿出了比较详细的写作大纲。显然，选择这样一个难啃的学术"骨头"来"啃"并非他一时的心血来潮，而是有着相当充分的学术研究积累和心理准备的。于是，一场相当艰苦的学术之旅就这样开始了。其时，我正任教于宁夏南部固原市的宁夏师范学院，每周末才能回到宁夏大学给研究生们讲课和辅导论文。我们师徒俩每周能够在银川面晤一次，更多时候是夜深人静之时通过电波而展开的详细交流。岁月就在奔波和辛苦劳作之中流逝。等到许峰博士学位论文第一稿完成，已经是他入学三年之后的2019年夏天。我拿着他的20万字的论文初稿，心情激荡，感觉像是捧着自己刚刚出版的一本新书。

《新时期以来的宁夏文学批评研究（1978—2018）》一书是许峰在博士学位论文的基础上，经过调整、扩充而定稿的学术专著。这本书的前身——许峰的博士学位论文于2020年获得宁夏回族自治区优秀博士论文，确实出乎我这个导师的意料。然而，也足以证明此作学术追求的高远和学术品质的优秀。在宁夏，从事地方文学的批评和研究工作，一直属于孤独和寂寞长途中的跋涉。在很长的一个历史阶段，这支批评队伍常常处于"五六个人、七八条枪"的生存窘境。许峰不惧冷门、不避繁难，或穿行于图书馆尘封的故纸堆中，或访谈于孤灯一盏之寒素书斋，以数年之功，而使四十年间的宁夏文学批评历史豁然于眼前。仅此一点学术爬梳工作，便有开创性的学术意义。而书中对于新时期以来宁夏文学批评文化心态和典型现象的发现与研究，对于宁夏"三棵树"和"新三棵树"文学批评的梳理与归纳，对于宁夏文学批评家批评个案的透视与解析，均显现出相当开阔的理论视野和清明的研究思路，亦属学术价值甚高的科学研究，其在宁夏当代文学研究史上，窃以为会留下声音和痕迹。当然，作为本书最早的阅读者之一，我也想指出本书的几个小瑕疵。一是个别章节的论述，原始材料可以掌握得更为丰富一些，具体的分析和研究也可以做得更为丰满和精深一些。比如对于张贤亮小说批评的研究，就稍显平淡，时代所提供的思想宽度未能充分显现。二是语言的打磨方面尚不能拼尽全力，还未达到加西亚·马尔克斯所言的写作其实是在"与每一个字摔跤搏斗"的理想状态。比如：文中的一些语句在逻辑性的自然连接、转圜方面，还不够严丝合缝；一些叙述历史事实和文学场景的地方，语词的简洁有力与雅致优美方面，还欠斟酌和锤炼，遂使文章的表现力有所减弱和损伤。

许峰进入文学批评领域也就十余年，因为志向高远、读书刻苦和产出颇多，他在这一领域已经赢得了许多业内人士的喝彩和掌声。作为他的授业导师，我为他所取得的成绩由衷喜悦，也希望他继续保持读书人的"赤子之心"，在今后的岁月当中，在自己所钟爱的文学批评事业上，取得更为引人注目的成就。

是为序。

2023 年 2 月 2 日

目　录

绪论 ……………………………………………………………（1）

第一章　宁夏文学批评的历史考察 …………………………（13）
第一节　批评视野中的宁夏文学创作
　　　　——以小说为例 ……………………………………（13）
第二节　宁夏文学批评的历时性考察 ……………………（37）

第二章　宁夏文学批评的话语形态 …………………………（54）
第一节　歌颂与暴露：批评话语的论争 …………………（55）
第二节　文学批评的主体性话语 …………………………（65）
第三节　批评话语中的文学史表述分析 …………………（80）
第四节　批评话语的"圈子化"现象 ……………………（89）

第三章　宁夏文学批评的文化心态 …………………………（97）
第一节　乡土痴恋的批评文化心态 ………………………（98）
第二节　文化现代性的批评文化心态 ……………………（106）
第三节　学院派审美的批评文化心态 ……………………（113）

第四章　宁夏文学批评的典型现象 …………………………（122）
第一节　"宁夏青年作家群"：90年代以来宁夏文学的
　　　　主体建构 ……………………………………………（123）

· 1 ·

第二节　"西海固文学"：地域文化意义上的构建 …………… (131)
　　第三节　《清水里的刀子》：少数民族文学批评的审视与反思 …… (145)

第五章　宁夏作家的批评研究 ………………………………… (154)
　　第一节　张贤亮小说批评研究 …………………………………… (154)
　　第二节　宁夏"三棵树"批评研究 ……………………………… (166)
　　第三节　宁夏"新三棵树"批评研究 …………………………… (176)

第六章　宁夏文学批评家的个案透视 ………………………… (191)
　　第一节　前行者的呐喊
　　　　　　——高嵩批评论 …………………………………………… (192)
　　第二节　美学的沉思
　　　　　　——荆竹批评论 …………………………………………… (199)
　　第三节　宁夏文学的守护
　　　　　　——郎伟批评论 …………………………………………… (205)
　　第四节　文化现代性的捍卫
　　　　　　——牛学智批评论 ………………………………………… (214)
　　第五节　审美世界的开掘与考证
　　　　　　——白草批评论 …………………………………………… (221)

结语 ………………………………………………………………… (229)

参考文献 …………………………………………………………… (235)

后记 ………………………………………………………………… (242)

绪　论

一　选题的理由与意义

宁夏回族自治区是我国五个民族自治区之一，地处祖国的西北内陆，位居黄河流域上游和黄土高原、蒙古高原的交汇地带，是腾格里沙漠、乌兰布和沙漠与毛乌素沙漠三大沙漠包围中的一片绿洲。北部有贺兰山屏障，南部有六盘山雄峙，黄河穿流中北部。历史上，宁夏以其独特的地缘优势、丰富的文化遗存和多民族人民和谐相处共同繁荣，谱写过辉煌的篇章，宁夏不仅是黄河文化和华夏根文化——龙文化的源头之一，也是多元一体的中华民族大文化的主要发祥地之一。1958年10月25日，宁夏回族自治区成立，宁夏进入了一个新的历史发展阶段，宁夏大地60年来发生了翻天覆地的变化，回汉各族人民团结奋斗过着日新月异的幸福生活。特别是改革开放40多年来，宁夏各族人民在党的领导下，迈着矫健的步伐，砥砺前行，取得了伟大的成就。宁夏的文学也在新的历史时期走上了不断繁荣昌盛的道路。20世纪80年代初，"宁夏出了个张贤亮"，由于其作品对政治历史反思的深度被外界称为"中国的米兰·昆德拉"，其时脱毛之隼搏击天空，成为享誉中国和世界文坛的著名作家。20世纪80年代以张贤亮为代表的一批作家（两张一戈），用自己的成就和影响力有力地带动和促进了宁夏文学的创作。90年代中后期开始，另一个创作群体"宁夏青年作家群"逐渐形成，他们凭借着不懈的努力和良好的创作口碑，成为中国当代文学版图中重要的组成部分，实现了宁夏当代文学的跨越式发展。文学创作的繁荣离不开文学批评的阐释与评介，宁夏文学批评在改革开放40多年的文学征程中扮演着十分重要的角色，一直以来默默地为文学创作这艘大船保驾护航。回看宁夏文学40多年的风雨历程，文学批评理应受到重视。

本书关注的是新时期以来1978—2018年宁夏文学批评的整体发展面貌。之所以选择这个课题，第一个缘由是新时期以来的宁夏文学批评对宁夏的文学创作起到了非常重要的推动作用。文学批评从来都是面对跃动的文学，以文学创作为分析研究的对象。发现优秀的创作、寻找作品之不足、促进文学的发展是文学批评的一个重要使命。从宁夏回族自治区成立到"文化大革命"结束，宁夏虽有文学创作，但创作水准一直未达到一种理想状态，同时，宁夏的文学批评也拘囿于特殊时代的语境，处于艰难的行进之中，始终未能体现文学批评在文学创作中的作用与价值。新时期以来，百废待兴，随着思想解放运动的展开，宁夏的文学创作也开始进入一个活跃期。曾经因《大风歌》被打成右派的张贤亮，复出之后以其深邃而带有历史沧桑感的文学创作迅速成为中国当代文坛一道重要的景观，从1980年到1984年，三次获得国家级小说大奖[①]，在20世纪80年代引起了高度的关注。几乎同时期，宁夏本土评论家高嵩先生敏锐地意识到张贤亮小说创作的时代价值，将张贤亮的小说创作纳入自己的研究视野中，并进行跟踪与阐释，出版了国内第一部研究张贤亮小说的专著《张贤亮小说论》[②]，该书以敏锐的学术眼光判断张贤亮的小说颇有艺术价值，已经进入"质量级"的行列，为张贤亮之后走向全国起到了积极的推动作用。在20世纪80年代，以张贤亮为代表的一批宁夏作家在新时期文学的舞台上讴歌现实与反思历史，他们用自己真诚的创作，共同推动着宁夏小说的繁荣与发展。而对于20世纪80年代宁夏文学的总结与评价，文学批评都给予了及时的跟进与观照，不仅对张贤亮、张武、戈悟觉、南台、张冀雪、马知遥、郑柯、查舜、马治中、郑正、肖川、

[①] 张贤亮的短篇小说《灵与肉》与《肖尔布拉克》分获1980年度与1983年度全国优秀短篇小说奖，中篇小说《绿化树》获第三届（1983—1984）全国优秀中篇小说奖。

[②] 高嵩：《张贤亮小说论》，四川文艺出版社1986年版。

刘国尧、秦中吟等作家进行了个案解读,还对整个80年代这十年间的各类文体和文学现象(小说、散文、诗歌、戏剧、评论、女性文学、煤炭文学)取得的成绩与存在的不足都予以评述。[①] 也正是在对这些文学批评文本的阅读中,我们见证了80年代宁夏文学创作的第一个高潮。

进入20世纪90年代,由于市场化的原因,宁夏文学创作经历了一个短暂的低谷,但从90年代中后期开始,宁夏文学经过90年代初的沉潜再次迎来了一个创作的黄金阶段。这一阶段最为引人注目的文学现象是"宁夏青年作家群"的崛起。宁夏青年作家以出色的创作业绩,迅速引起了当代中国文坛的瞩目。宁夏青年作家三次获得"鲁迅文学奖",八次获得"少数民族文学骏马奖",对于一个人口仅688万(2018年统计数字)的小省份来说,应该算是一个相当不错的成绩。而"宁夏青年作家群"的崛起同样离不开评论家们的积极介入与评介。从这个群体的籍籍无名,到现在的享誉文坛,宁夏本土评论家郎伟、白草、牛学智、赵炳鑫等十多年来一直在为这个创作群体"摇旗呐喊",作为宁夏"三棵树"之一的著名作家陈继明深有体会,他说:"郎伟是最早关注宁夏青年作家的评论家,而且始终保持着跟踪观察、向外推介、深度研究的热情,宁夏文学现在的成就,如果肯定承认有评介之功,那么,郎伟确实功不可没。……对提升宁夏文学在中国文坛的地位有着不可替代的价值和意义。"[②] 从著作《负重的文学》《写作是为时代作证》到新近出版的《孤独的写作与丰满的文学——宁夏当代文学创作论》《守护风沙中的一盏灯》《巨大的翅膀和可能的高度》,郎伟几乎把自己的学术研究重心全部放在对宁夏文学的研究上,不遗余力地为宁夏青年作家撰写评论文章,积极向外界推介这股正处于成长期的文学力量,并认定"宁夏青年作家群"的创作是中国当代文学版图中的重要版块。因此,可以得出以下结论。张贤亮与"宁夏青年作家群"的创作之所以在中国文坛产生影响,都离不开文学批评给予的帮助,此其一。其二,新时期宁夏文学批评不

---

① 王枝忠、吴淮生主编:《宁夏文学十年》,宁夏人民出版社1989年版。
② 陈继明:《郎伟和他的评论》,参见郎伟《写作是为时代作证·序言》,宁夏人民出版社2007年版。

仅对新时期宁夏文学的繁荣起到了催生作用，还因为它在具体的实践中，集中探讨了许多有争议和有意义的文学话题。比如"歌颂与暴露""《灵与肉》的争议""西海固文学""宁夏青年作家群"等，对这些话题的探讨在当时产生了广泛的影响，但学术界没有对这些有价值的探讨形成学术规范性的自觉反思。其三，进入 21 世纪之后，宁夏文学批评所面临的创作问题更为复杂化。作为西部文学的一个重镇，宁夏文学批评所面对的创作问题，既有共同性的问题（时代与生活，歌颂与暴露，创作主体的"大我"与"小我"），同时也有其特殊性的一面。比如宁夏小说创作中呈现的"苦难的诗意化""对城市的深深疑惧"等问题。而这些问题则是宁夏文学批评所要积极面对的难题。总之，新时期以来的宁夏文学批评以其与时俱进的自觉，高度重视文学现代性的精神建设，在不断的探索中，深化文学与社会、现实、文化等多方面的联系。尤其是针对社会与文化转型时期的文学创作特征和发展态势，对宁夏文学发展中的各种现象，从社会、历史、文化、美学等层面展开多角度的深入研究，对新时期文学进行了全方位的宏观考量与微观探究，其中既有平静、沉潜之中富有创新性的建构，也有纷纭论争之中的大胆解构，多元化的批评声音并存，多样化的理论与实践共生。

第二个缘由是宁夏文学批评的繁荣发展，离不开那些在文学批评领域默默耕耘的文学批评工作者。新时期以来，宁夏文坛涌现了以高嵩、刘绍智、荆竹、吴淮生、李镜如、田美琳、崔宝国、赵慧、丁朝君、杨继国、哈若蕙、潘自强、郎伟、牛学智、赵炳鑫、钟正平、魏兰、白草、王锋、李生滨等为代表的批评者群体。推出了高嵩的《张贤亮小说论》（四川文艺出版社 1986 年版），田美琳的《张贤亮小说创作》（宁夏人民出版社 1998 年版），郎伟的《负重的文学》（宁夏人民出版社 2002 年版）、《写作是为时代作证》（宁夏人民出版社 2007 年版）、《孤独的写作与丰满的文学》（中央民族大学出版社 2015 年版），哈若蕙的《一片冰心》（中央编译出版社 2010 年版），丁朝君的《当代宁夏作家论》（宁夏人民出版社 2007 年版），牛学智的《世纪之交的文学思考》（作家出版社 2007 年版）、《文化现代性批评视野》（阳光出版社 2015 年版），赵炳鑫的《批评的现代性视野》（中央文史出版社2016年版），马汉文主编的《宁夏长篇小说评论集》（宁夏人民出版社2003年版），王邦秀主编的《宁夏文学作品精选·评论卷》（宁夏人民出版社1999年版）等众多优质批评文本，这些批评文本极大地推进了宁夏文学创作的繁荣，形成了与新时期宁夏文学创作相对应的引人注目的"另一种写作"，充分展示出新时期宁夏文学批评的实绩与良好的发展前景。

第三个缘由是相对于新时期宁夏文学创作与批评的活跃与卓有成就，对新时期宁夏文学批评的系统、深入的研究，特别是整体性的学理研究还显得十分薄弱与滞后，至今仍未出现一部论证具体而材料又翔实的专著。据笔者统计，目前，从整体层面研究宁夏文学批评的二度批评的论文与专著仅有以下成果，吴淮生的论文《宁夏当代文学评论概况》（《宁夏创作通讯》1991年第1期）、高嵩的论文《论宁夏文学批评》（《高嵩文艺评论选》，宁夏人民出版社2016年版）、孙纪文等所著的《新时期宁夏小说评论史》（阳光出版社2015年版）、赵炳鑫的论文《宁夏文学批评的历时性观照》（《名作欣赏》2015年第10期），但从时间长度、体裁广度和研究深度上，上述理论成果存在明显不足，尤其是关于新时期宁夏文学批评之中许多重要的理论热点问题的分析都没有涉及。另外，关于文学批评研究的二度批评文章还有一部分集中在宁夏文学批评家的个案研究上，比如对郎伟、牛学智、赵炳鑫等评论家及其著作的分析。尽管评论家的成绩也是宁夏文学批评的重要组成部分，对他们的研究虽能够描画出批评家的研究个性，却不能代表宁夏文学批评的整体风貌。

正是鉴于前面论述的新时期宁夏文学批评的活跃与批评研究的二度批评相对薄弱、滞后的学术现状，所以笔者决定选取新时期以来的宁夏文学批评作为一个整体现象加以研究，以此勾勒出新时期40年来宁夏文学批评的概貌。在"区域文学研究"被高度重视的情况下，"区域文学批评"作为近些年一个重要的学术概念与理论范畴，理应引起学术界的重视。在"区域文学批评"还未被集中关注的时候，对"新时期以来宁夏文学批评"的研究或许是一次非常有意义的尝试。另外，导师郎伟教授与笔者都是宁夏文学批评的直接参与者与亲历者，对宁夏文学创作及宁夏文学批评的历史及现状有比较清晰的脉络把握。因此，选择这样一个课题是笔者长期追踪与思索的结果，并在前期参与到新时期以来宁夏小说批评的研究中，有一定的资料储备和研究基础。笔者决定选取宁夏文学批评中的几个重要方面作为研究的切入点，展开以点带面的研究，重点是探究宁夏文学批评中反映的重要理论命题：宁夏文学批评是在怎样的社会文化语境中生成与发展的？宁夏文学批评重点关注与思考的问题有哪些？批评话语中表现的批评立场、策略、言说方式等所凭借的依据是什么？宁夏文学批评中的关键词有哪些？它们是如何生成并在具体的文学批评中扮演着什么样的角色？宁夏文学批评所体现的文化心态有哪些？批评家队伍的建设和重要批评家的成就如何？如何去衡量宁夏文学批评的价值与意义？如何看待宁夏文学批评中存在的问题和未来发展的前景？等等。这些问题之间存在广泛而深刻的联系，笔者就是希望通过本书的写作对一些重要问题进行提纲挈领的研究，以期勾勒出40年来宁夏文学批评的整体概貌，提交一份关于新时期宁夏文学批评论证具体而又材料翔实的研究成果，并留下一些关于批评的话题与引子，以期引发对新时期以来宁夏文学批评更多的关注与思考。

　　本书的意义体现如下三个方面。第一，具有建构当代宁夏文学批评史的意义。新时期以来宁夏文学批评的出现是西部文学与西部文学研究的重要标志之一。从理论层面讲，有文学创作必有文学评论，这样才有益于文学的发展和文学创作的进步。立足于西部文学的发展，新时期宁夏文学批评的研究将有助于把握西部文学批评史的全局。第二，具有文学批评学的探究意义。本书虽是对区域文学批评研究和断代文学批评研究的一个尝试，但终极目的是挖掘蕴含其中的文学批评规律和文学批评的艺术魅力，因而对当代文学批评学的建构而言颇有学理意义。第三，具有区域文化学的显现意义。本书涉及文学、史学、哲学、心理学、社会学、文化学等学科领域，深入研究新时期宁夏文学批评的脉络与内容，将全面揭示和解释宁夏当代文化的发展历程，从一个截面展示宁夏艺术文化可持续发展的独特魅力。基于此，本书的应用价值意义得以凸显。首先是批评话语的应用价值。此研究可为当代文学批评提供新的批评话语资源，为全面分析和解释西部文学批评面貌奠定一定的学术支撑力量。其次，是文献应用价值。本书的研究将提供诸多层面的批评文献，并注重对批评文献的整理与总结，同时将对批评文献进行审视、观照和诠释，因此，新时期以来宁夏文学批评的研究附着了精深的文献学意义。

二 研究现状及存在问题

新时期以来的宁夏文学批评作为中国当代文学批评的分支，其研究成果多是侧重丰富多样的实际批评，所谓实际批评就是针对作家作品的具体论断。对新时期以来宁夏文学批评的整体面貌及历史轨迹的梳理与研究还处在摸索阶段。目前对新时期以来宁夏文学批评研究的成果集中在以下几个方面。

第一，对新时期以来宁夏小说批评及重要小说家批评的研究。孙纪文、许峰、王佐红合著的《新时期宁夏小说评论史》（阳光出版社2015年版）是国内第一部研究新时期以来宁夏小说评论的专著，该书着重分析关于张贤亮、"三棵树"、"新三棵树"、郭文斌、西海固小说、宁夏女作家等的小说评论，以期反映宁夏文学发展的地域特色和当代小说批评方面的文学、美学价值。当然，该书的不足之处也较为明显，首先是批评史的脉络不够清晰，没有对宁夏文学批评进行历时性梳理。其次，该著作涉及的是新时期的宁夏小说，对散文、诗歌的评论没有足够关注。最后，该书为集体写作的理论成果，尽管有着明确的目的和统一的写作要求，但写作者的知识结构和理论水平的差异，导致该书的观点也存在着前后不一致的状况。类似的论文还有马英的《八十年代以来张贤亮小说研究述评》（《湖北经济学院学报》2006年第8期），将张贤亮的研究划分为三个时期，研究初期（1979—1983）、研究争鸣期（1984—1988）、研究多元期（1989年至今），对张贤亮重要作品的研究进行了详细的梳理并指出研究中的不足。施维的《张贤亮〈灵与肉〉〈绿化树〉〈男人的一半是女人〉研究述评》（《大连民族学院学报》2011年第4期）一文主要对三篇小说中涉及的热点争鸣进行了梳理与研究，推动张贤亮研究的进一步深化。马占俊的《批评观念的嬗变：张贤亮小说批评之争》(《当代作家评论》2018年第3期)通过分析张贤亮小说批评中的争论来探析中国当代文学批评观念与话语演变的轨迹。

第二，对宁夏文学批评现状问题的整体审视，在指出成绩的同时，揭示其中的不足。在20世纪80年代，王枝忠的《评论要跑步赶上创作的步伐》(《宁夏创作通讯》1984年第4期)是第一篇谈论宁夏文学批评现状的文章，该文指出宁夏文学批评在改革开放的形势下比较落后，评论队伍缺乏"种子选手"。吴淮生的《我区文艺理论工作的现状与展望》(《宁夏创作通讯》1985年第4期)谈及宁夏文艺理论取得的成绩，同时着重诊断了宁夏文学理论存在的五大问题，这五大问题今天看来依然存在。另外，他的《宁夏当代文学评论概况》(《宁夏创作通讯》1991年第1期)是迄今为止谈论宁夏文学批评最为详尽的一篇论文，该文从"文学评论机构""发表评论的园地""文学评论书籍""文学作品研讨会"等与文学批评相关的因素入手，并着力分析从1960年到1990年三十年的批评文章。高嵩的《论宁夏文学批评》(《宁夏文学十年》，宁夏人民出版社1989年版)结合20世纪80年代宁夏文学批评的现状，从学科建设的问题入手，提出了文艺批评需要在五个方面"深潜"，具体是"向当代的社会人生深潜""向当代文学创作与批评的典型作品深潜""向创作论的深层潜沉""向风格论的底层潜沉""向批评论的深层潜沉"。这五个"深潜"对于宁夏文学批评具有指导性，意义深远。进入21世纪之后，赵炳鑫的《宁夏文学批评的历时性观照》(《名作欣赏》2015年第4期)、《跟踪　观照　引领　建构——浅谈宁夏文学批评》(《朔方》2016年第11期)，这两篇论文粗略地论述了新时期以来宁夏文学批评的整体面貌，主要是对新时期以来宁夏文学批评的实绩有着较为详细的概述，同时对新时期宁夏文学批评存在的问题有着深入的分析，并列出提高宁夏文学批评的具体建议。无论王枝忠、吴淮生还是高嵩，他们的研究对象还仅限于20世纪80年代的宁夏文学批评，90年代之后的宁夏文学批评还未得到言说。尽管赵炳鑫对新时期以来的宁夏文学批评进行了整体性的梳理与观照，但是限于篇幅，梳理与研究都较为粗疏，只是粗线条地勾勒出新时期以来的宁夏文学批评概况。

第三,对新时期以来宁夏批评家批评成果的研究与个案分析。如对评论家郎伟著作研究的成果有陈允锋的《学者之功力,诗家之情怀——郎伟文学评论集〈负重的文学〉漫评》(《朔方》2003年第1期),吕棣、许峰的《批评良知与人文关怀的坚守——读郎伟评论集〈写作是为时代作证〉》(《编辑学刊》2012年第1期),武淑莲的《优美而智性的文字——评郎伟〈孤独的写作与丰满的文学〉》(《宁夏师范学院学报》2017年第5期)。对评论家牛学智个人及成果研究的论文有王春林《边缘、"现实"与文学中心——关于牛学智的文学批评》(《南方文坛》2008年第2期),耿占春的《对观念、问题与社会语境错位的"审视"——评牛学智的〈当代批评本土话语的审视〉》(《中国艺术报》2015年1月21日),石舒清的《牛学智印象》(《南方文坛》2008年第2期),赵炳鑫的《批评的微观研究》(《文学报》2012年10月11日)。另外宁夏大学已故的魏兰教授在《回族文学概观》(宁夏人民出版社2004年版)一书中对杨继国、何克俭、赵慧、王锋、郎伟等宁夏评论家进行了个案研究。《中国回族文学通史·当代卷》(阳光出版社2015年版)中也有关于杨继国、哈若蕙、丁朝君、赵慧、郎伟、王锋、白草等评论家的个案研究的章节。对评论家的个案研究有助于我们从微观层面理解宁夏文学批评的特征。

尽管新时期以来的宁夏文学批评涉及的是区域文学批评,但它仍隶属中国当代文学批评的范畴,与改革开放之后中国当代文学批评的脉动与潮汐有着千丝万缕的联系。因此,对新时期以来中国文学批评行进轨迹的关注便成为本研究的重要参照,对新时期以来中国文学批评研究成果的认真阅读也成为题中应有之义。国内研究者们的梳理与深度思索都给予本书丰富的启示。①

---

① 这些理论成果有:王彬彬《却顾所来径:80年代文学批评思考之一》,博士学位论文,复旦大学,1992年;程文超《意义的诱惑:中国文学批评话语的当代转型》,时代文艺出版社1993年版;贺桂梅《批评的增长与危机》,山西教育出版社1993年版;夏中义《新潮学案》,上海三联书店1996年版;屈雅君主编《新时期文学批评模式研究》,陕西人民教育出版社1997年版;黄曼君主编《中国近百年文学理论批评史(1895—1990)》,湖北教育出版社1997(转下页)

总之，新时期以来的宁夏文学批评研究尽管视角多样，但仍然存在四个明显的缺失。其一，文学批评资料的整理与收集工作相对滞后。从目前新时期宁夏文学评论的资料整理来看，除了本土评论家个人的理论评论著作外，仅有《宁夏文学作品精选·评论卷》（宁夏人民出版社2009年版）、《宁夏长篇小说评论集》（宁夏人民出版社2003年版）、《六盘山文化丛书·文学评论卷》（宁夏人民出版社2009年版）三本，与相对丰富的文学创作相比，众多批评资料的未能搜集整理出版，表明新时期宁夏文学批评研究尚处于初级阶段，批评成果数量少，相关研究需要进一步向前推进。其二，对宁夏文学批评的整体性考察还十分欠缺，研究宁夏文学批评的宏观性文章还不多见。对新时期以来宁夏文学中的理论热点问题的阐释与反思还未进入学术研究的视野。其三，文学史中有关宁夏文学评述的研究亦是学术盲区，各种版本的文学史著作对宁夏作家的评价研究还未得到及时的总结与关注。其四，对新时期以来宁夏文学批评所形成的话语模式还未做出学理性的归纳，对新时期以来宁夏文学批评频繁出现的批评关键词缺乏一种知识谱系的考察，以至于有些关键词的使用出现不必要的纰漏。

三　研究范围、内容及方法

本书所论述研究的新时期宁夏文学批评是指1978—2018年40年间的文学批评，为了论述方便，简称"宁夏文学批评"。对于文学批评的概念，学术界有广义与狭义之分。狭义的文学批评是针对小说、诗歌、散

（接上页）年版；姚鹤鸣《理性的追踪——新时期文学批评论纲》，江苏教育出版社1998年版；张景超《滞重的跋涉——新时期文学批评透视》，黑龙江教育出版社2002年版；黄曼君主编《中国20世纪文学理论批评史》，中国文联出版社2002年版；古远清《中国当代文学理论批评史》，山东文艺出版社2005年版；蓝爱国《游牧与栖居：当代文学批评的文化身份》，中国社会科学出版社2005年版；赵黎波《新时期文学批评的启蒙研究》，中国社会科学出版社2008年版；盖生《价值焦虑：新时期以来文学理论热点反思》，上海三联书店2008年版；伍世昭《中国20世纪文学理论批评价值取向研究》，人民文学出版社2009年版。另外，李春燕的《新时期30年陕西文学批评研究——以小说批评为中心》（博士学位论文，陕西师范大学，2010年）对新时期以来陕西文学批评的研究成为本课题重要的参考成果。

文和戏剧等具体的文学作品进行分析、评价的一门学科。韦勒克指出:"最好还是将'文学理论'看成是对文学原理、文学的范畴和判断标准等类问题的研究,并且将研究具体的文学艺术作品看成'文学批评'(其批评方法基本上是静态的)或看成'文学史'。"① 在韦勒克看来,文学批评应该是针对具体文学作品的研究。从广义上理解,文学批评不仅包括对文学作品的评价,还包括对文学理论的探讨,简言之,文学批评是对文学作品和文学理论问题所做的理性思考。对于文学批评的概念,韦勒克对自己在《文学理论》中狭义的界定进行修正,在《近代文学批评史》(第1卷)中,韦勒克采用了广义的批评概念:"'批评'这一术语我将广泛地用来解释以下几个方面:它指的不仅是对个别作品和作者的评价,'明断'的批评,实用批评,文学趣味的征象,而且主要是指迄今为止有关文学的原理和理论,文学的本质、创作、功能、影响,文学与人类其他活动的关系,文学的种类、手段、技巧,文学的起源和历史这些方面的思想。"② 因此,本书在对"文学批评"概念的选择上倾向于广义层面的定义。文学批评不仅仅是对文学作品的研究与评价,还是对文学理论问题所做的理性思考。

  本书的写作,就是要将批评者的批评文本作为宁夏文学批评的主要研究范畴,而批评者的批评文本既包含对作家作品以及文学现象的文本评析,也包含对某些文学理论问题的分析。在具体的批评实践中,不仅要注重文学批评与文学理论之间的联系,融合文学理论的普遍规律和方法,还要与其他学科知识建立必要的联系,以求让文学批评走出学科的规定性,成为一种现实语境中的人文学科话语。

  "新时期以来的宁夏文学批评"为本书研究的核心内容,有鉴于宁夏文学创作的实际成就,主要将中心确立在小说批评这一领域,当然也会涉及一部分诗歌与散文批评,新时期以来的宁夏文学成就主要在于小说。

---

① [美]雷内·韦勒克、奥斯丁·沃伦:《文学理论》,刘象愚等译,江苏教育出版社2005年版,第32页。
② [美]雷内·韦勒克:《近代文学批评史》第1卷,杨岂深、杨自伍译,上海译文出版社1987年版,第1页。

就批评涉及的对象而言，就是针对新时期以来发生在宁夏境内的文学活动和事件。就批评家而言，主要是长期活跃在宁夏文坛的本土批评者。

本书拟从宁夏文学批评的历史演变、批评话语形态的考察、批评的文化心态、批评的典型现象、批评家的个案透视五个方面展开论述，各个方面自成一章。

本书的研究立足于新时期以来宁夏文学的发展历程和宁夏文学批评的发展历程而进行，运用的方法有以下几种。

1. 历史分析与比较分析相结合。通过对新时期以来宁夏文学批评史的分析，研究新时期宁夏文学批评的演变过程和批评特点，通过比较分析，可研究不同时期宁夏文学批评的价值及理论得失，并分析和论证其中的时代特征和审美意义等。在历时性和共时性的结合中凸显宁夏文学批评的整体风貌。

2. 审美批评法。通过审美判断分析和诠释新时期以来宁夏文学批评的自在价值和潜在价值，在审美层面上把握宁夏文学批评与时代风潮之间的关系。

3. 文学、史学、文化学、民族学、社会学、哲学等学科相结合。多学科、多角度的研究有助于本书研究视野的开阔，也使本书的研究更具客观性和科学性。

4. 基于批评材料分析的实证研究法。所有的研究成果都是在大量阅读宁夏文学批评文本的基础上，提炼思路、形成见解并付诸笔端。研究者信奉"结论从材料中来"的研究原则，在文本细读的基础上对宁夏文学批评进行具有说服力的理论概括和规律总结。另外，《朔方》《黄河文学》《六盘山》《宁夏社会科学》《宁夏大学学报》《宁夏师范学院学报》《宁夏日报》，以及早期的《宁夏创作通讯》都是本书研究宁夏文学批评的重要依托和基本资料。

第一章 宁夏文学批评的历史考察

新时期以来的宁夏文学批评是中国新时期文学批评的组成部分，也是新时期以来宁夏政治、经济、文化发展的伴随物，经济基础决定上层建筑，宁夏文学批评的发展离不开时代的现实语境，更离不开宁夏文学创作的发展，它的存在具有不可忽视的意义。这种意义不仅是指它对新时期宁夏文学的发展起到强力的推动作用，而且是指它自身获得了真正独立的价值与长足的发展。尤其是以小说为代表的新时期宁夏文学创作，取得了不俗的成绩，而与之相对应的，宁夏文学批评也随着宁夏文学创作的繁荣有了长足的进步，并且在推动宁夏文学创作方面发挥着重要的作用。本章在对新时期宁夏文学批评的发展历程进行考察时，首先着重考察批评视野中以小说为主的新时期宁夏文学的创作概况，在每一个历史阶段呈现的创作特征以及存在的问题。接下来再对新时期宁夏文学批评进行历时性的爬梳，从整体上归纳总结新时期宁夏文学批评呈现的特点。

第一节 批评视野中的宁夏文学创作
——以小说为例

一 20世纪80年代的宁夏小说创作

（一）20世纪80年代宁夏文学思潮

"文化大革命"结束以后，中国的政治、经济和社会生活方面都发生了重大的变化，文学也不例外。"在80年代前半期，文化界的启蒙主义、人道主义思潮，虽然不可能形成像'五四'那样绝对的强势话语，但已颇有上升为'准共名'的趋势。"① 文学领域中的启蒙思潮是这一时期的主流话语，"四人帮"被打倒，"文化大革命"的结束虽然使历史出现了新的转机，但这并不意味着人们能立刻走出其影响，一些因素使教条主义和形而上学仍然禁锢人们的手脚，这也为思想的解放提供了一个巨大的社会契机。

1978年5月11日，《光明日报》发表特约评论员文章《实践是检验真理的唯一标准》，拉开"真理标准"大讨论的大幕。1978年12月，党的十一届三中全会胜利召开，彻底否定了"两个凡是"的方针，重新确立解放思想、实事求是的指导思想。与"真理标准"大讨论相呼应，文艺界在批判"瞒和骗""假、大、空"文艺的同时，大声疾呼恢复现实主义的文学精神，大力倡导直面人生的新文学传统。

1979年10月中国文学艺术界第四次代表大会召开，邓小平指出"党对文艺工作的领导，不是发号施令，不是要求文学艺术从属于临时的、具体的、直接的政治任务，而是根据文学艺术的特征和发展规律，帮助文艺工作者获得条件来不断繁荣文学艺术事业，提高文学艺术水平"②。文艺政策的这种调整，意味着文艺开始进行有限度的松动。在这样一个较为宽松的大环境下，文艺界迎来了真正的春天。

作为偏远省份的宁夏回族自治区，在"文化大革命"结束之后，也迎来属于自己的春天。③ 首先是宁夏作家协会的成立。1979年3月6日，由宁夏文联第一届第三次全委扩大会议文学组代行代表大会职权，宣布成立中国作家协会宁夏分会。"中国作家协会宁夏分会第一次代表大会于1980年5月21日举行。宁夏分会驻会理事吴淮生代表第一届理事会作题为《我区文学事业三年多来的发展概况和我们的工作》的工作报告。"

---

① 陈思和：《中国当代文学史教程》，复旦大学出版社1999年版，第294—295页。
② 《邓小平文选》第二卷，人民出版社1994年版，第213页。
③ 《宁夏文艺》1980年第1期头条刊载本刊评论员的文艺评论《文艺的春天必将到来》和张贤亮、邵振国的小说《在这样的春天里》。

"中国作家协会宁夏分会第二次会员代表大会于1984年7月28日举行。吴淮生代表第二届理事会作题为《宁夏文学事业的新发展和我们的工作》的工作报告。"① 宁夏作家协会的成立以及两次作协会议,对80年代宁夏文学的转型、发展具有重要的指导意义。其次,小说创作的队伍人数不断增加,小说水准也在不断提升。随着宁夏作家协会的成立,入会的会员不断增多,从事文学创作的人如雨后春笋,形成了一个不小的创作热潮。小说成绩突出,张贤亮的小说《灵与肉》《肖尔布拉克》分别荣获1980年和1983年全国短篇优秀小说奖。《绿化树》获全国第三届优秀中篇小说奖及1984年《中篇小说选刊》优秀中篇小说奖。张武1979年在号称国刊的《人民文学》第三期、第十一期、第十二期接连发表《选举新队委的时候》《处长的难处》《看"点"日记》,能在《人民文学》一年内连发三篇的作家不仅在宁夏少有,即便在全国都是罕见。从中可以看出《人民文学》对宁夏小说的认可。再次,由宁夏文联主办的《朔方》杂志为本土小说家的创作提供了一个极好的平台。《朔方》杂志坚持纯文学品位,不遗余力地发现、支持和培养本地的文学新人。张贤亮的《邢老汉和狗的故事》《灵与肉》都是在《朔方》上发表后并走向全国的。笔者浏览了1980年到1990年的《朔方》,《朔方》杂志积极扶持本土作家,为本土作家开设头条和专栏。《朔方》搭平台、推新人的举措为宁夏文学的发展奠定了坚实基础。最后,宁夏文学也受到思想解放大潮的影响,展开启蒙主义思想运动。宁夏虽然地处偏远西部,但在响应国内具有启蒙意义的文艺热点问题上——比如"干预现实生活""歌颂与暴露""《灵与肉》的争论"等热点问题——一点都不迟滞,反而表现得积极踊跃,敢于发声。《朔方》杂志陆续发表了一系列有思想见地的争鸣文章,今天我们重看这些争鸣文章,它们依然闪烁着思想的光芒,带有某种真理预言性。② 另外,宁夏文联每两年举行一次文学艺术的评奖,

---

① 宁夏文学艺术界联合会主编:《宁夏文联40年(内刊)》,2001年,第35页。
② 如潘自强的《面对现实干预生活》,胡蔚然的《继续狠批〈纲要〉扩大文艺队伍》,晏旭的《歌颂与暴露要有主次》(《宁夏文艺》1980年第1期),弓柏的《暴露·歌颂·转移》,商子雍的《作家与政治家》(《宁夏文艺》1980年第2期),荆竹的《暴露的对象应该转移》(《宁夏文艺》1980年第3期),慕岳的《歌颂与暴露是对立的统一》,吴肖的《歌颂为主(转下页)

而小说则是其中的重头戏。① 评奖制度的形成，成为激励小说创作的一个很重要的机制。

粉碎"四人帮"之后，宁夏文学紧跟时代前进步伐，宁夏文艺界的思想解放运动也是在主流意识形态话语下展开的。被"文化大革命"中断的宁夏第二次文联代表大会在1980年5月召开，赋予了宁夏文艺界重要的意义。"这次会议是在党和人民取得了粉碎林彪、'四人帮'的伟大胜利三年后，在党的十一届三中、四中、五中全会的方针指导下召开的。"② 会议的任务：学习党中央的方针、路线、政策，毛主席《在延安文艺座谈会上的讲话》、邓小平《在中国文学艺术工作者第四次代表大会上的祝词》，胡耀邦在全国剧本创作座谈会上的讲话、周扬在第四次文代会上的报告，进一步理解新的历史时期党中央关于文艺的路线、方针和政策，坚持四项基本原则，贯彻"双百"方针，在文艺思想领域坚持马克思主义的优势，更广泛地团结广大文艺工作者，把宁夏的文艺事业搞得更好、更繁荣。1984年7月宁夏文联召开第三次代表大会，"会议提出当前文艺战线的目标就是高举社会主义文艺旗帜，全面开创社会主义文艺工作的新局面"③。宁夏文联在"文化大革命"后重新开展活动，引导宁夏文艺走向繁荣发展之路。作为宣传部主管的文艺部门，其对文艺一直起着组织和协调的作用。因此，20世纪80年代的宁夏文学所取得的成绩，离不开宁夏文联和作协的引导和支持。

从创作实绩来看，20世纪80年代的宁夏文学思潮中包含两种声音，声音的主体是启蒙主义。大批经历了"文化大革命"的作家以极大的政治热情和"写真实"的艺术勇气，描写现实人生的真实状态，抒发自己的真实情感。他们自觉肩负起时代所赋予文学的使命，通过真实的描写、

（接上页）是时代的要求》（《朔方》1980年第4期），晏旭的《"框框"及其它——与商榷者的商榷》（《朔方》1980年第6期），杨淀的《对动乱十年的暴露是否已经够了？——与荆竹、晏旭二同志商榷》，长龙的《浅谈歌颂与暴露》（《朔方》1980年第7期），黎平的《歌颂光明暴露黑暗》（《朔方》1980年第8期）。

① 1982年5月25日，宁夏第二次文学艺术评奖颁奖大会在银川举行，26篇小说，14部剧本获奖。详见宁夏文学艺术界联合会主编《宁夏文联40年（内刊）》，2001年，第80页。
② 宁夏文学艺术界联合会主编：《宁夏文联40年（内刊）》，2001年，第23页。
③ 宁夏文学艺术界联合会主编：《宁夏文联40年（内刊）》，2001年，第24页。

大胆的揭露、愤怒的鞭挞,将矛头对准过去那段特殊的历史记忆。与此同时,一种理想主义的声音也在宁夏文学界响起。当噩梦醒来,"这个民族终于告别了野蛮、仇恨、迫害与互相敌视,他们自然会发自肺腑地唱响属于春天的旋律"①。歌颂改革、弘扬主旋律、赞美新的生活也成为20世纪80年代宁夏文学所极力表现的内容。综观这两种声音的表现,其实仍然是政治话语语境下的现实主义书写,这也构成了20世纪80年代宁夏文学的整体风貌。

以上论述,试图从宁夏小说的一个外部环境和形成机制来说明,80年代宁夏小说的场域环境与整个中国文坛步履是一致的。当然,这种主流意识形态话语因包含了启蒙主义与理想主义的因素,迅速让重新开始写作的作家获得创作的热情和动力。80年代的宁夏小说,无论是对创伤记忆的书写,还是对现实生活的礼赞,都没有偏离80年代初期当代小说创作主潮的轨道,甚至由于回族作家身份和生活的介入,80年代的宁夏小说反而扩大了题材的领域。从这个意义上来讲,80年代宁夏小说可谓是当代宁夏小说的"复兴"。

(二) 80年代宁夏小说的创作特征

20世纪80年代的中国文学,可谓是"喧哗与骚动","各种文学潮流、文学运动此起彼伏,文学的'热点'不断更换"②。从伤痕、反思、改革到寻根、现代派、先锋、新写实,小说的潮流是"你唱罢来我登场","从此前固化的政治意识形态话语中跳脱出来的各类思潮纷纷争夺自己的话语场地"③。对西部偏远省份的宁夏小说创作而言,一方面呼应并积极参与到中国当代文学发展的主潮中,成为其不可或缺的重要组成部分;另一方面,宁夏小说所构筑的叙事世界由于地缘环境的因素呈现出自身存在的独特性。

20世纪80年代的宁夏小说创作起点可谓很高,在思想解放的大环境下,迅速与时代同步,创作了充满"伤痕""反思""改革"意味的小

---

① 郎伟:《新世纪前后中国文学版图中的"宁夏板块"》,《宁夏社会科学》2012年第5期。
② 洪子诚:《中国当代文学概说》,北京大学出版社2010年版,第91页。
③ 刘大先:《千灯互照》,暨南大学出版社2017年版,第2页。

说。"伤痕""反思""改革"小说实际上仍然是"革命现实主义"在新时期的延续,小说的思想、思维和叙事话语方式无法摆脱政治意识形态的规约,而80年代的宁夏小说"自觉地使自己成为时代和人民的代言人乃至时政的传声筒,以便能够被接纳或参与到新的民族国家叙事中去"①。这样的叙事话语在80年代初期"文学一体化"的模式中可以得益,但到了文学开始摆脱政治意识形态的规约走向个体化的表达时,宁夏小说显然跟不上发展的步伐,尤其是在小说叙事形式的文体探索上,80年代的宁夏小说没有出现带有实验性质的"先锋小说"和充满原生态意味的"新写实小说",在创作方法上,仍然恪守着现实主义的创作之路。综观20世纪80年代的宁夏小说,呈现出以下几个特征。

1. 个体表达与时代诉求相吻合,历史创伤与现实改革并驾齐驱

"文化大革命"之后,宁夏文学也像其他地方的文学一样,笼罩在历史记忆的巨大阴影中,个人的,也是关乎民族的。正如文学史家洪子诚先生所言:"无论是从个人经受的创伤需要倾诉的角度,还是站在对民族、国家命运关切的立场上,作家把表现的注意力放在这一焦点上,都是十分自然的事情。"② 这一历史阶段,作家个体化的表达与时代的主体性诉求步履一致,面对政治上的保守势力,改革派亟须文学创作对"文化大革命"及"极左"思潮进行历史的清算与反思,同时对落后的状况表达强烈的不满,从而激起大刀阔斧改革的浪潮。响应政治上的号召,20世纪80年代的宁夏小说积极参与到当代文学主潮中,在"伤痕""反思""改革"小说思潮中,宁夏的小说在对"历史创伤的反思"和"社会改革的迫切需求"这两个维度上都出现了许多有影响的作品。

书写肉体和精神上的遭遇,表达强烈的感伤情怀是20世纪80年代宁夏小说一个重要的主题。这样的作品如张贤亮的《邢老汉和狗的故事》《灵与肉》《绿化树》《男人的一半是女人》,戈悟觉的《雨夜钟声》《记者和她的故事》《邻居》《故乡月明》,南台的《曹家凹的"总统"》,马

---

① 李兴阳:《中国西部当代小说史论(1976—2005)》,安徽大学出版社2006年版,第15页。
② 洪子诚:《中国当代文学概说》,北京大学出版社2010年版,第104页。

忠骥的《"卡里尔学说"在中国》，马治中的《信念》，王洲贵的《水与火的交融》，等等。张贤亮小说中的许灵均、章永麟凝聚了张贤亮对那段"极左"时代知识分子的深度思考，他笔下的知识分子由于出身问题遭受了精神和肉体上的双重打击，在痛苦的折磨中，许灵均想到自杀，章永麟失去了性功能。通过对小说中人物形象的深刻塑造，揭示出苦难岁月里当代知识分子最真实的生活图景。张贤亮与小说中的人物有着极为相似的人生经历，在拨乱反正之后，张贤亮对那段苦难岁月的书写充满了历史记忆的感伤。戈悟觉的《邻居》把右派夫妇孙立平、张玉之的心灵创伤揭示得令人震撼，两个人喜欢孩子却不要孩子，其中的原因则是害怕孩子将来被贴上"右派子女"的标签后与他们一样受到伤害。他们要求恢复人的尊严和正常人的生活欲望，即便如此依然无法得到满足，给他们的生活造成了难以弥合的心灵创伤。整体看来，这些关于历史记忆的小说，多停留在感情控诉的层面，缺乏对历史的深入思考。只不过这种感伤的情怀由于时代的因素而成为一种国家情绪，进而加深对那段非理性历史的批判。

热烈地呼唤改革，对改革进程和改革中的时代、社会、人的整体面貌做出及时、持续的反映和描写。这类作品相对较多，包括张贤亮的《河的子孙》《男人的风格》，郑正的《家庭琐事里的哲学问题》，蒋振邦的《在沿河村里》《谁在敲门》，马忠骥的《飞转的弧旋球》《土地啊，土地》，张武的《瓜王轶事》《红豆草》。20世纪80年代，人们在对那段非理性的历史进行批判的同时，也对政治运动导致的社会发展滞后表达强烈的不满，这种不满的心态激发了人们对改革的呼唤和对新的社会生活面貌的热切期望。郑正的小说《家庭琐事里的哲学问题》以小见大，见微知著，对改革的思考超越了同类题材。通过描写家庭问题和社会问题，反映出封建意识在社会和家庭中的渗透是多么深远，以此来说明深化改革首先要从人们的思想意识深处开始。蒋振邦的《在沿河村里》塑造了农村改革中的新人形象，秋菊和友山有文化、有知识，目光长远，关键是他们深知，农村要实现四个现代化，必须要对村子里残存的封建的落后思想和传统的道德观念进行清除。显然，秋菊和友山是80年代启蒙话语的持有者。改革事业的推进，迫切需要启蒙精神的注入。另外，马忠骥的《飞转的弧旋球》是宁夏80年代反映改革的小说力作。这篇小说值得称赞的地方在于它触及改革事业的敏感神经——干部的人选问题。既写出了经济改革的波澜壮阔，又展现了改革的艰难复杂。小说通过塑造改革者熊达矛和保守者沈依故两个截然相反的人物形象，揭示了改革事业对人的日常生活和精神世界产生的重要影响。当然，宁夏反映改革的小说不免落入新时期"改革小说"的通病。对改革的复杂性认识不足，小说充满浪漫主义色彩；为改革设置简单化的乐观主义的尾巴；情节上存在雷同化、模式化的现象。

2. 对苦难的赞美和对精神的沉溺

许多作家在之前的政治运动中不同程度上遭受了精神和肉体上的苦难，他们在反思这段历史的过程中，往往呈现出一种感伤的姿态。尤其是"伤痕文学"阶段，小说的创作还普遍停留在感情控诉的层面。张贤亮的"异军突起"就在于他能超越简单的感情控诉，进而走向理性的思索。面对苦难的"伤痕"，张贤亮从独眼的库图佐夫和断臂的纳尔逊身上得到灵感，从"伤痕"中发现了美。张贤亮这样说道："在长达十年，甚至二十余年的'左'的路线统治下，人们肉体上和心灵上留下了这样或那样的伤痕，这是无可讳言的。现在有许许多多文艺作品写的就是这些。但是怎样有意识地把这种种伤痕中能使人振奋、使人前进的那一面表现出来，不仅引起人哲理性的思考，而且给人以美的享受，还并不为相当多的作者所重视。《灵与肉》不过想在这个方面做个尝试而已。""美和欢乐，必须来自伤痕和痛苦本身，来自对于这种生活的深刻的体验。""党的十一届三中全会之后，痛定思痛，我们是可以从那些痛的经历中提炼出美的元素的。三中全会后的路线，是画面上的伤痕能表现出的美的光辉的底色。"[①]张贤亮为什么会有如此的文本处理姿态？洪子城先生有过精辟的阐释："对于这一代知识者的苦难，张贤亮等作家在处理的态度上是复杂的。有时会感到难以回首的惊心，有时则因自己青春、宝贵生命

[①] 张贤亮：《写小说的辩证法》，上海文艺出版社1987年版，第3—4页。

被虚掷而产生惆怅悔恨。在更多时候，在苦难已成为过去之后，又会转化为一种值得骄傲的'资本'。这种苦难的事实和体验，一方面是当事人脱离苦境之后欣赏、回味的'材料'；另一方面，也成为他们社会地位、价值的证明，而使他们在80年代前期，再一次扮演蒙难的启蒙英雄的角色。"[1]

自张贤亮的《灵与肉》取得成功后，80年代宁夏小说展现的风貌似乎都或多或少受到"《灵与肉》模式"的影响，不同的是个体面临的环境有所差异。从赞美苦难的叙事中进而强化了对精神价值的追求，当然这也是一个必然的逻辑。尽管物质生活极其匮乏，但粉碎"四人帮"后，知识分子的尊严重新得到了维护，受到了全社会的尊重，这让经历过"文化大革命"的知识分子开始了形而上的思索，通过反思历史，歌颂现实，来重述历史的主体。苦难不是终极，战胜苦难的精神才是终极。由于过度沉溺于精神世界的营造，致使小说的现实主义的批判性大打折扣，这种叙事模式影响深远，逐渐成为宁夏小说的叙事传统。

诸如此类的作品除了张贤亮的《灵与肉》《绿化树》《土牢情话》，还有张武的《红豆草》、戈悟觉的《蔚蓝的池水》《春夜》、郑柯的《大大谷》《河套人》，等等。张武的《红豆草》中的许琴作为北京农业大学的毕业生主动扎根艰苦的大西北，张武将既抗旱又耐寒的红豆草喻指许琴，意在揭示许琴精神的可贵。郑柯的《大大谷》《河套人》也是这样的艺术处理模式。环境与人物之间构成了一种微妙的关系，作家越是极力描写环境的艰难则越能彰显人物身上所具有的高贵的精神品质。所以，对苦难的赞美和对精神的沉溺成为一对孪生姐妹。当然，80年代的社会语境决定了小说这种表达方式的积极性，废墟重建，百废待兴的事业需要整个华夏儿女用一种超越苦难的精神作为动力来实现。只不过，这种表达方式一旦脱离了时代语境，就变得不再那样充满生机和活力，后期表现出来的那种人为化和符号化现象过于严重。

3. 乡土叙事传统的奠定与"少数民族文学"的兴起

学者李兴阳指出："中国西部，虽然也有属于自己的城市文明，但在

---

[1] 洪子诚：《中国当代文学概说》，北京大学出版社2010年版，第114页。

文化发展的总体状态上,依旧还是乡土的,是前现代的'乡土西部'。"①宁夏作为西部最小的省份,政治、经济、文化与西部各省份相比都明显落后,传统文化积习深重,从50年代到80年代,宁夏的大部分地区还处在生产力低下,现代意识落后的带有"文化守成"痕迹的传统农业社会之中。从人类天然亲近自己所熟悉的环境这个习性而言,宁夏作家生活在这片土地上,自然而然要书写他们最熟悉的乡土生活,进而形成了所谓乡土叙事的传统。需要指出的是,80年代的乡土叙事由于地域差异性并不明显,所以并没有流露出对城市文明批判的立场,换言之,80年代的乡土在宁夏作家眼中,还算不上精神家园和诗意的栖息地。从叙事的调子上,80年代的宁夏作家在书写乡土时既有积极拥抱新时代,赞颂农村中社会主义新人新事,体现出一种积极、乐观、向上的理想情怀。也有对封建主义进行深刻的批判,尤其是在"国民性"的批判上,继承了鲁迅批判的传统。前者如张武的《三叔》《瓜王轶事》《渡口人家》,蒋振邦的《在沿河村里》,后者如南台的《还乡》《阴庄》,马治中的《在那荒僻的小山沟》《杨树沟的故事》,郑柯的《塬上的日头》,张冀雪的《回家的路》等。在"两张一戈"中,张武的创作是最具宁夏乡土特色的,他以一种"老农民骑毛驴"的质朴描绘着新时代宁夏的乡土世界。他擅长写农村生活的新气象,在小人物的塑造上颇为用力。《瓜王轶事》中的"瓜王"王保生便是一个有个性的农民形象,用福斯特的话来说,王保生应属于"圆形人物",这其中的原因在于王保生的多面。他勤劳厚道,正直精明,但又有些生意人的狡黠和浓厚的小农个体意识。正像有学者指出的那样:"他并不是'高''大''全'式的光彩照人的英雄,但他却是生活在今天,生息在中国乡土之上的,一个真实的,活生生的'人',一个普普通通的农民。正是这样众多的普通人,组成了农村建设的基层力量。勤劳乐观,不断求索,带有时代的精神特征。"②另外,张武多年在农村生活、工作的经历,使他的作品在题材、人物和语言上都带有典型的宁夏地方色彩和浓郁的乡土生活气息,通过刻画和颂扬社会

---

① 李兴阳:《中国西部当代小说史论(1976—2005)》,安徽大学出版社2006年版,第165页。
② 谢保国、赵慧:《张武乡土小说创作初探》,《宁夏大学学报》(社会科学版)1986年第1期。

主义的新人形象来歌颂新的时代。诚然，我们能够体会张武当时赞扬新时代的创作心情，但，无论是现在读这些作品的印象，还是当时评论者对张武小说的研究，都可以感觉到张武小说缺乏一种描绘现实生活的深度和力量，究其原因，或许只能用时代局限性来为其辩解了。

20世纪的乡土小说本身就有两个传统，一是以鲁迅为代表的批判的传统，一是以沈从文、废名为代表的诗意的传统。可以说，对"国民性"的改造和批判一直贯穿在整个乡土小说发展之中。南台的《还乡》《阴庄》表面上描写了纷繁复杂而又琐碎的生活样貌，其实背后南台直指国民劣根性之一的"权力拜物教"的思想。这一糟粕思想产生的以权谋私、拉关系、走后门、行贿受贿等腐败行为成为中国现代化发展过程中最为严重的羁绊，最可怕的是这样的思想俨然成为百姓的一种集体无意识，根深蒂固，无法撼动。在这个意义上，南台对于国民性问题的探讨不可谓不深。马治中的《在那荒僻的小山沟》《杨树沟的故事》《山林之子》等作品体现的是文明与愚昧的冲突。在闭塞的山村中，女性无法舒展自己正常的人性去追求自己的真爱，而是在传统积习的影响下，被迫嫁给自己不喜欢的人。"我是我自己的，他们谁也没有干涉我的权力"，五四时期鲁迅借小说中的人物子君传达出强烈的启蒙之音——追求个性解放和恋爱自由。然而，半个世纪之后，人们依然无法感受到文明的进步，冲突的失败造成的悲剧结局更加深了人们对愚昧落后的仇恨。张冀雪的《回家的路》中的那个深受封建主义旧观念、旧意识束缚的女人，穷困劳累得了腿病，为去治病还得低声下气，忍受婆婆的辱骂。文化荒蛮与愚昧落后铸就了妇女不幸的命运。妇女解放成为80年代启蒙运动乐章上最为悦耳的音符。80年代的宁夏乡土小说，在文明与愚昧的冲突的书写上，表现出一种罕见的深度。宁夏的许多作家已经深刻意识到"乡村的陈规陋习及其相应的传统文化心理，已然脱去乡民眼中的那层神圣，显示出它的落后、野蛮、残酷，对生命的戕害，对道德的践踏，对人性的扭曲"[①]。究其本质，这样的乡土小说才是有深度、有力量的创

[①] 李兴阳：《中国西部当代小说史论（1976—2005）》，安徽大学出版社2006年版，第167页。

作。只不过批判的传统在宁夏随着时间的推移逐步被诗意的传统遮蔽。

20世纪80年代，宁夏的少数民族作家创作了许多优秀的作品，比如查舜的《月照梨花湾》和马知遥的《搭伙》《四月的河滩》等作品。查舜的小说创作是20世纪80年代宁夏小说的杰出代表。他的诸多小说没有停留在对本民族民风民俗的浅层描摹上，而是走向了对民族文化的深度阐释。查舜小说作品中的主人公往往在不断遭受磨难压抑的情境中没有自甘堕落，而是励精图治，表现了主人公在传统重负和愚昧保守势力的压迫之下所呈现的积极进取、不屈不挠的斗争精神。20世纪80年代宁夏的少数民族文学创作刚刚起步，少数民族作家的小说创作探索还不够深入，集中表现在对民族风俗和情感意识层面的书写上，因而在彰显独特性的同时忽略了对文学普遍性意义的追求。这种改变在后来的少数民族作家石舒清、金瓯、阿舍那里才得到实现。21世纪前后的石舒清、金瓯、阿舍的小说创作是关于人的生命和人的意义、价值等具有人类普遍性意义理念的思考。尽管80年代的宁夏少数民族文学创作有时代的局限性，但它所形成的叙事模式、情感结构和价值诉求仍具有积极意义，对后来少数民族作家的小说创作产生了深远的影响。

二 21世纪前后的宁夏小说创作

20世纪80年代文学在理想主义的笼罩下还能够呈现文学史家所谓的"一体化"形态，单从小说的形态而言，就上演过"伤痕"小说、"反思"小说、"改革"小说、"寻根"小说、"现代派"小说、"先锋"小说、"新写实"小说、"新历史主义"小说、"现实主义冲击波"等，尽管小说思潮风起云涌，不断变换，但对于创作者和研究者而言，仍能把握住小说创作的主潮。这源于80年代的小说创作仍在坚守着启蒙精神，启蒙主义话语仍可以作为20世纪80年代社会人文大环境的"元话语"被实践。进入20世纪90年代，中国社会的整体面貌发生了天翻地覆的变化，市场化不仅改变了社会发展的总体走向，也影响了人们的日常生活方式和思维方式。随着市场经济体制的逐步确立，中国人在精神追求、价值取向和行为方式上都发生了变化。回顾历史，似乎没有哪个年代像90年代那样充满如此繁复的精神的矛盾、冲突、焦虑、困扰与激变。在这个年代里，所有的中国人都真切地感受到了生活上的传奇性变化与心灵上的巨大震撼。90年代的整个十年，中国社会的原有格局出现了前所未有的松动，经济发展模式的变化和社会阶层的分化成为90年代社会的重要表象。与之相关的是，中国的社会精神流向也出现了多元化的形态，文学史家眼中的"一体化"形态在90年代不断被消解、颠覆，"共名"逐渐演变为"无名"。知识分子的广场意识淡化，开始走向了岗位意识，甚至转向了民间立场。自此，在20世纪80年代有着现代性的统一追求的知识分子在90年代发生了严重的分化。

在20世纪90年代的文学界，作家队伍是思想震荡和分化最严重的一支知识者队伍，许多此前对文学并非虔诚的人在新的社会环境下忽然陷入一种进退失据的尴尬境地。于是，在读者逐渐流失，作家又面临精神不振的情境下，90年代的中国文学整体陷入了一个低谷。这种低谷的表现是多方面的，一是文学较之以前失去了神圣的使命感和社会责任感，丢弃了民族生活和民族文化的深度和广度，逐渐从80年代受宠的中心滑向了失宠的边缘；二是文学创作开始接受市场的检验，当代文学在市场操作下逐渐丧失走向经典的属性，为了迎合大众文化的趣味，许多作家的创作开始消解崇高，走向媚俗，尽管可能成为畅销书，却失去了走向经典的可能。

进入21世纪之后，上述两种症状并未得到有效的缓解。"新世纪文学"因为市场文化的崛起而呈现更为"狂欢化"的特征。尽管新世纪文学的表征趋于多元，但不可否认的是，大众文化的批量生产已经构成了当今中国都市文化的核心图景。"娱乐至死"的精神生活观念和"读图时代"所带来的无知与浅薄严重影响了20世纪以来最为重要的思想命题——启蒙现代性的展开。尤其是那些经济发达的地区，后现代文化滋生的解构意识让曾经引以为傲的整体性历史叙事彻底"碎片化"。"一切坚固的东西都烟消云散"（马克思语），人们在这种娱乐化、碎片化的语境中丧失了对日常生活的批判能力。全球化造成的文化同质性让本土文化渐渐失去了自我表述的主体性话语，以至于"文化认同"成为21世纪以来文化研究重要的关键词。更为关键的是，21世纪以来个体化的创作呈现极端化的趋势，"顾影自怜"和"无病呻吟"式的写作充斥着当今的中国文坛，这些消解崇高、颠覆启蒙的话语伴随着市场化的运作方式逐渐变成一种被认同的常态化的写作，社会急剧转型所形成的历史的迅速转身让众多有良知的学者充满诸多的无奈与茫然。著名学者南帆在《理解与感悟》的再版后记中写道："听说某些地方正在组织学生儒冠儒服地祭拜'天地君亲师'，听说某些地方的公职人员热衷于求神拜佛，保佑官运亨通，又听说某些地方的婚礼恢复了八抬大轿的迎亲习俗，恍惚之间我几乎怀疑号称'新启蒙'的八十年代曾经存在过。"① 实际上，南帆的这种怀疑已经构成了对新世纪思想文化图景的一个深描。

恢复"五四"启蒙主义的思想传统，书写"乡土中国"的历史沧桑变迁，用人文之光烛照底层人民的心灵世界，真正创作出具有现实主义炽热情怀之作，是这个时代真挚的呼声。所以，20世纪90年代之后的中国文学迫切需要讲述具有中国文化底蕴的"中国故事"，分享具有文化自信的"中国经验"，重新找回具有悠久历史传统的"深邃感"和"忧患感"的社会责任来。正是在这样一个时代转型与文学背景下，世纪之交的中国文坛，地处西北偏远地区的宁夏文学得以涌现，特别是一支年轻的创作队伍——"宁夏青年作家群"开始形成，"宁夏青年作家群"的出现为中国文坛吹入了一股清新之气。宁夏文学研究专家郎伟曾经谈及"宁夏青年作家群"出现的意义时说过："在一个提倡速度和奔跑的年代，在一个弥漫享乐和消费气息的历史时刻，他们注目于脚下的土地和那土地上辛勤劳作的人民，力图通过艺术的描绘，展现一个古老民族逐渐摆脱贫困走向新生的历程。更重要的是，宁夏青年作家是想通过对历史转换过程中民族美好精神性格的发现和塑造，寻求中华民族重归世界优秀民族之林的可能性途径。"② 所以，从20世纪90年代中后期开始，宁夏

---

① 南帆：《理解与感悟》，华东师范大学出版社2014年版，第38页。
② 郎伟：《新世纪前后中国文学版图中的"宁夏板块"》，《宁夏社会科学》2012年第5期。

文学创作呈现蓬勃发展和异常兴旺的景象。论及21世纪前后宁夏文学的创作实绩，宁夏的小说是重中之重。

（一）2000年前后的宁夏小说创作描述

1. "宁夏青年作家群"逐渐形成，中短篇小说创作呈现出优势

以张贤亮为代表的一批作家引领了宁夏小说在80年代的辉煌，宁夏的小说创作从80年代末期到90年代初期，经历了一个相对短暂的低谷。但这种低谷的局面很快便结束，从20世纪90年代中期开始，一批年轻的宁夏作家开始登上宁夏文坛，并逐渐展现出令人震惊的创作势头。宁夏青年作家经历了十多年不懈的努力与奋斗，已经成为中国当代文坛不可忽视的创作力量和文学新军，"宁夏青年作家群"的崛起已经成为应当载入当代中国文学历史的动人篇章之一，[1] 成为继张贤亮以后宁夏文学的另一个高峰。[2] 通览宁夏青年作家的创作，中短篇小说成为他们创作的主要文体类型。宁夏的中短篇小说走本土化创作之路，关注时代命运和人民疾苦，歌唱人类生活美和人性美。他们如实描写了苦难乡土百姓当中的奋起，走向新生途中的困惑，因此，他们的写作体现出一种与时代的要求相称的价值承担，故而在当下文坛独树一帜，受到文坛的偏爱。石舒清的《清水里的刀子》、郭文斌的《吉祥如意》、马金莲的《1987年的浆水与酸菜》这三篇获得鲁迅文学奖的作品都是短篇小说，李唯的《中华民谣》、陈继明的《月亮下的几十个白瓶子》、金瓯的《鸡蛋的眼泪》、张学东的《送一个人上路》《跪乳时期的羊》、古原的《斋月和斋月以后的故事》、漠月的《锁阳》《放羊的女儿》、马宇桢的《季节深处》、李进祥的《狗村长》、季栋梁的《吼夜》、了一容的《去尕楞的路上》等小说皆是20世纪90年代之后享誉全国的中短篇小说。而且有些宁夏青年作家的中短篇小说已经成为某些文学大刊的"热门作品"，并多次被《小说选刊》《小说月报》转载，屡次登上"中国小说学会年度文学排行榜"。我们可以自信地评价，宁夏青年作家的中短篇小说创作水准已经居全国中

---

[1] 郎伟：《新世纪前后中国文学版图中的"宁夏板块"》，《宁夏社会科学》2012年第5期。

[2] 有关"宁夏青年作家群"创作实绩及形成过程的论述详见第四章第一节"'宁夏青年作家群'：90年代以来宁夏文学的主体建构"，在此不赘述。

上游水平，宁夏中短篇小说已成为宁夏文学的一块招牌，在全国赢得了广泛的美誉与认可。

2. 宁夏长篇小说创作出现新局面，许多老中青作家都相继推出了艺术水准颇高的长篇小说

1992年，张贤亮发表了他的长篇小说《我的菩提树》，受此影响，一批长篇小说相继问世，包括南台的讽刺小说《一朝县令》、张武的《涡旋》《罗马饭店》、马知遥的《亚瑟爷和他的家族》、高耀山的《风尘岁月》《激荡岁月》、郭兴的《诡道》、王维堡的《郎家巷子》、王漫西的《租借生命》、查舜的《青春绝版》《穆斯林的儿女们》《局》、高嵩的《马嵬驿》。进入21世纪之后，宁夏长篇小说创作更是呈现井喷之状。古越、羽萱的《金羊毛》《菊花醉》、陈继明的《一人一个天堂》、张学东的《西北往事》《妙音鸟》《超低空滑翔》《人脉》《尾》、李进祥的《孤独成双》《拯救者》、郭文斌的《农历》、季栋梁的《奔命》《上庄记》《锦绣记》、马金莲的《马兰花开》、石舒清的《底片》、王佩飞的《儒仁的图腾》、火仲舫的《花旦》《浪子吟》、董永红的《风雨有路》《产房》、高耀山的《烟火人家》等。截至目前，新时期以来的宁夏长篇小说已经百部有余。长篇小说是文学创作的"重型武器"，是考验一个作家综合实力的有效文体。自20世纪90年代，长篇小说的写作者多是老作家，他们虽然有着丰富的人生经验与阅历，还有对生活的解读能力，但长篇小说的创作还需要一种重要的能力，就是艺术的超脱感。长篇小说不仅需要内容上的深刻，还需要形式上的轻盈，要让读者在紧张的阅读过程中获得一种放松，在文字背后体会到一种高远阔大的想象空间。此外，老作家对新生事物及其现代化所带来的社会变化，无论从思维观念还是身体力行上，都无法准确及时地予以回应，因而，长篇小说的创作不免走向保守封闭，缺乏现代性的开拓，进而小说的社会认同感不强。而进入21世纪之后，宁夏党委宣传部、宁夏文联、宁夏作协等政府部门大力支持，策划的"新绿丛书""金骆驼丛书"等一系列资助项目扶持长篇小说的创作，长篇小说的创作得到了长足的发展，在近20年内取得了突破性的进展。宁夏文坛已经为读者推出了百余篇长篇小说，这对于一个作家相对

较少的省份而言已经是一个不错的成绩。当然,我们也必须清醒地意识到,宁夏的这些长篇小说水平参差不齐,与全国顶尖水平尚有不小的差距。至今我们还未有一部长篇小说获得代表长篇小说最高奖项的"茅盾文学奖"。但从《我的菩提树》《一朝县令》《亚瑟爷和他的家族》《青春绝版》《马嵬驿》《一人一个天堂》《农历》《妙音鸟》《上庄记》《马兰花开》等长篇小说来看,这些作品已经表现出作家相当深厚的思想艺术功力,并且获得文学界的关注与好评。这无疑提升了宁夏小说在全国的影响力,相信假以时日,宁夏的长篇小说离"茅盾文学奖"会越来越近。

3. 小说题材有所扩大,城市生活题材开始进入作家的视野,小说艺术表现方式有新的突破

自20世纪90年代始,宁夏小说创作仍是以乡土题材为主,其原因在于宁夏处于经济落后、生产力水平低下、现代思想和意识相对淡薄的传统农业社会当中。宁夏作家生活在中国最不发达的地区,自小与黄土、漫漫风沙、牛马羊驼为伴,日日目睹"狗吠深巷中,鸡鸣桑树颠"的乡村景观。这样的人生经历深刻地塑造和决定了宁夏作家们的精神价值和审美心理。从人的亲近本性而言,都倾向于描写自己所熟悉的领域。乡土生活和童年记忆成为一种集体无意识深深植入宁夏作家们的心灵深处。如果说,20世纪80年代的乡土小说还包裹着政治话语的成分,自90年代开始,宁夏乡土小说则呈现一种文化自觉的状态。石舒清在90年代之后的小说绝大多数都是乡土小说,他的小说集《苦土》《伏天》《开花的院子》《灰袍子》《底片》,还有陈继明的《寂静与芬芳》、南台的《南台的中篇小说集》、郭文斌的长篇小说《农历》、张学东的长篇小说《西北往事》《妙音鸟》、李进祥的《换水》、马金莲的《父亲的雪》《碎媳妇》、漠月的《锁阳》《放羊的女人》《遍地香草》、季栋梁的长篇小说《上庄记》等,这些小说大多是描写生活于乡土之上的人们的命运变幻和心灵波澜的,但乡土小说的创作也渐渐呈现悖论的态势。深厚的乡土生活经历为宁夏作家们提供了最大的写作素材和创作源泉,但同时这种生活的封闭性、保守性、滞后性又限制了作家们的思想视野,影响了他们看待世界的眼光,妨碍了他们对中国社会做更深入的透视和发现。尤其是在

现代性视野的观照下，沉溺于乡土本质以及城乡对立的二元化思维逐渐成为宁夏小说的弊病。

　　自20世纪90年代开始，尽管乡土题材仍是宁夏小说的主体，但城市题材的小说开始崭露头角，并呈现一种难得的深刻，为宁夏小说注入了一种新鲜的故事。并且随着西部大开发战略的实施，宁夏的城市化发展进程加快，现代化程度也逐渐提高，城市人的生活与命运正变得越来越复杂，城市化带来的弊病也在不断凸显，这也成了生活在城市里的宁夏作家们所要表现的内容。陈继明的《月光下的几十个白瓶子》《城市的雪》《比飞翔更轻》《椅子》、马宇桢的《伤心》、季栋梁的《挽男人胳膊的女人》《让生命飞翔起来》、郭文斌的《水随天去》《陪木子李到平凉》、曹海英的《左右左》、平原的《爱人同志》等都是城市题材的小说，这些小说展现了不同于乡土小说的叙事方式与价值追求，关注于市场经济时代城市人的精神生活现状。宁夏城市题材的小说尽管还存在创作的粗疏、张皇，宁夏作家对城市生活的描写还无法到达深度进入的状态，许多小说还只是停留在城市符号的叙写层面，无法捕捉到现代城市文明所彰显的现代精神。还有许多从农村进入城市的宁夏作家，则倾向于将城市化的负面影响无限扩大，以此来实现将乡土打造为精神归属地的目的。但是，我们不得不看到，城市题材小说出现并逐渐展现出被认同的趋势，对丰富宁夏小说的创作类型起到了积极的促进作用，并且随着城市化发展程度的逐步提高、现代文明程度的不断深化，城市题材的小说在不久的将来会逐渐成为宁夏小说的主流。

　　从小说的创作方法上，现实主义的创作方法依然是主流，但是现代主义的创作方法业已崭露头角。宁夏的小说创作一直恪守现实主义的创作方法，因为，宁夏的小说家们一直相信自己的眼睛所能看到的社会形态。在宁夏作家那里，现实主义不仅是一种创作方法，同时还是一种介入社会复杂现实、敢于干预生活的创作勇气和无私无畏的人格力量，是一种讴歌人间正义，悲悯多难人生，批判世间邪恶的文学道义精神和创作观念。从20世纪90年代开始，宁夏小说家秉承着现实主义的批判传统，创作了许多关注时代命运和人民疾苦的小说。老作家张武的《涡旋》

和南台的《一朝县令》两部长篇小说便显示出真诚无畏的现实主义精神。这两部小说真实而有力地刻画出"文化大革命"年代的政治风云与人间百态,充满强烈的"反思意识"和"忧患意识"。尤其是两部小说着意描写了动荡、混乱的年代里,权力对正常人性的腐蚀。陈继明的《月光下的几十个白瓶子》是 90 年代宁夏短篇小说的代表作,小说以深刻的洞察力敏锐地捕捉到当前社会的一种普遍性的消极心理,并揭示了这种消极心理所潜藏的巨大危险和可能带来的社会灾难。进入 21 世纪之后,宁夏"三棵树""新三棵树"的创作更是秉承现实主义的创作理念,季栋梁、张学东、李进祥等宁夏作家立足于社会问题的聚焦,对于人性与社会提出尖锐的追问。

20 世纪 80 年代中期现代主义创作开始在中国文坛呈现一派繁荣景象,马原、残雪、徐星、刘索拉、余华、格非、苏童、孙甘露等作家的创作成为文坛瞩目的对象,而对于宁夏的小说创作,张贤亮在 80 年代以《浪漫的黑炮》进行过现代主义的尝试,而真正的创作直到 90 年代才开始,马宇桢的小说集《季节深处》深受塞林格的西方现代主义经典小说《麦田里的守望者》的影响,着意描写城市青年的忧郁与感伤的情绪。同时,荒诞和魔幻现实主义手法的运用,使小说充满新奇感。小说之中,多个情节与《百年孤独》中的这句"许多年以后,面对行刑队,奥雷连诺上校准会想起,他父亲带他去见识冰块的那个遥远的下午"相似。在具体的场景叙述中,马宇桢又运用了蒙太奇的写作手法,不断变化写作的镜头,小说的章节之间借用了后现代主义拼贴的艺术方式,把整个故事讲述得非常自由散漫,使小说整体上有一种支离破碎的感觉。但这种看似任意的讲述是统领在作者的主体情绪之下的。另一位小说家金瓯也是一位善用现代主义手法创作的作家,他的写作受福克纳、塞林格、菲茨杰拉德等美国先锋作家的影响,他的小说表现出相当浓厚的现代主义色彩。真正的先锋是精神的先锋,李兴阳认为金瓯是"西部具有先锋精神的先锋作家"。他的代表作《鸡蛋的眼泪》《前面的路》《刀锋与伤口》,借鉴现代派的碎片化、寓言体、拼贴、陌生化等艺术表达方式,通过独具特色的叙事方式追求自由化的精神价值。张学东的长篇小说《妙音鸟》受加西亚·马尔克斯的《百年孤独》的影响,采用魔幻现实主义的创作方法,虚化历史背景,追求一种想象性的真实存在。对待现代主义,我们必须清醒地认识到它所产生的时代背景及其表现形式。20世纪80年代就有关于"伪现代派"的争论,一个核心的原因就是现代主义产生于发达的工业社会,这样的土壤环境显然是20世纪80年代的中国社会和世纪之交前后的宁夏所不具备的。因此,自20世纪90年代开始,宁夏小说的现代主义创作未形成较大的气候,并且宁夏小说家对现代主义的认识多是从西方现代主义小说家的写作中移植得来,而没有对现代主义从理论层面进行深刻的认知,这使宁夏小说家对现代主义只停留在形式模仿的层面,而不能像他们的偶像卡夫卡、博尔赫斯、福克纳、塞林格、马尔克斯等现代主义大师由形式上升到思想观念的层面。瑕不掩瑜,从20世纪90年代开始,宁夏出现的现代主义创作手法丰富了宁夏小说创作的多元形态,提供了更多认识现实社会和内心世界的视角。

(二) 21世纪前后的宁夏小说呈现出的总体面貌

1. 作家受生活记忆的影响,乡土小说创作依然强劲

西部小说研究专家李兴阳曾指出:"中国西部,虽然也有属于自己的城市文明,但在文化发展的总体状态上,依旧还是乡土的,是前现代的'乡土西部'。"[①] 而宁夏作为西部最小的省份,在经济与文化发展的状态上,仍处于前现代的范畴。学者贺绍俊更是从中国现代化发展现状,尤其在人文精神的层面论及处于前现代的宁夏文学的意义与价值。"如果说中国的现代化需要前现代的社会形态和文化形态提供一种精神合力的话,那么文学是传达这种精神合力的重要途径。宁夏文学生长在前现代的土壤上,感受到现代化的阵阵季风。"[②] 西部的大量农村,不发达城市的存在,意味着一种强大的现实存在,在这样的社会形态中产生的文学,在中国快速现代化发展的过程中,为人们提供了精神层面的营养。而宁夏的文学在全球化的冲击下表现出一种对人类精神价值坚守的姿态是值得

---

① 李兴阳:《中国西部当代小说史论(1976—2005)》,安徽大学出版社2006年版,第165页。
② 贺绍俊:《宁夏的意义》,《小说评论》2006年第5期。

肯定的。因此，无论从地域经济发展的程度还是文化形态的演进来看，宁夏的文化形态都充满前现代的乡土属性。那么，乡土小说便是宁夏作家最为青睐的创作题材。贺绍俊指出："乡村在宁夏的文学不仅仅是一个地理的概念，不仅仅是一个描写对象的问题，而是体现为对乡村精神的认同。宁夏的文学不需要改变他们对乡村精神的认同，这是它的独特性所在。"① 尽管20世纪90年代以来，宁夏的乡土小说所提供的故事不再新鲜，但是在飞速发展的现代化浪潮中仍有它的积极意义。正如贺绍俊所言："宁夏文学的好处就是它追求一种超越世俗的精神性，在普遍弥漫着物质主义和欲望的时代，宁夏文学对人类的一些具有永恒性的精神起到了一种保鲜的作用。"② 进入21世纪之后，宁夏三位"鲁迅文学奖"获得者的短篇小说《清水里的刀子》《吉祥如意》《1987年的浆水与酸菜》都充满浓厚的乡土气息。少数民族骏马奖的获奖小说石舒清的《伏天》《苦土》、了一容的《挂在月光中的铜汤瓶》、李进祥的《换水》、马金莲的《长河》也都是乡土小说。在宁夏，获奖不仅为获奖者本人、本地域带来殊荣，更会在宁夏的文学界成为一种写作的导向，更多的宁夏作家会在乡土小说的创作园地中耕耘，期待有所收获。此外，作为写作者的作家，对自己所熟悉的生活有一种天然的亲近性，宁夏作家大多来自农村，熟悉的乡土生活与童年记忆成为他们写作首选的材料，再加之根深蒂固的乡土观念，因此，尽管进入21世纪以后，宁夏的现代化程度不断提高，但宁夏的乡土小说在当下依然是宁夏文学最为出色的题材类型，其艺术水准之高、主题之深刻，还未有其他类型的小说题材与之相媲美。乡土小说自2000年以来依然保持着强劲的创作势头。

2. 艺术寻求上有新变化

20世纪80年代中期的现代派、先锋式的写作并未对宁夏的小说写作产生多大的影响，尽管马宇桢和金瓯曾尝试现代主义的创作方法，但从整体的创作而言毕竟是小众的创作方法。宁夏作家大都恪守着现实主义的创作方法，直面现实的人生，聚焦社会现实问题，刻画出丰富多彩的

---

① 贺绍俊：《宁夏的意义》，《小说评论》2006年第5期。
② 贺绍俊：《宁夏的意义》，《小说评论》2006年第5期。

人物形象，书写西部人民在社会转型过程中面临的物质与精神的双重困境，尤其看重小说创作的精神内涵以及对人的灵魂所产生的影响。在艺术层面，宁夏作家立足"中国经验"，虽取法中外小说种种成功的艺术经验，为笔下的西部人生服务，但骨子里是本土化的。自20世纪90年代开始，"宁夏青年作家群"崛起于中国当代文坛，这支充满活力的创作队伍之所以能够引起文坛的关注，不仅是因为他们提供了一些迥异于东部发达地区的故事素材和民俗性的文化符号，更因为宁夏青年作家在艺术风格上有诸多新的变化。首先，宁夏青年作家在人物塑造上充满强烈的人文情怀。他们同情弱者，对生活在社会底层的劳动者充满着悲悯的情感。在宁夏青年作家的小说中，妇女、老人、儿童是塑造得最多也是最成功的形象。石舒清笔下的回族老人形象、张学东笔下的那些被伤害的妇女与儿童形象、马金莲笔下的那些回族妇女形象等，都给读者留下了深刻的印象。其次，宁夏青年作家将小说语言上升到创作本体的地位上来。老作家汪曾祺就说过："写小说就是写语言。"[1] 小说是否可读，首先在于小说的语言是否最值得反复回味的汉语。石舒清的小说语言就是最值得回味的，《清水里的刀子》的语言充满神圣肃穆感，《浮世》里的小说语言灵动却又暗含着悲伤。郭文斌的小说则是诗化体小说，他的小说语言诗意盎然。两位鲁迅文学奖获得者都追求小说语言的洁净与雅致，彰显出一种绿色的文学创作理念。最后，动物叙事也是宁夏小说创作的一个亮点。动物叙事既体现了宁夏作家本土化写作的表征，又能在深层次上触及人与自然如何相处的生态理念。当代文坛不乏描写动物的杰作，比如《狼图腾》等作品，宁夏作家笔下也不乏各类动物，宁夏作家与动物之间存在非常亲密的关系，他们不仅写出了动物的生存状态以及与人类之间的关系，还赋予了动物某种灵性和超越性的神圣意味。比如石舒清的《清水里的刀子》中的"牛"，漠月的《白狐》中的"白狐"、《放羊的女人》中的"羊"、《父亲与驼》中的"骆驼"，张学东的《跪乳时期的羊》与《看窗外的羊群》中的"羊"，马悦的《飞翔的鸟》中的"鸟"，李进祥的《狗

---

[1] 汪曾祺：《小说的思想和语言》，见《晚翠文谈新编》，生活·读书·新知三联书店2002年版，第44页。

村长》中的"狗",季栋梁的《军马祭》中的"马",等等。

3. 小说所反映的价值观念也逐渐多元

自20世纪90年代始,由于市场经济取代计划经济成为经济发展的主体,中国社会面临急剧转型,而宁夏也在国家西部大开发的战略中呈现现代化的急速发展模式,现代化不仅给宁夏人民带来物质生活的改观,也带来了人们价值观念的变化。文学作品作为人类集体无意识的产物,很好地诠释了人们在社会转型之中生存状态的变化。小说家通过小说创作来表达对社会变化的感知,并通过对人物形象的塑造和对故事的讲述表达自己的价值观念。价值观念的表达应该是优秀小说家创作的终极目的,也是一个作家成熟的标志。比如俄国大作家列夫·托尔斯泰在他的每一部小说中都旗帜鲜明地表达他的人道主义价值观念。宁夏作家的创作被外界评论家评价为"某些人类精神价值的坚守姿态"[①],作为一个创作群体,宁夏作家尽管有地域写作的共性和对精神价值书写的痴恋,却呈现不同的创作个性。张贤亮就曾经评价"宁夏三棵树"的不同:"陈继明的文风是冷静的客观的,甚至是克制的,他常常故意把戏剧性降到最低点,石舒清非常善于写细微的东西,他的作品中常常充满了诗意和温情,金瓯的笔调则是极为强悍的,激越的。"[②] 创作个性的不同导致宁夏作家对外部世界的感受也是迥异的,进而折射出的价值观念也不一样,价值观念的多元化恰好证明了宁夏小说的活力与魅力,任何一个有活力、有魅力的文学群体都应该避免创作的模式化和"齐唱同一首歌",综观宁夏20多年的小说创作,宁夏小说在价值观念上不再单一,而是走向多元。

(1) 对生命充满着敬畏

生活在宁夏的人对生命是敬畏的,关爱与尊重生命成为一种本能,一种生命的意识。作为生活在这里的作家更是对生命有着形而上意义的思索。在作家的眼里,生命是尊贵的,但它不专属于人类,任何天地造化之物皆是生命的载体,它们的生命同样尊贵。宁夏小说对于弱小生命个体的辛酸处境及他们对生命与尊严的重视有着极为精深的描写。他们不仅关注

---

① 贺绍俊:《宁夏的意义》,《小说评论》2006年第5期。
② 张贤亮主编:《西北三棵树丛书·序》,花山文艺出版社2001年版,第2—3页。

老人、妇女、孩子、残疾人等弱势群体的生命，对那些花、鸟、虫、草，牛、羊、驴、马等生命也非常重视。宁夏作家对生命充满着敬畏之心，还在于他们对弱势群体生存困境的展现以及对生存尊严的捍卫。陈继明《粉刷工吉祥》中的吉祥，李进祥《换水》中的马清与杨洁，他们挣扎于生活的边缘，却始终不忘作为一个生命个体所应有的尊严。

(2) 对死亡的终极思考

人类生命的过程就是一段不断向死亡靠近的过程，在西方，死亡从来都是一个极具魅惑力的字眼，叔本华、尼采、涂尔干等大师都对死亡进行了形而上意义的思索，而中国传统儒家文化历来有"未知生，焉知死"这样回避死亡的言论，这也深深影响了中国人对死亡的思索。宁夏作家呈现的一个显著的特点就是对死亡书写的热衷以及所体现的思索深度。石舒清的诸多小说便对死亡有着深邃的思考，《清水里的刀子》《疙瘩山》《红花绿叶》等小说中的死亡书写都蕴含着"两世吉庆"的哲学理念，对待死亡的态度是敬畏与感动。而陈继明的《寂静与芬芳》、张学东的《送一个人上路》等小说赋予了死亡以沉重感，甚至有一种难以诉说的悲伤与沉郁，对待死亡的态度是恐惧与悲戚。

(3) 对乡土的守望与超越

宁夏作家在现代化的过程中，陷入价值判断的惶惑与混沌。在现代性的焦虑之中，宁夏的乡土作家陷入了分化。一部分作家向乡土回归，表现出对乡土人生的归依与亲和，譬如郭文斌的《吉祥如意》《农历》、石舒清的《果院》《父亲讲的故事》、漠月的《放羊的女人》《父亲与驼》、马金莲的《1987年的浆水与酸菜》《长河》《马兰花开》等小说。这些作家对现代化所带来的现实图景是不满的，但又对现实充满着些许的无奈，只好回归自己熟悉的乡土世界寻找所谓的"诗意栖居"。而另一部分作家以现代的胸襟超越自我对乡土的情感，正视现代化给乡土带来的物质与精神的变化，以现代理念来观照这种社会转型，譬如季栋梁的《上庄记》、李进祥的《屠户》《换水》《狗村长》等。现代化对乡土社会结构的塑造并没有产生现代性的质素，而是产生了一种可怕的败坏。季栋梁与李进祥便深刻体察到这种变化，对现代化的负面影响予以理性审视。还有一部分作家彻底告别乡土，接受现代文明的洗礼，并聚焦社会现实问题，以此表达现代人的生活理念。升玄的长篇小说《越秀峰》、张学东的《超低空滑翔》《给张杨富贵深鞠一躬》《父亲的婚事》《阿基米德定律》《裸夜》等小说，把视角聚焦在城市文明下的社会现实人生，关注那些生活在城市中的群体的生存状态，并在现代性的尺度下衡量人性的高度。

总之，宁夏文学自20世纪90年代中后期之后再次崛起，以"宁夏青年作家群"为代表的一群作家走入文坛并取得了不俗的成绩，他们对文学充满敬畏与虔诚之心，文学在他们心目中是神圣的、纯洁的。他们将人生的主要精力都投入文学创作事业中来，心甘情愿地成为文学的"殉道者"。正是怀有这样真诚的创作态度，经过20多年的不懈努力，以小说为代表的宁夏文学才能在不长的时间内重回中国当代文学的视野，赢得了专家与读者们的一致尊重，并逐渐进入学术研究的视野，成为学者们争相研究的对象。宁夏小说创作水准的不断提高进一步推动了宁夏文学批评的繁荣，为宁夏文学批评提供了新颖的思想与艺术角度。批评与创作相辅相成，共同迎来了宁夏文学的繁荣景象。

第二节 宁夏文学批评的历时性考察

一 新时期中国文学批评概貌

新时期文学批评是新时期文学，也是中国当代文学的一个重要组成部分，具有不可忽视的巨大意义。这种巨大价值和意义的获得只需将其和20世纪五六十年代的文学批评相比就能看出。中华人民共和国成立到"文化大革命"结束，文学批评肩负着"思想斗争"的重任，将文学批评打造成一种语言的暴力，竭力清除那些优秀的文学作品和所谓的"精神异端"，尽管在那个年代有些文学批评偶尔闪烁着零星的思想火花，但是在那个文学批评附庸政治的年代，严格地讲，并无整体意义上的真正的文学批评。与此相比，新时期文学批评则以骄人的实绩呈现其存在的价值与意义。甚至有学者认为新时期的文学批评"无论从文化史还是思想史，学术史还是心态史的哪一方面讲，都拥有与'五四时期'同样重要的地位与意义"①。这样的评价与新时期以来的批评实绩是相吻合的。"文学批评乃是批评家对于作品、作家以及文学史诸种现象的分析、判断与评价。"② 文学批评从来是面对文学创作的，发现优秀的文学作品，促进文学的健康发展是文学批评的一个重要的使命。爬梳新时期文学发展的历程，其迈出的每一步都离不开文学批评殷实性的帮助，20世纪80年代风起云涌的文学创作，"伤痕"文学的确立、反思文学的发展、"朦胧诗"的正名、探索文学的形成以及"先锋"文学的展开、"新写实文学"与"现实主义冲击波"的命名，90年代"女性文学"、"新生代"文学以及"新世纪文学"的出现，全都得力于文学批评的积极实践。一个毋庸置疑的结论就是，新时期文学的发展在很大程度上依赖于文学批评的强力运作。

新时期文学批评不仅对新时期文学的繁荣起到推动作用，而且自身在批评实践中也获得了学科的自觉意识，并经过学者们的共同努力更具有学术规范和科学性。新时期文学批评最令人振奋的是批评有了主体性。批评家不再是臣服于作家的奴隶，批评家在批评的实践中彰显自己的个性，凸显自己的主体性，在作家思考止步的地方继续前行。批评在批评家眼里既不是政治的工具，也不是作品解释的工具。文学批评不仅要承担经典作家、作品确立的任务，同时也要彰显批评家自己的美学观念和批评体系。加之20世纪80年代各种西方理论传入国内，批评话语逐渐滤去以往的乌托邦话语的痕迹，充分地文学化、学理化，一时间批评家操持着各种西方理论的武器冲向了新时期文学这块亟待占领的领域，尽管有些批评家对西方理论还未做到充分消化理解，与本土经验还未实现有效融合，以致匆忙上阵而漏洞百出，但不可否认，20世纪80年代文学批评的繁荣很大程度上依赖于批评家们的理论自觉。

这种批评的自觉意识让批评家充分认识到批评学建立的必要，20世

---

① 鲁枢元、刘锋杰等：《新时期40年文学理论与批评发展史》，浙江文艺出版社2018年版，第1页。
② 南帆等：《文学理论》，北京大学出版社2010年版，第285页。

纪80年代到今天,批评学专著层出不穷①,推动文学批评学科的进一步规范化,也为新时期文学批评的繁荣提供了理论基础。

新时期文学批评勇于开拓自由文化的空间,大力倡导批评的多元化。"文化大革命"结束,历史进入了新的篇章,但这并不意味着人们能立刻走出思想的阴影,因为中国社会拥有一种超稳定的社会结构系统,鲁迅曾言:"可惜中国太难改变了,即使搬动一张桌子,改装一个火炉,几乎也要血;而且即使有了血,也未必一定能搬动,能改装。"②曹文轩指出:"崩溃、再生,再崩溃,再再生,历史还是挣扎着前进了。但,万变不离其封建主义实质,这就是事实。"③"四人帮"虽然消灭了,但"四人帮"残留下来的"左"倾观念却没有得到根除,教条主义和形而上学仍然时常禁锢人们的思想。而解构"左"倾观念,呼唤自由精神,新时期文学批评起到了先锋作用。在批评的具体实绩中,文学批评为刘心武的小说《班主任》极力辩护,为"朦胧诗"等新的美学原则激情呐喊,对现代派文艺热情的召唤,对人道主义与异化问题热烈的阐释,对主体性哲学和美学积极的颂赞,对"歌颂与暴露"的话题坚决清算,对"人文精神"进行热烈讨论等,文学批评在努力地清除"左"倾文艺观念的影响,构建启蒙主义的批评话语。新时期初期的文学批评在思想解放的大潮中,不断开拓着文化自由的空间,与文学创作共度了一个难得的蜜月期,一起创造了一个文学的神话。

新时期文学批评在方法上真正实现了多元化。在新时期之前,文学批评由于受到政治学的捆绑,在方法上坚持所谓的社会学批评,但这种

---

① 唐正序:《文学批评研究》,湖北人民出版社1986年版;傅修延、黄颇:《文学批评思维学》,文化艺术出版社1989年版;潘凯雄、蒋原伦、贺绍俊:《文学批评学》,人民文学出版社1991年版;李国华:《文学批评学》,河北教育出版社1995年版;王先霈主编:《文学批评原理》,华中师范大学出版社1999年版;凌晨光:《当代文学批评学》,山东大学出版社2001年版;张利群主编:《文学批评原理》,广西师范大学出版社2004年版;李咏吟:《文学批评学》,浙江大学出版社2010年版;刘锋杰:《文学批评教程》,华东师范大学出版社2010年版;王一川主编:《文学批评新编》,北京师范大学出版社2011年版;於可训:《文学批评理论基础》,北京大学出版社2014年版;赵炎秋主编:《文学批评实践教程》,中南大学出版社2015年版;[美]查尔斯·E.布莱斯勒:《文学批评:理论与实践导论》,中国人民大学出版社2015年版。

② 鲁迅:《娜拉走后怎样》,《鲁迅全集·坟》,人民文学出版社1981年版,第164页。

③ 曹文轩:《中国八十年代文学现象研究》,作家出版社2003年版,第25页。

社会学实际上是庸俗化了的社会学,长期垄断批评界,以至于在新时期初期,社会学批评仍然占据主流。随着20世纪80年代中期大量西方理论涌入中国,文学批评开始接受外来的影响,更新了对文学的认识,进而也有了全新的阅读方式和批评方式。同时,批评话语和批评模式不断得到更新,弗洛伊德的心理学批评、荣格的原型批评、现象学与阐释学批评、英美新批评、俄国形式主义批评、法国结构主义、叙事学批评、西方马克思主义批评、后现代主义批评、后殖民主义与新历史主义批评、女性主义批评、读者与接受反应批评、文化批评等,各种批评模式风起云涌,新时期文学创作也成为这些理论演练的平台,姑且不论演练的结果如何,对于长期理论封闭且单一化的批评而言,西方理论的涌入对中国文学批评的发展确实有很大的促进作用。因为每一种批评理论都饱含崭新的知识信息,都会扩大我们的学术视野,让我们充分意识到自身的理论不足,进而通过学习来丰富提升自己,也为优秀批评的产生提供了理论的基础。

在各种批评理论的演练下,新时期的文学批评取得巨大的发展,同时,我们必须清醒地认识到,在新的文化背景下,文学批评能有一番成绩是仰仗新时期批评家的群体努力而取得的。尽管新时期以来还未产生像圣驳夫、狄德罗、别林斯基、杜勃罗留波夫、车尔尼雪夫斯基、马修·阿诺德等那样伟大的批评家,但还是出现了得时代风气之先、对文学批评起到推动作用的显著人物。这些批评家有:冯牧、陈荒煤、阎纲、谢冕、孙绍振、刘再复、张韧、何西来、王富仁、赵园、雷达、曾镇南、黄子平、季红真、吴亮、蔡翔、李庆西、陈思和、王晓明、鲁枢元、刘锋杰、孟繁华、贺绍俊、南帆、李劼、夏中义、程文超、曹文轩、陶东风、丁帆、王彬彬、陈晓明、胡平、李洁非、李建军、郜元宝、吴俊、吴炫、张颐武、谢有顺、程光炜、李敬泽、吴义勤、张清华、耿占春、黄发有等。这些批评家首先敢于突破各种禁忌,创造属于自己的批评话语。像刘再复的"论文学的主体性"、鲁枢元的"向内转"、夏中义的《历史无可避讳》、孙绍振对"朦胧诗"的辩护等。其次,传达新的文化理念,扶持文学新生力量。像雷达的"民族灵魂的重铸",陈思和的"民间理论",吴炫的"否定性理论",丁帆的"重回五四起跑线",陈晓明与张颐武的"后现代主义批评",陈晓明对先锋文学的研究和吴义勤对"新生代作家群"的守护,黄发有关于文学媒介的研究,程光炜的"八十年代文学"研究,等等。最后,敢于批评质疑权威,真正彰显批评的正义与激情。像李劼对李泽厚的批评,吴炫对新时期重要作家作品的否定性研究,王彬彬对于王蒙、汪晖的批评,李建军对莫言、贾平凹的批评等。新时期成长起来的这些批评家在文艺理论问题上敢于与权力话语争鸣并发出不同的声音,体现出一种勇往直前的无畏精神。他们或者提供一种研究文学新的理论视角,或者为一种新生的文学力量正名,他们不惧文学权威,以一种更为大胆的语言塑造着文化斗士的形象,正是因为批评家的集体努力,使得批评领域成为展现文化新思潮的主要平台,在整个新时期文化转型过程中发挥了先锋作用。正如有学者指出:"新时期此起彼伏的文学论争,促使文学理论范式的转型,从社会政治范式到审美范式、再到文化研究范式的转型,为中国当代文学理论批评的进一步发展提供理论上的借鉴。也为文艺理论批评研究者全面了解本学科当前的学术动态提供了线索。"[①] 当然,新时期文学批评的繁荣离不开文学期刊的支持,大量的文学期刊成为批评家展现风采、凸显能力的阵地。据不完全统计,新时期以来纯文学批评的较有影响的刊物有:《文学评论》《文艺报》《文学报》《文艺研究》《中国现代文学研究丛刊》《当代作家评论》《文艺争鸣》《南方文坛》《当代文坛》《小说评论》《文学自由谈》等,还有全国各高校的社科学报、社科院系列的院刊、各省市的文学刊物,都为文学批评开辟了相应的阵地。另外,相当多出版社出版了文学批评的系列丛书,较有影响的有浙江文艺出版社出版的"新人文论",山东文艺出版社出版的吴义勤主编的"e批评丛书",作家出版社出版的"中国当代文学研究与批评书系",陕西人民教育出版社出版的杨匡汉主编的"新世纪文丛",吉林出版集团出版的刘中书和张学昕主编的"学院批评文库",广东人民出版社出版的贺仲明和李遇春主编的"中国

[①] 鲁枢元、刘锋杰等:《新时期40年文学理论与批评发展史》,浙江文艺出版社2018年版,第4页。

新文学批评文库丛书"，北岳文艺出版社的"新世纪文学观察丛书"，作家出版社出版的"剜烂苹果·锐批评文丛"，等等。这些出版社在商业化的时代，仍然为"文学批评"提供传播思想的平台，充分体现了出版社领导与编辑的胆识与眼力。

21世纪以来对文学批评产生重要影响的莫过于2014年10月15日召开的文艺工作座谈会。在这个座谈会上，习近平总书记发表了重要讲话。总书记在讲话中对文艺批评的本质、方法依据及其精神指向都有一番明确的要求，对当下的文学批评起到了重要的指导作用。习近平总书记的《在文艺工作座谈会上的讲话》发表以来，中国文艺界努力遵循总书记指引的文艺方向，扎根生活，深入人民中间，创造了大量艺术精品。文学批评界也出现新气象，老树再开花，新枝迎风舞，在弘扬社会主义核心价值观、建立文化自尊和文化自信等方面取得了令人称道的业绩。

二　新时期以来的宁夏文学批评

（一）20世纪80年代的宁夏文学批评

根据吴淮生先生的考证和研究，宁夏当代文学批评肇始于20世纪50年代初期，50年代后期60年代初期有了一定的发展，尤其是60年代初期，除了进行文学作品的评析外，还有一场关于"题材问题"的争论。吴淮生是话题争论的发起者，他在1961年12月10日的《宁夏日报》发表了《漫谈题材和风格》，随后李镜如、路非、晁蒙象、汪宗元、江晓、李慕莲、宋家仁等纷纷撰文与吴淮生一文进行观点上的商榷。这次关于题材的争论与全国是同步的。60年代中期至70年代中期，由于"文化大革命"的原因，宁夏的文学批评基本处于停滞的状态，80年代随着政治上的拨乱反正，宁夏文学事业整体上得到发展，文学批评也相应地有了长足的进步，呈现初步的繁荣。

宁夏文学批评的真正成熟是在20世纪80年代以后，这种成熟表现为建立了评论机构，提供了发表文学评论的平台，出版了文学评论的书籍，举行作品研讨会等形式。1984年4月，宁夏文联成立文艺理论研究室，成员有 5 人，主要负责文学理论刊物的出刊、组织文艺理论研究与文艺评论活动。1984 年 11 月，宁夏文联文艺理论研究室成立了业余的文艺评论小组，成员 12 人。1986 年 11 月，宁夏文学学会成立，首批会员 95 人，学会的主要任务就是要开展文学评论活动。另外，宁夏本地高校的中文系的文学理论教研室和文学教研室，除了教学外也承担着文学评论的任务。当时发表宁夏文学评论文章的园地有公开刊物《朔方》、《黄河文学》、《六盘山》、《宁夏日报》、《宁夏大学学报》、《固原师专学报》（现为《宁夏师范学院学报》）、《西北第二民族学院学报》（现为《北方民族大学学报》），内部刊物有《塞上文谈》《宁夏创作通讯》等，还有宁夏各地市的报纸与刊物。20 世纪 80 年代出版的文学评论书籍主要有：《爱国主义的赞歌——丁玲等评〈灵与肉〉》（宁夏人民出版社 1981 年版），高嵩著的《张贤亮小说论》（四川文艺出版社 1986 年版），陈琢如编辑的《评〈男人的一半是女人〉》（宁夏人民出版社 1987 年版），吴淮生、王枝忠主编的《宁夏当代作家论》（宁夏人民出版社 1988 年版）和《宁夏文学十年》（宁夏人民出版社 1989 年版）。20 世纪 80 年代，宁夏召开了多次作家作品研讨会，分别为张贤亮、张武、戈悟觉、郑柯、张冀雪、马知遥等作家召开研讨会，并对 1979—1988 年"宁夏文学十年"创作的繁荣及存在的问题进行了讨论。

20 世纪 80 年代，在宁夏文学批评方面，存在几次影响较大的争鸣性事件。(1) 关于张贤亮小说《灵与肉》的争论。1981 年第 1 期到第 9 期的《朔方》杂志上，共发表了 8 篇文章和 1 封读者来信，争论双方就小说主人公许灵均的人物形象理解产生了分歧。(2) 关于张贤亮小说《绿化树》的争论，《宁夏日报》《朔方》《宁夏创作通讯》等刊物上共刊载十多篇争鸣文章，主要围绕主人公章永麟的人物形象展开讨论。(3) 围绕着"歌颂与暴露"展开的论争。1980 年《宁夏文艺》（第 4 期改为《朔方》）第 1 期发表了晏旭的《歌颂与暴露要分主次》，随后在当年的《朔方》上刊载了 10 篇有关"歌颂与暴露"的文章与晏旭争论，这次争论也是新时期文学创作富有建设性意义的理论问题（后面有专章论述）。当然，还有一些争鸣性的文章，由于影响不大不再赘述。

20世纪80年代的宁夏文学批评是在思想解放、理论多元的大背景下展开的，在这样的背景下，宁夏的文学批评真正发挥着批评的功能，与全国的文学批评一样呈现出空前活跃的景象。由于在80年代"宁夏出了个张贤亮"（阎纲语），关于张贤亮作品的研究便成为宁夏文学批评的主要内容，与张贤亮同时代的，像戈悟觉、张武、马知遥、郑柯、张冀雪、南台等一批本土作家也纷纷登上文坛，展现出不俗的创作实力，赢得了批评界的关注与研究。综观20世纪80年代的宁夏文学批评，呈现出以下几个特点。

一是宁夏文学批评摆脱长期庸俗社会学批评的羁绊，重新恢复了现实主义文学批评的活力。

新时期初始，文学批评还停留在社会政治范式的原点上，社会学的方法依然被当作神圣、不可动摇的方法。许多批评家笃信自己所使用的社会学是科学的，合乎马克思主义的社会学，与"左"倾时代、"四人帮"时代使用的"庸俗化的社会学"不同，殊不知，他们所念的"社会学"批评的经与真正的社会学批评还是存在很大的差距。当伊格尔顿、吉登斯、哈贝马斯、戈德曼等国外社会学家的著作传到中国之后，我们才明白了真正的社会学是什么样的学问。只有掌握了真正的社会学才有资格去谈社会学批评。但是从国内社会学这一学科的发展历程来看，社会学的存在性都大打折扣，更何谈社会学批评。如果说新时期之前是庸俗化的社会学批评，那么新时期之初的批评也只是从最简单层面上去理解社会学。当然，这也引起了批评家们的反思，促使他们对文学的认识进一步深化。德国符号学家卡西尔在《人论》中指出文学艺术是"杂多的统一"，这暗含着文学艺术应该是政治、文化、心理、审美等各类艺术生活的综合体，所以，文学艺术不仅仅是对社会生活的反映，更是作家自我情感的投射，同时，文学艺术还要仰仗形式、语言和技巧，因此，把文学艺术简单地理解为对社会生活的反映，从中探寻存在的意义，无疑是将文学艺术简单化、庸俗化。新时期之初的批评家开始意识到这种认识的短板，尤其是对庸俗化的社会学批评深恶痛绝，从马克思主义哲学那里得到启示，对社会学批评进行了进一步的革新，坚持一种美学的观点和历史的观点，提倡社会历史与审美的批评，告别单纯简单的社会学批评。

新时期文学批评的另外一个耀眼的表现就是重新恢复了现实主义批评的活力与激情。现实主义本来是人类文艺史上存在的重要的创作原则、方法与流派，创造了极其丰富的文化遗产。只可惜在"左"倾时代被教条化、概念化、公式化，尽管刘绍棠、黄秋耘和秦兆阳等人为现实主义正名，但他们言论触及了社会政治范式的核心问题，不久便遭到严厉的批判，这样抹杀现实主义本质的做法给当代文学造成了严重的灾难。所以，粉碎"四人帮"之后，有学者就强调"必须重视现实主义传统"，"准确地说，要为恢复文艺的现实主义传统而斗争。因为，'四人帮'控制文坛这些年中，不仅在舆论上给现实主义泼了许多污水，而且在文艺创作实践上把现实主义传统在不少地方已经摧毁得荡然无存，'瞒和骗'的阴谋文艺应运而生。不恢复现实主义传统，'瞒和骗'的文艺的流毒就不能彻底肃清，社会主义文艺便不会生机蓬勃"[①]。因此，必须对现实主义做重新的理解。著名学者李建军指出："现实主义一直被简单地阐释为一种'创作方法'，其实，创作方法不过是现实主义意义构成的一个部分。从根本上讲，现实主义主要是一种精神气质，一种价值立场，一种情感态度，一种与现实生活关联的方式。"[②] 在20世纪80年代，现实主义文学批评被赋予了文化启蒙的意味，肩负着清理思想的奥吉亚斯牛圈的重任。无论作家还是批评家，都把恢复文学的真实性视为恢复现实主义传统的第一要义。

新时期之初的宁夏文学批评在思想解放的大潮下，凸显批评的主体意识，敢于在批评过程中亮出自己鲜明的批评立场，对于关涉文学的是非问题敢于争论。特别是对"左"倾时代遗留在新时期的余毒敢于进行无情的揭露与批判。无论是对新创作的呵护还是与"冷风"交战，20世纪80年代的宁夏文学批评都是坚持从文学的真实性出发，重新恢复现实主义文学批评的活力。这表现在以下两个方面。

[①] 刘建军：《为什么必须重视现实主义传统》，《西北大学学报》（哲学社会科学版）1978年第4期。

[②] 李建军：《文学的态度》，作家出版社2011年版，第10页。

其一，对新生创作力量的呵护与催生。粉碎"四人帮"之后，新时期的宁夏文学百废待兴，对于宁夏文坛兴起的新生力量，新时期的宁夏文学批评给予热情的追踪与深刻的阐释。尤其是宁夏本土的评论家高嵩、刘绍智两位先生对张贤亮的小说创作进行了深度的解读。高嵩的专著《张贤亮小说论》[①]和刘绍智的《小说艺术道路上的艰难跋涉——张贤亮小说论》一文[②]不仅体现出宁夏文学批评的力度，也代表着80年代宁夏文学批评的高度，为张贤亮走向全国起到了重要的推介作用。今天看来，高、刘两位先生的研究依然富有深度，充满真知灼见。原因在于他们能够"探及作家构思过程中的心理机制和作家本人的审美意识背景或理论背景"，能够把批评的倾向"渗透在对作家作品知根知底的分析中"。[③]另外，像张武、戈悟觉、马知遥、张冀雪、南台、郑柯、王洲贵、查舜、马治中等小说写作者在20世纪80年代也得到了宁夏文学批评的照拂。回到当时的历史语境，我们对20世纪80年代的宁夏文学批评要有一种同情的理解，在一个文学亟须建设的时期，善意的鼓励要比所谓的"酷评""棒杀"更符合建设期的需要。更何况这些文学批评本着积极扶持、保护新生力量的目的，从文学艺术的本质出发，探寻宁夏作家创作的价值。

其二，对于"左"倾时代的余毒进行了扫除。在20世纪80年代的宁夏文学批评中，有两次争论就昭示出这种"左"的余毒的存在。一次是关于《灵与肉》的争论，另一次是关于"歌颂与暴露"的争论。

当张贤亮经历了二十多年的磨难重新登上文坛，他发表于新时期初期的几篇小说尽管存在艺术锤炼不足的问题，但不可否认，重登文坛的张贤亮怀着一颗赤诚之心去书写那段带有创伤记忆的历史，对于这种极具冲击力的新生力量，宁夏文学批评界给予了真诚的呵护与支持，这也极大地激励了张贤亮的创作。但《灵与肉》这样有分量的作品出现之后，却遭遇了一种另类的声音。仔细分析，这种声音依然无法摆脱"左"倾的思维与语言的圈套。像汤本的《一个浑浑噩噩的人——评小说〈灵与肉〉的

---

① 高嵩：《张贤亮小说论》，四川文艺出版社1986年版。
② 吴淮生、王枝忠主编：《宁夏当代作家论》，宁夏人民出版社1988年版，第122—142页。
③ 高嵩：《高嵩文艺评论选》，宁夏人民出版社2016年版，第187页。

主人公许灵均的形象》①，孙叙伦、陈同方的《一个畸形的灵魂——评〈灵与肉〉的主人公许灵均》②等文对《灵与肉》的批评并非从文学对艺术真实反映的立场出发，而是穿凿附会地过度阐释。意大利著名符号学家艾柯就声明："我所倡导的开放性阅读必须从作品本文出发，因此它会受到本文的制约。"③ 在"歌颂与暴露"中，晏旭的《歌颂与暴露要有主次》④对文学揭示社会生活的阴暗面表现出不满的情绪，呼吁作家多创作歌颂新生活的作品。只要对现实主义理论谙熟于心，就会很容易发现晏旭观点的漏洞所在，晏旭之所以如此，还是因为无法摆脱"左"倾时代的思维模式。针对以上两种批评的逆流，多数评论者积极地捍卫现实主义文学传统，从理论深度和思想高度上予以回击，有效地遏制了这股逆流，净化了宁夏的文学生态环境。

二是宁夏文学批评理论化薄弱，基本上还是印象与感悟式的批评。

20世纪80年代，随着改革开放的全面展开和思想解放运动的深入，我国学术界进入了深入的理论探索和方法研究阶段。至1985年前后，大量的西方文化思潮涌入中国，由于接受外来文化的影响，我们对文学以及文学的阅读方式和批评方式都有了一番全新的认识，文学研究也随之从各个角度展开，采用各种不同的方法。文学观念和研究方法的多样性使新时期文学批评进入一个极其活跃生动的阶段。但是，反观20世纪80年代的宁夏文学批评，由于宁夏文学批评在这一时期承担扶持新生力量的重任，所以，在批评的理论化上缺乏应有的自觉。用本土批评家高嵩的话来说就是"主张在文学批评上保持一种宽宏的、和风细雨的风格"⑤。提倡"尽量地理解与体贴作者，互相间多一些温馨"⑥。在这样一种批评风格的引导下，20世纪80年代的作品论、作家论整体水平不高，大多还

---

① 汤本：《一个浑浑噩噩的人——评小说〈灵与肉〉的主人公许灵均的形象》，《朔方》1981年第4期。
② 孙叙伦、陈同方：《一个畸形的灵魂——评〈灵与肉〉的主人公许灵均》，《朔方》1981年第5期。
③ [意] 艾柯等：《诠释与过度诠释》，生活·读书·新知三联书店1996年版，第476页。
④ 晏旭：《歌颂与暴露要有主次》，《宁夏文艺》1980年第1期。
⑤ 高嵩：《高嵩文艺评论选》，宁夏人民出版社2016年版，第188页。
⑥ 高嵩：《高嵩文艺评论选》，宁夏人民出版社2016年版，第187页。

停留在印象式、感悟式的层次中。除了刘绍智、高嵩等由于有着深厚的古典文学理论的素养,在张贤亮的小说研究中,超越了一般的印象与感悟式的批评模式,从作家的文化构成、创作心态以及艺术美学等层面深入张贤亮小说创作之中,再加上批评家对作家非常了解,进而在张贤亮小说研究史上具有重要的地位。然而,这毕竟是本土仅有的几位理论自觉的批评家。在吴淮生和王枝忠主编的《宁夏当代作家论》①一书中,收录的文章都是宁夏在20世纪80年代极具典型的作家论。阅读这些早期的作家论,能感受到论者对于文学批评写作的激情,对于审美式批评的热衷。此外,这些作家论也暴露出论者与作家之间缺乏必要的审美距离,这些作家论近乎一场艺术的巡礼,论者带领读者在作家的艺术世界里巡游,却始终不见论者有真知灼见。究其原因,则缘于大多论者缺乏批评的主体意识。李健吾曾指出:"一个真正的批评家,犹如一个真正的艺术家,需要外在的提示,甚至于离不开实际的影响。但是最后决定一切的却不是某部杰作,或者某种利益,而是他自己的存在,一种完整无缺的精神作用。"②另外,论者多从艺术审美鉴赏的角度,没有超出文学的学科规定性,批评方法较为单一,而且批评缺乏文学史的整体意识和参考标准,批评停留在平面化的无深度的研究层次上,割裂了当代文学创作与现代文学、古典文学之间的联系,致使许多作品的批评话语大而无当。因此,20世纪80年代大多数的宁夏作家论未能承载更多的思想价值和美学价值,批评还缺乏一种自觉的理论意识,诸多论者还没有一种文本生产的意识,仅仅依靠一种感悟式的方式去还原作家的创作意图,停留在文本的表面阐释上。著名学者南帆说:"我所感兴趣的文本分析必须纵深地考察字、词、句背后种种隐蔽的历史冲动、权力网络或者詹姆逊所说的政治无意识。文本仅仅是一个很小的入口,然而,这个入口背后隐藏了一个巨大的空间。"③ 很显然,在20世纪的80年代,宁夏的文学批评还欠缺这种理论自觉的意识。

---

① 吴淮生、王枝忠主编:《宁夏当代作家论》,宁夏人民出版社1988年版。
② 李健吾:《李健吾文学评论选》,宁夏人民出版社1983年版,第40页。
③ 南帆:《文本生产与意识形态》,暨南大学出版社2003年版,第2页。

20世纪80年代的宁夏文学批评处于一个蜕变发轫的重要时期,是在思想解放的大背景下展开的,文学批评在具体的实践中还需要增强自身的美学建设和基础理论的建设,还存在吴淮生先生所说的"文艺理论自身几个组成部分的研究互相脱节""系统地研究基础理论不够"等问题。但考虑到一个百废待兴,亟须重建文学事业的实际情况,20世纪80年代的宁夏文学批评已经很好地完成了历史所赋予的责任。

(二)20世纪90年代之后的宁夏文学批评

20世纪90年代是一个充满变革的时代,已故学者黄曼君曾这样指出:"90年代是中国现代化进程明显加快,全社会处在转型的剧烈震荡中的时代,也是各种文化冲突、心理体验、话语表述尤见丰富、复杂的时代。在社会转型中,文学理论批评也发生着急速的变化。如果说在70年代末到80年代还可以明显地分辨出主流批评的话,那么自80年代后期以来,理论批评名副其实地进入诸家蜂起、众语喧哗的时代。"① 在这样一个急剧变革的时代,20世纪90年代至21世纪的宁夏文学批评尽管较之主流文坛的批评现状相对滞后,但经过一段时间的沉潜,伴随着宁夏文学的再度繁荣呈现出较为可喜的局面。20世纪90年代至21世纪,在文学创作上,尽管宁夏标志性作家张贤亮创作放缓,偶有中长篇问世(《青春期》《我的菩提树》《一亿六》),但90年代之后的张贤亮已不再是批评家关注的中心。令人欣喜的是,一批新的更为年轻的宁夏作家开始在文坛崭露头角,并在21世纪成为走向全国文坛的中坚力量。"宁夏青年作家群"的崛起为宁夏的文学创作带来巨大的声誉,也为宁夏文学批评的发展提供了契机。综观20世纪90年代至21世纪的宁夏文学批评,可以看到,有对20世纪80年代文学批评的继承,但更多的是在社会转型过程中呈现的焕然一新。这种焕然一新之感具体表现在以下几个方面。

一是围绕着"宁夏青年作家群"展开的研究。

20世纪90年代至21世纪,宁夏文学批评的关注点集中在对"宁夏青年作家群"的研究上,而这项研究,既有作家作品的个案研究,也有

---

① 黄曼君主编:《中国20世纪文学理论批评史》,中国文联出版社2002年版,第811页。

整体观照的综合研究。在对"宁夏青年作家群"的评论中,批评家对作家的理解、对作品的感悟,既紧贴、追踪着评论对象,又不时爆发出自己的灵性与真知灼见,常常让作家有逢知音之感。这些评论之所以能够准确地发掘作家作品的个性和意蕴,其重要原因在于批评家考察和观照评论对象饱含一种生命体验的眼光。他们"面对鲜活的作品文本时,以个人的生命体验为切入点,与作家的生命体验形成情感共鸣,就是人之常情的'同情之理解';在此基础上完成对历史真实、艺术真实等话题带有体温的个性思考,得出更契合文本实质、贴近作家精神世界的重新认识"①。如郎伟对石舒清、漠月、张学东、李进祥的评论,白草对石舒清、李进祥的评论,牛学智对陈继明、石舒清、漠月的评论,等等。由于知识视野的开阔和理论基础的扎实,诸多评论者打破了以作家作品个案研究为主的评论格局,积极展开对于宁夏青年作家群以及宁夏文学的综合研究。这方面的探索尤以本土评论家郎伟最为显著。他撰写的《偏远的宁夏与渐成气候的"宁军"》②《新世纪前后中国文学版图中的"宁夏板块"》③《巨大的翅膀和可能的高度——"宁夏青年作家群"的创作困扰》④《论新时期以来(1978—2018年)的宁夏短篇小说创作》⑤ 等论文,以一种综合性、宏观性、整体性的研究彰显论者的胸怀与眼光,也使论者的研究走在宁夏文学研究的前列。类似的还有牛学智的《近年来宁夏短篇小说创作的思考》⑥《当前宁夏文学题材透视》⑦、马梅萍的《直观生命 探寻本质——论宁夏青年作家群的生命意识》⑧ 等。这些评论也对宁夏青年作家

---

① 张冀:《生命体验与当下文学批评空间的重新开创》,《南京师范大学学报》(社会科学版)2017年第1期。
② 郎伟:《偏远的宁夏与渐成气候的"宁军"》,《小说评论》2005年第1期。
③ 郎伟:《新世纪前后中国文学版图中的"宁夏板块"》,《宁夏社会科学》2012年第5期。
④ 郎伟:《巨大的翅膀和可能的高度——"宁夏青年作家群"的创作困扰》,《宁夏社会科学》2017年第3期。
⑤ 郎伟:《论新时期以来(1978—2018年)的宁夏短篇小说创作》,《宁夏社会科学》2018年第3期。
⑥ 牛学智:《近年来宁夏短篇小说创作的思考》,《小说评论》2014年第2期。
⑦ 牛学智:《当前宁夏文学题材透视》,《文学自由谈》2018年第5期。
⑧ 马梅萍:《直观生命 探寻本质——论宁夏青年作家群的生命意识》,《扬子江评论》2012年第5期。

群整体上予以关注并提出许多有价值的问题。

二是积极推进新概念的命名与热点的制造。

90年代之后的中国社会面临社会的急剧转型和全球化带来的文化冲击,文学批评活动都是在新的文化背景和社会背景下展开的,20世纪90年代至21世纪的宁夏文学较之于20世纪80年代呈现出诸多新的文学现象,面对这种"新"的现象的阐释,原有的批评话语表现出概括的无力和表述的牵强。因此,20世纪90年代至21世纪的宁夏文学批评界出现了新的概念。法国著名思想家福柯说过一句经典的话:话语即权力。法国著名社会学家布尔迪厄更为深刻地揭示了文化生产场中的显赫权力——命名权。他指出:"命名,尤其是命名那些无法命名之物的权力……是一种不可小看的权力。"① 随着宁夏青年作家群体的崛起,批评界也急需一种新的批评话语来梳理和阐述这个群体的发展概貌。尤其是20世纪90年代后期,宁夏文坛出现了许多新的概念。比如"宁夏三棵树""宁夏新三棵树""宁夏青年作家群""宁军""银军""西海固文学""西海固作家群"等,这些概念有的是官方积极参与,极力打造的地方文化名片,有的是学者为了论述的需要而进行的学理性的命名。不管是采用什么方式的命名,这些概念都在此后的宁夏文学批评实践中具有了令人瞩目的意义与不同凡响的理论能量。当然,我们在这些概念背后也能清晰地发现概念是如何被一步步建构起来的。此外,这些概念在具体的批评实践中不是封闭的,而是具有开放性,"它们的意义就在于投入持续不断的理论活动和阐释实践"。② 尽管有些概念在内涵释义和学理层面还有所欠缺,但不可否认的是,这些概念在20世纪90年代至21世纪的宁夏文学批评的历史中起着摇旗呐喊的作用。在20世纪90年代之后,宁夏文学批评的热门话题也是在作家作品、文学创作潮流及文学现象的理解与命名上所呈现的。首先是获国家大奖的作品形成的热点。比如石舒清的《清水里的刀子》获得第二届鲁迅文学奖之后,在2003年的《名

---

① [法]布尔迪厄:《文化资本与社会炼金术》,包亚明译,上海人民出版社1997年版,第91页。

② 南帆主编:《20世纪中国文学批评99个词·前言》,浙江文艺出版社2003年版,第2页。

作欣赏》上设有专栏，共有10篇论文来讨论这篇小说。对于这篇小说几乎每年都有新的论文在阐述，而且这篇小说在2018年被青年导演王学博改编成电影上映，获得国内外多项大奖，再次引起热议。这也是宁夏继张贤亮的小说《灵与肉》之后受关注度最高的小说。其次，关于概念的争鸣。比如"西海固文学"这一概念的形成过程及其特征，学者们之间就有过较为激烈的争论①。最后，经政府倡导的热点。宁夏政府对于文学创作给予了很大力度的支持。比如宁夏作家中的"三棵树""新三棵树"的产生，都是由宁夏回族自治区党委宣传部亲自倡导，到北京与中国作协一起为这6位作家召开专场的研讨会来加以推介。

三是批评方法呈现出多元化。

随着西方当代理论传入和启发，宁夏文学批评不再专注于过去单一的社会历史批评，90年代之后的宁夏文学批评呈现出批评方法多元化的趋势。诸多批评文章提供了更为新鲜、活泼的文本解读方式，论者多以一种积极介入现实的批评立场切入作品之中，去挖掘出属于当下社会的生命体验，再用他们各自熟悉的话语方式予以表达。因此，这一时期的宁夏文学批评既带有印象感悟式的批评特征，又具有现代理论的批评印迹，批评方法真正实现了多元化。作为学院派的郎伟坚持审美体验式的批评，主张语言至上的批评风格；牛学智、赵炳鑫运用现代性理论去观照和反思宁夏文学的现状及其呈现的问题；马梅萍运用心理学去探寻石舒清创作的精神内涵；老评论家荆竹仍坚持用美学的理论视角观照文学创作；杨继国则坚持传统的社会历史批评方法；女学者赵慧借鉴人类学的相关理论去分析文学作品及文学现象；而像丁朝君、哈若蕙等女评论者则更多凭靠审美直觉进行感悟式的批评。另外，还有论者尝试一种生态主义的视角去分析宁夏文学的作品。批评方法的多元化确实有助于我们多角度地理解宁夏文学，也促使宁夏文学批评在具体的实践中实现话语意义的再生产，真正引导和促进宁夏文学的发展。当然，我们也不要过度迷信批评方法。因为，批评的对象最终还是要指向作家、作品。正

---

① 详看第四章第二节"'西海固文学'：地域文化意义上的构建"。

如李庆西指出:"任何批评方法都指示相应的审美范畴。面对艺术的大千世界,没有一种批评方法具有万能的效应,没有一把钥匙能够打开所有的艺术秘窟。"[①] 所以,批评首先还是要立足于对文学作品阐释的基础之上,再寻求适合作品的批评模式和方法。

总之,新时期以来的宁夏文学批评在40年的风雨历程中,取得了一定的成绩,但相对于蒸蒸日上的文学创作而言则仍显得发展比较滞后。究其原因,是多方面的。一是宁夏批评队伍的建设滞后,从事文学批评的专业人才相对匮乏。二是宁夏文学创作的经典性有待加强,文学批评难以在宁夏文学作品中实现意义的再生产。三是宁夏文学批评更多还是一种"扶持性"批评,批评的主体意识匮乏,这严重影响了宁夏文学的批评生态环境,遮蔽了批评和创作中长期积累的问题,不利于批评和创作的发展。

---

① 李庆西:《论文学批评的当代意识》,《文学评论》1985年第5期。

第二章 宁夏文学批评的话语形态

"话语"是人文社科中常见的关键词,这个词源于法国思想家米歇尔·福柯,在福柯那里,"话语"是指在现代权力系统中一种说话权力运作方式。将福柯的"话语"这一概念运用到当代文学批评领域,从而有效地改变了对文学本体的思考方式。批评话语的分析不仅要重视社会话语权力的分析,同时还要重视文学批评话语与其他话语层面之间的关系分析。因此,学者南帆指出:"批评话语内部隐藏了共时与历时两重性:共时的意义上,批评话语是社会话语光谱之中一个独立的话语类型,这种话语类型边界清晰,内涵稳固,拒绝其他话语类型的融汇和分解;历时的意义上,批评话语不断地卷入具体的历史语境,得到历史语境的重新确认,并且改写内涵,修订边界,产生一系列变体。"① 而整合宁夏文学批评的话语形态,就会发现宁夏文学批评的话语形态真正体现了批评话语形态的共时性与历时性。本章考察的宁夏本土的四种批评话语形态,既展现出话语形态独立属性的一面,又不断地深入具体的历史语境中得到重新的确认。由此,对于本土批评话语形态的考察,不仅是为了将批评话语嵌入历史语境中重新审视,更是为了在爬梳的过程中实现对现实问题的观照。

---

① 南帆:《论文学批评的功能》,《东南学术》1999 年第 1 期。

第一节 歌颂与暴露:批评话语的论争

一 "歌颂与暴露"的论争

1980年的《宁夏文艺》第1期（第4期改为《朔方》）发表了晏旭的《歌颂与暴露要有主次》一文，这一关于"歌颂与暴露"的话题迅速引起了宁夏文艺界的争鸣。随后《朔方》上相继发表了弓柏的《暴露·转移·歌颂》（《宁夏文艺》第2期）、荆竹的《暴露的对象应该转移》（《宁夏文艺》第3期）、慕岳的《歌颂与暴露是对立的统一》（《朔方》第4期）、肖吴的《歌颂为主是时代的需求》（《朔方》第4期）来回应晏旭一文。针对回应，《朔方》第6期又发表了晏旭的《"框框"及其他——与商榷者的商榷》，并有林锡纯等《关于歌颂与暴露——读者来稿摘编》。紧接着发表了杨淀的《对动乱十年的暴露是否已经够了?》（《朔方》第7期）、长龙的《浅谈歌颂与暴露》（《朔方》第7期）、黎平的《歌颂光明，暴露黑暗》（《朔方》第8期），继续这场论争。宁夏文艺界这场关于歌颂与暴露的论争不是无中生有的，因为在此之前，这场争论在全国范围内已经轰轰烈烈地展开了。从时间上来讲，宁夏这场论争相对于全国范围内的争论已经显得非常滞后了；从时间节点上来看，在第四次文代会（1979年10月30日）之后发生这样的争论甚至有些不合时宜。

歌颂与暴露这一命题，是深刻影响现当代文坛的一个重要的理论问题。它发轫于20世纪30年代的"左"翼文论，形成于40年代初的延安。新时期初期，歌颂与暴露问题的再次提出与"伤痕文学"的产生有着必然的逻辑关系。尽管对"伤痕文学"这一概念的提出存在诸多争议，但随着文艺界对刘心武的《班主任》、卢新华的《伤痕》这样的小说展开大讨论，"伤痕文学"的提法慢慢形成。学者陶东风是这样界定其含义的："所谓伤痕文学，通常指的是以揭露林彪、'四人帮'罪行及其给人民带来的严重内外创伤的文学作品。伤痕文学又被人称为'暴露文学'、

'伤感文学'、'批判现实主义文学'等。"① 然而，针对"伤痕文学"以暴露为主题的表现特征，在当时持正统观念的人看来，具有危害社会主义事业的消极意义。在最初被当作一个贬义词，用来指斥那些暴露社会主义阴暗面的文学作品。1979年，黄安思在4月15日的《广州日报》上发表了《向前看呵，文艺》，引起了文艺界关于"向前"和"向后"问题的争论。文章指出，"作为一场政治大革命的揭批林彪、'四人帮'运动，现在已经在全国范围内胜利结束"，"团结一致向前看、团结一致搞四化，这是我们的党的三中全会的号召"，但揭露"四人帮"的那一类向后看的文艺创作方兴未艾，这与时代是不很协调的，因此，应当"提出文艺向前看的口号，提倡向前看的文艺"，描写新时代的新人物。文章将揭批"四人帮"的伤痕文学，看作"向后看"的文学。紧接着李剑在《河北文艺》6月号上发表了《歌德与"缺德"》一文，此文在当时产生了不小的影响，曾在全国掀起一场"不大不小的风波"（胡耀邦语）。李剑在文章中这样写道：在当前"创作队伍中，有些人用阴暗的心理看待人民的伟大事业，对别人满腔热情歌颂'四化'的创作行为大吹冷风，开口闭口'你是歌德派'"，"现代的中国人并无失学、失业之忧，也无无衣无食之虑，日不怕盗贼执杖行凶，夜不怕黑布蒙面的大汉轻轻叩门。河水涣涣，莲叶盈盈，绿水新池，艳阳高照。当今世界上如此美好的社会主义为何不可'歌'其'德'？""至于那些怀着阶级的偏见对社会主义制度恶意攻击的人，让其跟着其主人——林彪、'四人帮'一伙到阴沟里去寻找'真正的社会主义'也就是了。"此文对"伤痕文学"的激烈批评，引发了文艺界关于歌德/缺德、歌颂/暴露问题的论争。

  针对黄安思、李剑等人对"伤痕文学"的批评，多数人进行了针锋相对的批驳。阎纲在1979年7月16日的《人民日报》发表《现在还是放得不够》一文，文章认为，要发展文艺，仍然需要采取"放"的方针，但目前"放"得还是不够。洁泯1979年8月21日在《光明日报》发表《关于"向前看文艺"》，该文指出："写今天的是向前看，写过去的是向

---

① 陶东风、和磊：《中国新时期文学30年（1978—2008）》，中国社会科学出版社2008年版，第41页。

第二章　宁夏文学批评的话语形态

后看，这样的分法是近乎荒唐的。"王若望称《歌德与"缺德"》一文是"春天里刮来的一股冷风"①。另外，夏康达、周岳、夏衍、刘宾雁、何西来②等也针对《歌德与"缺德"》一文提出批评③。

这场关于伤痕文学"歌颂"与"暴露"、"向前"与"向后"、"歌德"与"缺德"等的讨论，当时受到特别关注。1978年8月底，胡耀邦就"伤痕文学"的论争召开了一次小型座谈会，指出《歌德与"缺德"》一文，确有缺点，缺点就是同毛主席主张的"百花齐放，百家争鸣"的方针相违背。④ 1979年10月30日召开的第四次文代会，邓小平代表党中央发表《在中国文学艺术工作者第四次代表大会上的祝词》，并强调："文艺这种复杂的精神劳动，非常需要文艺家发挥个人的创造精神。写什么和怎样写，只能由文艺家在艺术实践中去探索和逐步求得解决。在这方面，不要横加干涉。"⑤ 周扬则毫不含糊地在文代会上肯定新时期文学：

> 这些作品很多出自年轻作者的笔底，他们以敏锐的观察，大胆探索的勇气，真实地描述了他们的亲身的经历和体会。他们要控诉，要抗议，要呐喊，因为他们的经历充满了酸辛和血泪、愤懑和悲痛，也有识破欺骗后的觉醒和斗争，他们以泼辣的风格突破成规戒律，抒写了自己的深切感受和许多令人震惊的所见所闻。这些作品反映了林彪、"四人帮"给人民生活上和心灵上所造成的巨大创伤，暴露了他们的滔天罪恶。决不能随便地指责它们是什么"伤痕文学""暴

---

① 王若望：《春天里的一股冷风——评〈"歌德"与"缺德"〉》，《光明日报》1979年7月20日。

② 夏康达：《也谈歌颂与暴露》，《新港》1979年第9期；周岳：《阻挡不住春天的脚步》，《人民日报》1979年7月31日；夏衍：《解放思想　勤学苦练——在北京市文联业余作者座谈会上的讲话》1979年7月23日，《夏衍近作》，四川人民出版社1980年版，第8页；刘宾雁：《关于"写阴暗面"和"干预生活"》，《上海文艺》1979年第3期；何西来：《说"鉴"》，《文艺大趋势》，湖南文艺出版社1987年版。

③ 关于"歌颂"与"暴露"的文章，详见复旦大学中文系资料室编《新时期文艺学论争资料》，复旦大学出版社1988年版，第162—167页。

④ 徐庆全：《文坛拨乱反正实录》，浙江人民出版社2004年版，第313页。

⑤ 《邓小平文选》第二卷，人民出版社1994年版，第213页。

露文学"。人民的伤痕和制造这种伤痕的反革命派体系都是客观存在,我们的作家怎么可以掩盖和粉饰呢?作家们怎么能在现实生活的种种矛盾面前闭上眼睛呢?……我们需要文艺的力量来帮助人民对过去的惨痛经历加深认识,愈合伤痕,吸取经验,使这种悲剧不致重演。①

周扬对歌颂与暴露这一问题的认定代表文艺界大多数人的意见,显示出大多数文艺界工作者的认识。

第四次文代会结束两个月后,1980年1月16日,邓小平在中共中央召开的干部会议上再次强调:"文艺界刚开了文代会,我们讲,对写什么,怎么写,不要横加干涉,这就加重了文艺工作者的责任和对自己工作的要求。""我们要永远坚持百花齐放、百家争鸣的方针。但是,这不是说百花齐放、百家争鸣可以不利于安定团结的大局。如果说百花齐放、百家争鸣可以不顾安定团结,那就是对于这个方针的误解和滥用。"②

从中央关于文艺的有关政策来看,是强调文艺的"创作自由",尊重文艺创作的艺术规律,提倡艺术民主,把文艺与现实重新结合起来,这次会议所释放的信息与制定出来的文艺政策对于新时期以来的文艺发展具有极强的指导意义,为文艺创作的进一步繁荣奠定了基础。

二 宁夏关于"歌颂与暴露"论争的缘起及经过

"文化大革命"的结束,党的十一届三中全会的召开,虽然使历史出现了新的转机,但并不意味着人们能立刻走出前一阶段的影响。蒙昧主义思想的长期统治和"四人帮"的倒行逆施,在大多数人心中留下了挥之不去的暗影,教条主义和形而上学仍然时常禁锢人们的手脚,一些

---

① 周扬:《继往开来 繁荣社会主义新时期文艺——在中国文学艺术工作者第四次代表大会上的报告》,见中国文学艺术联合会编《中国文学艺术工作者第四次代表大会文集》,四川人民出版社1980年版,第31—32页。
② 《邓小平文选》第二卷,人民出版社1994年版,第255—256页。

"左"的思潮仍有市场。十一届三中全会和第四次文代会之后,在宁夏文艺界,歌颂与暴露的问题也成为论争的焦点。

论争的发起者是晏旭(原名井笑泉,宁夏银川火柴厂的一名工人),晏旭在1980年《宁夏文艺》第1期上发表了《歌颂与暴露要有主次》一文,该文指出:"有相当一部分作品是暴露社会主义阴暗面的,有的刊物,这类作品竟占去全部篇幅的百分之八十以上。"要求作者"在揭批'四人帮'运动告一段落时","就应该使我们的文艺创作由原来的偏重对社会主义阴暗面的暴露一跃转为对工农兵及一切其他阶层的劳动群众的歌功颂德。当然,即使文艺创作转入歌颂为主,暴露阴暗面的作品也不是绝对不可以写,但必须有主有次,不能平分秋色,更不能本末倒置"。①

晏旭一文乍一看似乎很有道理,但凡谙熟文艺创作规律,有点文学理论常识的人都会觉得晏文逻辑混乱,文理不通,文学常识匮乏,当然其文风虽不至于像李剑的文章"能看到当年马铁丁的蛮横态度和姚文元的强盗逻辑"②,但至少延续了"左"倾时代的那种教条主义。然而这种教条主义在经历了新时期思想解放运动的洗礼后,已经不再有更广阔的市场。因此,晏旭一文一经发表,立即引来宁夏文艺界的积极回应和论争。弓柏指出:"'主次'不分,或叫'本末倒置'。这种貌似正确而且似曾相识的论点,是有必要加以澄清的。"并针对主次之说,指出:"文艺题材、创作方法和艺术风格的多样化,不能强求一律,更不能定出比例或其他条条框框加以限制。""要鼓励作家放开手脚搞创作,不要刚刚打破'四人帮'的某些枷锁,又定出来束缚创作的新框框来。"③荆竹不认同晏旭"由暴露转为歌颂",而是"暴露的对象应该转移,这就是从偏重于暴露过去的阴暗面转移到暴露今天阻碍四个现代化的一切障碍"。④慕岳质疑晏旭对歌颂与暴露的划分标准,认为"把一部作品截

---

① 晏旭:《歌颂与暴露要有主次》,《宁夏文艺》1980年第1期。
② 刘锋杰:《从话语霸权到合法性的消解——对"歌颂与暴露"命题的讨论》,《文艺争鸣》2001年第6期。
③ 弓柏:《暴露 转移 歌颂》,《宁夏文艺》1980年第2期。
④ 荆竹:《暴露的对象应该转移》,《宁夏文艺》1980年第3期。

然划分为'歌颂'或'暴露'是很不科学的。因为，文学反映社会生活，是把社会生活的各个方面联系起来作为一个整体来反映的"。"如果按比例分，那是不懂生活，不懂艺术规律的表现，在创作实践中也一定行不通。"①

面对众人的批评与商榷，晏旭不但没有做出深刻的反思，而且进一步做出了回应予以狡辩，他发表了《"框框"及其它——与商榷者的商榷》一文，文章在"框框"的界定上大做文章，但这个"框框"仍框定在"四化"建设的时间范围内，并笃定"对过去十年惨痛的历史，在一定的时间内，自应当揭露之，抨击之。……但是，历史总是向前发展的。粉碎'四人帮'以后，在一、二年内，你给我们读《班主任》《伤痕》行，难道五年、十年过去了，你还是主要地把这样的作品奉献给广大读者"。②

针对晏旭、荆竹觉得十年"文化大革命"的暴露已经足够令人产生质疑的看法，杨淀指出："用文艺作品反映这场所谓大革命，无论从深度还是广度上讲都还是远远不够的，直到现在尚未产生一部颇有分量的长篇巨著就是例证。""今天的障碍来自哪里？我觉得今天的阻力还是昨天阴暗面的继续。"③杨淀这种反思放置今日仍然十分深刻。从理论层面看，与金观涛的"超稳定结构"之说不谋而合。长龙在谈及"歌颂与暴露"问题时，谈道："文学作品歌颂与暴露，都应该尊重现实，真实地反映生活，使作品具有鲜明的时代特征。"④与长龙观点类似的还有黎平，他也指出："文艺究竟应该是以歌颂为主，还是以暴露为主，或者是'一半对一半'……这不能取决于文艺家的主观愿望，更不能从理论上加以硬性的规定，而应该从生活实际出发，根据不同的时代，不同的时期，不同的生活，提出不同的要求和标准。"并强调"在歌颂之中有暴露，暴露之中有歌颂"。并告诫道："不要搞什么主观臆造的创作比例，干那种'一

---

① 慕岳：《歌颂与暴露是对立的统一》，《宁夏文艺》1980年第2期。
② 晏旭：《"框框"及其它——与商榷者的商榷》，《朔方》1980年第7期。
③ 杨淀：《对动乱十年的暴露是否已经够了？——与荆竹、晏旭二同志商榷》，《朔方》1980年第7期。
④ 长龙：《浅谈歌颂与暴露》，《朔方》1980年第7期。

刀切'蠢事啦!"①

这场关于"歌颂与暴露"的争论在宁夏文艺界持续的时间不长,在1980年的上半年基本已经告一段落。可在这场争论中出现的问题、观点以及产生的影响值得我们反思。甚至,直接影响了20世纪80年代宁夏小说创作格局。

三 论争过程中的理论问题审视

今天,我们重新审视这场论争,甚至觉得没有太多审视的必要,那是因为,如今的文学理论体系已经不会再将这样肤浅、简单的命题纳入其中。可是在当时,由于教条主义的影响,人们普遍地将"歌颂"与"暴露"作为两种截然相反的创作态度,并将之推置在创作的两极,要么"歌颂",要么"暴露",这就把文艺批评引到了机械、僵硬的道路上。尽管晏文以主次来划分,并为自己的观点辩护,但不可否认的是,晏文的"主次论"依然是这种机械、僵硬的延续。晏旭的《歌颂与暴露要有主次》一文之所以引起争议,在于晏文处处布满"硬伤",这种硬伤不仅有逻辑上的错误,还有对文艺创作规律的无知,甚至是自身僵化的知识结构导致的。

首先是晏旭的文章在逻辑上存在问题。

晏旭一文中这样写道:"作品中的主人公的悲惨遭遇和'四人帮'之流的专横跋扈,通过感人的艺术形象展现出来,往往催我潸然泪下。"②这样的文艺作品被作者称为"暴露社会主义阴暗面"。在晏文中有四处使用了"社会主义阴暗面"这一说法。仔细推敲这个说法,显然是不符合逻辑的。文艺作品所暴露的对象,绝不是社会主义,而是同社会主义敌对或者对社会主义有危害的东西。晏文中所指的"主人公的悲惨遭遇和'四人帮'之流的专横跋扈",这种社会性的灾难,并不是我国的社会主义本身造成的,而是以"四人帮"的封建法西斯主义为内容的假社会主义造

---

① 黎平:《歌颂光明,暴露黑暗》,《朔方》1980年第7期。
② 晏旭:《歌颂与暴露要有主次》,《宁夏文艺》1980年第1期。

成的,所以,说文艺作品暴露的是"社会生活中的阴暗面"比较妥当。

晏旭一文中说道:"反对那种以'干预生活'为名,背离马列主义、毛泽东思想的基本原则,把社会主义出现的某些阴暗面描写成一团漆黑、一无是处的'暴露'。"试问,阴暗面还有"是处"?阴暗面难道不是"一团漆黑"?莫非马克思列宁主义、毛泽东思想反对人民扫除阴暗的东西,而要我们保护这些东西?再者,"干预生活"怎么同"暴露"一样,成了被反对的对象?刘宾雁的《本报内部消息》《在桥梁工地上》、王蒙的《组织部新来的青年人》等作品无不是"干预生活"的代表,成为当代文学史上非常重要的作品。所以,晏旭的这一论述在逻辑上存在严重的问题。

其次,晏旭对文艺理论基本常识与文艺创作规律显然不甚了解,从其观点的表述来看堪称门外汉。

面对多人对其观点的指责,晏旭在《"框框"及其它——与商榷者的商榷》中予以反驳,不反驳则罢,越反驳则越暴露自己的短板。正所谓"人越描越黑,事越解释越离谱"。同时也让我们想起马克思的一句名言:"只有音乐才能激起人的音乐感,对于没有音乐感的耳朵来说,最美的音乐也毫无意义,不是对象,因为我的对象只能是我的一种本质力量的确证。"[①]

文章在陈述文艺作品应为"四化"赞颂时,列举了蒋子龙的《乔厂长上任记》这部在当时家喻户晓的作品,并认定这部作品是"为新时期的总任务大唱赞歌"的典型,是歌颂型作品的代表。但只要看过《乔厂长上任记》这部小说的读者都会认可,这部小说对工厂中存在的僵化消极现象的暴露一点都不少。甚至可以说,正是蒋子龙对阻挠企业改革的那些陈规陋习的批判与暴露才赢得了人们对于改革的认可与称赞。这也是晏旭"主次论"的失当之处,一部作品中的歌颂与暴露是对立统一的,歌颂中有暴露,暴露中有歌颂,这是文艺创作的基本常识,而晏旭显然不懂这些常识。

[①]《马克思恩格斯论人性和人道主义》,光明日报出版社1982年版,第25页。

最后，晏旭除了是一个"主次论"者，还是一个"历史阶段论"的支持者。

在文艺创作方面，晏旭主张"歌颂"与"暴露"要分主次，在建设"四化"时代，主要是歌颂。对于十年"文化大革命"的暴露在过去一两年内就已经够了，现在应该重心转移了。在晏旭看来，给国家造成严重灾难的十年"文化大革命"用两三年的时间来暴露和反思就足够了，眼下主要的任务是迎合新形势的需要，大赞"四化"建设。晏旭是典型的"好了伤疤忘了痛"，用"历史阶段论"来引导文艺创作的方向，殊不知，历史的更替绝非如清水洗尘那般彻底，"四人帮"虽被铲除，但"四人帮"时代的"极左"思潮并没有随着"四人帮"的消失而消失。对"文化大革命"的总结与反思还远未结束，在1980年还未出现一部反映对这一阶段反思的扛鼎之作。后来的中国当代文学史教材无不对"伤痕文学"中存在的"肤浅的感情宣泄""过分的情感沉迷"等现象进行了批评。也就是说，晏旭所言的这一两年文艺作品的"暴露"还仅仅局限在一个相对肤浅的感性阶段，远未达到理性审视这段历史的层次。甚至可以说，就是后来的"反思文学"也未完成这个沉重的任务。因为，从文艺的创作规律来讲，创作一部有深度有广度的长篇巨著不是一两年所能完成的，《红楼梦》都要"批阅十载"。所以，像晏旭所谓用一两年的时间来暴露"文化大革命"就够实属无知。而荆竹所谓要转移暴露对象，要"暴露今天阻止四个现代化的一切障碍"看似有理，可仔细深究仍与晏旭一样犯了"历史阶段论"的毛病，我们不禁要追问："一切障碍"来自哪里？最终发现，今天的"一切障碍"还是昨天"阴暗面"的继续。要扫除今天的"一切障碍"，必须对昨天的"阴暗面"进行彻底的暴露。

晏旭的论争文章之所以有这样那样的硬伤，诚然与他个人的知识修养浅薄有关，但同时也与时代的局限性相关。学者刘锋杰在推究原因时提出一个重要的概念"预设本质论"。"预设本质无限推衍工农兵的革命性，将其夸大为最新最美好最进步最纯洁，因此由工农兵组成的社会也就同样成为最光明最美好的社会，对于他们惟有歌颂才能与他们的光明本质相一致。这样，就从本质的高度将这一人群和社会的暴露或批评拒之于文学之外。"①虽然,刘锋杰是针对《在延安文艺座谈会上的讲话》而谈,可是,时过境迁,这种"预设本质论"依然是当代文艺创作的羁绊。

当然,像晏旭这样的论断在新时期已经激不起太大的浪花。一方面,粉碎"四人帮"之后政治环境的相对宽松,为文艺创作提供了外在的可以突破的条件与环境。另一方面,经历了"文化大革命"的知识分子对导致灾难的"极左"思潮有种本能的抵制与批判。1980年《朔方》第8期的"编者按"写道:"本刊从今年一月号以来,开展了关于歌颂与暴露的争论,总共收到区内外稿三十四篇。大家畅所欲言,各抒己见,发表了许多很好的意见,体现了'百家争鸣'的精神。"《朔方》上也发表了与晏旭争鸣的文章,除了肖吴的《歌颂为主是时代的需求》(《朔方》第4期)是赞同晏旭的,其余的文章都与晏旭的观点相异,分别从不同角度来纠正晏旭的论点。总览这些文章,观点主要集中在以下几个方面。

一是歌颂与暴露关键在于作家站在什么立场上。只要作家站在人民的立场上,无论歌颂与暴露,都能写出具有积极社会效果的文艺作品来。

二是歌颂与暴露是相互统一的,不可分割。是"你中有我,我中有你"的关系。

三是歌颂与暴露要立足于现实生活,立足于描绘对象的真实性。历史上一切伟大的作品从来都不以歌颂了什么或者暴露了什么来裁定作品的伟大或渺小,文艺作品的歌颂也好,暴露也好,关键在于是否有力量,是否能令人信服,是否反映了社会历史发展的规律和法则,是否真实动人,是否能激起人油然的爱慕和切实的憎恶。

1980年《朔方》第8期的"编者按"谈道:"文艺理论问题的讨论,需要在文艺创作的实践中得到检验,得到补充,这场争论准备暂告结束,希望能对我区的文艺创作有所促进,有所帮助。"放眼全国,"歌颂"与"暴露"的命题有时随着《在延安文艺座谈会上的讲话》的纪念稍加提起,但在20世纪80年代已经不再具有普遍性的话语属性。原因在于"歌颂"与"暴露"本来就是政治化的产物而不具有审美属性,随着新时

---

① 刘锋杰:《从话语霸权到合法性的消解——对"歌颂与暴露"命题的讨论》,《文艺争鸣》2001年第6期。

期文学批评的审美化，这种本就远离审美命题的陈述必将失效。从后来的宁夏小说创作来看，张贤亮的《邢老汉和狗的故事》《土牢情话》、张武的《看"点"日记》《涡旋》、戈悟觉的《邻居》、南台的《曹家凹的"总统"》等表现历史创伤、暴露"文化大革命"的文学作品，深受读者的喜爱，在全国都产生了重要的影响，赢得人们的尊重与认可，这或许与这场论争中真理及时得到明确有着莫大的关系，自此，宁夏小说坚持现实主义批判传统，聚焦社会问题，以怀疑的精神思考时代的难题，忠实反映再现社会现实世界，真正让文学承担着启蒙的角色。宁夏的文艺界再也没有在"歌颂与暴露"这一命题上产生过纠结。可以说，宁夏文艺界关于"歌颂与暴露"的这场论争所最终产生的结果为宁夏文艺的发展营造了一个相对宽松的空间。

关于这一命题，作家王蒙几乎同时与晏旭形成了解构性的对话，甚至达到颠覆的程度。王蒙在1980年《十月》第1期上发表的《生活、倾向、辩证法和文学》中提到："仅用歌颂与暴露这两个词来区分作品，实在只是一种幼儿的划分'好人'和'坏蛋'的智力水平。它体现的是一种绝对化的形而上学：不是革命，就是反革命；不是英雄，就是魔鬼；不是一片光明，就是一片黑暗；不是皆大欢喜，就是统统灭亡；不是大获全胜，就是一败涂地；不是大跃进，就是大倒退。不是全盘西化，就是国粹神圣……多年来，我们在政治上、哲学上、文学艺术上受这种绝对形而上学之害还少吗？""让我们少在歌颂、暴露这种简单化的讨论中伤脑筋吧！"[①] 王蒙从根本上否定了歌颂与暴露被提出来的意义与价值。其实，无论宁夏还是全国，当文学的表现领域超越"歌颂与暴露"这一简单化的命题而化入生活真实这一大的命题中去拓展自己的艺术才华时，文学才实现了真正的繁荣，才有可能创作出有深度和广度的精品力作。

第二节　文学批评的主体性话语

"主体"一词源于西方，传入中国是在20世纪初期，20世纪80年代

---

① 王蒙：《生活、倾向、辩证法和文学》，《十月》1980年第1期。

随着刘再复先生的《论文学的主体性》一文而成为中国文论的关键词。据刘小新先生考证:"主体概念最初是在政治思想领域进入中国的,其背景显然是近代的民主化思潮。虽然'主体'概念在中国现代文论中并不常见,但主体意识的自觉却无疑是中国现代文学的主潮。'五四'时期是人的自觉与文的自觉时期,以个性解放为核心的个体主体意识高涨。"①在这里,主体意识自觉表现为个性解放,是"五四"启蒙的重要标志。作为与"五四"遥相呼应的80年代,主体意识的自觉依然是时代的主要特征,这表现在文学创作与研究领域。陶东风指出,"文学主体性话语突出体现了启蒙主义关于普遍主体与自由解放的信念与理想。'主体性'、'人的自由与解放、'人道主义'"几乎是当时的相关文章出现最多的术语,且这三者之间有明显的关联性(主体性表现为人的自由创造性,而人道主义则是对于人的自由创造精神的肯定)。②而刘再复在《论文学的主体性》③一文的"提要"中强调:"人的主体性包括实践主体性与精神主体性,文艺创作强调人的主体性,包括两个基本内涵:一是把人放到历史运动中的实践主体的地位上,即把实践的人看作历史运动的轴心,把人看作人;二是要特别注意人的精神主体性,注意人的精神世界的能动性、自主性与创造性。"刘再复的"主体性"一说有很强的历史针对性,在他的论述中,文学的主体性话语是"以批判改革前的社会主义(被等同于专制主义而划归主体性、人道主义以及人的自由解放的相对面)为其具体社会政治目的,因而它也就是改革开放这一新意识形态的内在构成"④。很显然,新时期以来,文学批评的繁荣得益于政治上开放与民主,批评家们开始清理长期以来存在文艺创作中那股"左"的创作观念,而文学批评开始由过去的政治批评走向艺术本体批评,这种转变

---

① 刘小新:《主体》,见南帆主编《二十世纪中国文学批评99个词》,浙江文艺出版社2003年版,第99页。
② 陶东风:《主体性》,见洪子诚、孟繁华主编《当代文学关键词》,广西师范大学出版社2002年版,第163页。
③ 刘再复:《论文学的主体性》,《文学评论》1985年第6期—1986年第1期。
④ 陶东风:《主体性》,见洪子诚、孟繁华主编《当代文学关键词》,广西师范大学出版社2002年版,第166页。

背后便是一种主体的自觉。一方面，文学批评敢于疏离政治话语。另一方面，文学批评开始自觉地回归文学的审美本质，借助对文学文本的阐述来抒写自己对时代的见解与省察。因此，新时期以来不管社会如何转型，都给予了文学批评极大的阐释空间与话语自由，文学批评的主体意识不断加强。与时代同步，新时期以来的宁夏文学批评尽管没有国内文坛主流文学批评那般热闹，然而，在呼应时代主流、讨论文学热点、探索批评理论方法等方面，宁夏文学批评紧跟时代步伐，为宁夏文学的发展做出了卓有成效的贡献。

一 主体意识的觉醒与方法论更新

新时期之前的宁夏文学批评是一种语言的暴力，批评还无法从文学层面进一步地展开，指导文学批评的理论学说是"文艺是阶级斗争的工具"一说，这一时期的文学批评大多不是从鲜活的生活感受出发，而是从时代流行的政治观念、政治条文出发，把文学创作看成这些观念与条文的图解。1960年《朔方》第7期上发表了署名安習文的一篇文章——《斗争的哲学 斗争的文学》，便充分体现那个时代文艺批评特有的历史痕迹，将文学创作质疑者的观点皆视为"异端"学说、"修正主义"之论。冷嘲热讽之后得出的结论是"文学应该是斗争的武器、是阶级的工具，文学是斗争的文学"。在这样的观念指导下，文学批评沦落为政治批评的工具，何谈存在主体意识。文学史家洪子诚先生指出："在大多数情况下，文学批评并不是一种个性化的或'科学化'的作品解读，也不是一种鉴赏活动。而是体现政治意图的，对文学活动和主张进行'裁决'的手段。"[①] 随着"文化大革命"的结束，在新时期思想解放运动的大潮下，宁夏文学及文学批评开始复苏，由于张贤亮的出现，宁夏文学进入一个前所未有的高度，新时期早期，张贤亮的小说创作引领了宁夏文学批评的繁荣，小说《灵与肉》《绿化树》《男人的一半是女人》引起了批评界广泛的讨论和研究，甚至

---

① 洪子诚：《中国当代文学史》，北京大学出版社1999年版，第25页。

争议。在一片争鸣声中，尽管存在不少情绪化的阐述和"火药味"的辩论，但是我们也欣喜地看到宁夏文学批评相对于之前的发展与进步。

新时期初期的宁夏文学批评实践，大多是对同时期文学创作的回应。但在回应中，批评的观念已发生了根本的变化，批评话语中响彻思想解放的时代回音。1979年《宁夏文艺》第5期发表了刘佚的《文艺要敢于探索——读张贤亮的小说想到的》①，该文结合张贤亮早期的《四封信》《四十三次快车》《霜重色愈浓》三篇小说，着力指出张贤亮小说所反映的敢于探索的品质，并高度评价了作者主体意识的觉醒。"张贤亮同志的创作敢于解放思想，也就敢于冲破长期来只能歌颂不许暴露这个老框框。""敢于解放思想，也就敢于干预生活，直打胸臆，象恩格斯所称道的那样，拿出'艺术家的勇气'，利用艺术力量，'喊出一种新声'。""敢于解放思想，也就敢于突破'四人帮''三突出''高大全'的创作模式，按照党性原则和实际生活，塑造出各种各样的人物形象来。"在刘佚看来，只有主体意识的觉醒（敢于解放思想）才能带来艺术上的革新，才能实现文艺的大繁荣。而刘佚在言说张贤亮的同时，自身的批评话语也同样带有深度的反思与探索意识。有学者指出："新时期文学的觉醒与生长首先源于当代知识分子自身灵魂的觉醒以及深度'反思意识'的逐渐建立。我们说近20年间的中国文学已经取得了极为辉煌的成就，这种成就的取得与当代知识者破除迷信、解放思想建立了一种具有独立品格的文学的怀疑精神有着直接关系。可以毫不夸张地说，这个年代的文学与知识分子的精神状况、价值追求和人格水平是紧密地联系在一起的。文学的每一次发展和进步都与知识者的心灵解放息息相关。"② 从这个意义上讲，我们是不是也可以这么说——正是因为创作者与批评者自身灵魂的觉醒以及深度"反思意识"的逐渐建立，才使宁夏文学终于迎来了一个属于自己的春天。

在思想解放的大潮中，思想界开展了清理"奥吉亚斯牛圈"的工作，扫荡文化专制主义，呼吁艺术民主。着力批判"极左"思潮给文艺带来

---

① 刘佚：《文艺要敢于探索——读张贤亮的小说想到的》，《宁夏文艺》1979年第5期。
② 郎伟：《觉醒与成长：近20年中国文学的简单回顾》，《宁夏大学学报》（哲学社会科学版）1998年第4期。

的戕害，对萦绕在人们心中的那些迷信与蒙昧进行了清算，对创作思想和文艺理论中出现的问题展开了激烈的争鸣，许多曾经被遗弃、被忽视的思想观点又重新获得了生命，一些重要的理论命题又被重新提及。著名哲学家李泽厚指出："'四人帮'倒台之后，'人的发现''人的觉醒''人的哲学'的呐喊又声震一时。"[1] 钱谷融的《论"文学是人学"》一文在新时期重新获得广泛的认同，正是在这样的思想背景下，人们开始重新审视文学的本质。与此同时，文学批评也开始产生对"人"的意识、对批评的主体意识的强调。而这种主体意识的觉醒具体表现为知识分子的怀疑精神与反思意识，在批评的实践过程中呈现出对社会政治与民族历史文化的审视与批判，尤其是对那些坚持"庸俗社会学"批评方式的抵制，彰显出批评的主体性。宁夏的文学批评在响应时代主题、与"左"倾话语斗争的过程中呈现出批评者主体意识的觉醒，在争鸣中凸显批评主体的怀疑精神与反思意识。

在新时期早期的宁夏文学批评实践中，最引人注目的是三次重要的争论。一次是围绕着张贤亮的小说《灵与肉》《绿化树》《男人的一半是女人》的争论，一次是围绕创作中"歌颂与暴露"的争论，一次是围绕"回族文学"的概念命名的争论。

对新作的呵护与催生是宁夏文学批评实践的开始。新时期初期，张贤亮的小说创作引起了文坛的高度关注，围绕张贤亮小说的争议多触及人物形象与两性批评观念上的差异。《灵与肉》在1980年第9期的《朔方》上发表之后，著名评论家阎纲以他特有的敏锐发表了《〈灵与肉〉和张贤亮》[2] 一文，尤其是开篇的一句"宁夏出了个张贤亮"，似宣言一般，饱含惊喜，给予了正面的评价。然而这样的创作也引起了一些还未从"左"倾观念中挣脱的人的异议，比如汤本的《一个浑浑噩噩的人——评小说〈灵与肉〉的主人公许灵均的形象》[3]，孙叙伦、陈同方的《一个畸

---

[1] 李泽厚：《中国现代思想史论》，天津社会科学院出版社2004年版，第30页。
[2] 阎纲：《〈灵与肉〉和张贤亮》，《朔方》1981年第1期。
[3] 汤本：《一个浑浑噩噩的人——评小说〈灵与肉〉的主人公许灵均的形象》，《朔方》1981年第4期。

形的灵魂——评〈灵与肉〉的主人公许灵均》①，对许灵均这一人物形象提出批评，认为许灵均是"一个浑浑噩噩的人""一个畸形的灵魂"。还有宁夏本土的评论者刘贻清。这位坚持马克思列宁主义、毛泽东文艺思想和四项基本原则，反对资产阶级自由化的论者，不辞辛劳地编著内部论著《张贤亮现象——从现象到本质的透视》一书，书中几乎每篇评论都对张贤亮的小说提出否定性的观点。《灵与肉》的争议，肯定多于否定，可到了《男人的一半是女人》，否定之声就占据了上风。《评〈男人的一半是女人〉》一书中所收录的文章，对作品评论否定性的论文占多数。批评并非不可以，但是不要脱离具体的历史语境，新时期以来的文学创作，往往具有很强的历史针对性。刚刚过去的历史阴霾依然笼罩在每个作家内心深处，成为一生的创伤性记忆。作为"归来一代"的张贤亮曾直言，《灵与肉》的主题是反"极左"。

从张贤亮的创作整体来看，张贤亮的创作是典型的知识分子创作，他的作品充满文化政治的意味，并且积极参与到社会变革的浪潮之中，去抒写时代与反思历史。而经历过鼓吹暴力与贫困乌托邦历史的人们深谙张贤亮小说的意义与价值。这包括丁玲的《一首爱国主义的赞歌——读张贤亮的短篇小说〈灵与肉〉》、唐挚的《质朴的美的开掘——漫评张贤亮的小说〈灵与肉〉》、胡德培的《"最美的最高尚的灵魂——关于〈灵与肉〉的主人公许灵均的形象剖析"》、何西来的《劳动者的爱国深情——赞张贤亮的短篇小说〈灵与肉〉》、沐阳的《在严峻的生活面前——读张贤亮的小说之后》②，自治区区外学者为《灵与肉》正名的举措也影响到了区内的学者，本土评论家李镜如、田美琳撰写《也评〈灵与肉〉——兼与汤本同志商榷》③一文对汤本的观点进行了深入批判，不仅反驳了汤本对《灵与肉》的误读与偏见，还指出这种误读与偏见产生的原因（"文化大革命"中产生的畸形的审美思维），这也是本文最为出彩之处

---

① 孙叙伦、陈同方：《一个畸形的灵魂——评〈灵与肉〉的主人公许灵均》，《朔方》1981年第5期。
② 以上论文见《爱国主义的赞歌——丁玲等评〈灵与肉〉》，宁夏人民出版社1981年版。
③ 李镜如、田美琳：《也评〈灵与肉〉——兼与汤本同志商榷》，《朔方》1981年第5期。

和价值所在,从根本上为《灵与肉》正名,充分体现了宁夏批评家们正义的立场与无畏的勇气。以丁玲、阎纲为代表的评论者对《灵与肉》抱以积极的肯定和热情的期待,他们借助对许灵均这一人物形象的分析宣告着"人的回归"。新时期初期,在思想解放的时代强音下,像汤本那样带有"左"倾批评话语痕迹的批评已经不再有市场,随着人们主体意识的觉醒,人们已经清醒地意识到正常的审美见解应该是什么样的形态,那种是非颠倒的时代一去不复返了。而那些批判许灵均"浑浑噩噩"的论者从后来的实践来看,显然是投机分子。现实证明,许灵均最终选择留在了他所热爱的西北大地,没有跟随他的父亲去美国,而汤本选择离开中国到美国成了一个美国公民,他实现了小说中许灵均父亲许景由的愿望。到底谁"浑浑噩噩"?这中间无不充满强烈的反讽意味。

关于"歌颂与暴露"的问题是一个由来已久的颇有争议的问题,早在50年代,文艺界就这个问题开展过一定的讨论,新时期初期,这个问题随着一批现实主义力作的出现又被重新提出。而在宁夏文学批评界,也开展了这场"歌颂与暴露"的争论(争论的过程前文已经进行了论述,这里不再赘述)①。如果说新时期之前,对"歌颂与暴露"的问题产生了简单化的理解,倡导歌颂,反对暴露,那么新时期之后,随着思想解放运动的开展,人的主体意识开始回归,再加上刚刚过去的历史对文艺的戕害历历在目,批评界面对这次讨论表现出可贵的敏锐与成熟。宁夏文学批评界亦是如此。晏旭一文出现之后,尽管他也做出狡辩,但已经掀不起大浪,在一阵阵批评声中逐渐地失去了公信力。加之时代的急剧变化,这样的讨论已不再成为令人瞩目的文化焦点。

总览那些对晏旭的批评意见,论者普遍认可的一个重要维度就是不能将"歌颂与暴露"二元对立,进行非此即彼的简单化处理,社会主义文学不仅有歌颂光明的一面,也应该具有暴露社会黑暗的一面。尤其是对"文化大革命"及"极左"路线对我们这个国家的社会、经济与文化等各个层面所造成的巨大灾难,人们应该去揭露、控诉和反思,只有这样

---

① 详见本章第一节《歌颂与暴露:批评话语的论争》。

才能做到"以史为鉴,面向未来",服务社会主义现代化建设。所以,慕岳、杨淀等人的论述呈现出一种可贵的理性思考,他们在"歌颂与暴露"的问题上能够辩证地处理好两者之间的关系,并且保持一种历史理性,从社会文化的深层来挖掘文学创作的现实价值,彰显人在创作中的主体性地位。

今天看来,宁夏文学批评界的这场讨论是很有必要的。一是清理了那些影响宁夏文学创作长久的"左"倾创作观念,为宁夏文学的发展扫清了障碍。二是批评的主体意识得到了加强,尽管宁夏文学批评界还没有像评论家腾云那样喊出"我所批评的就是我",但宁夏的文学批评工作者能够在"风向"不合时宜之时敢于"亮剑",绿化文学创作的生态。三是批评家开始意识到批评的独立属性,不仅积极推介宁夏刚刚复苏的文学创作,而且还能借助作品的分析弘扬自己的艺术主张。高嵩、刘绍智、荆竹等人的美学批评便是典型的例证。

随着批评者主体意识的觉醒,在具体的批评实践中,批评的方法论也及时得到更新。新时期初期的宁夏文学批评不会再出现《斗争的哲学 斗争的文学》那样充满戾气的政治色彩的批评文章了。文学批评除了与那些充满"极左"色彩的批评话语斗争,最重要的是树立自己崭新的充满新时代气息的批评观念。让文学批评回到文学世界、审美世界中,而不是在政治语境中展开。因此,我们看到了那种不同于"庸俗社会学"的文学批评,展现给读者的批评文章是一种真正的充满文学语言的文章,尽管不少文章依然摆脱不了过去的遗迹,但宁夏的批评者们还是在努力通过文学作品去挖掘文学的美和文学的魅力。在20世纪80年代的宁夏文学批评中,本土的评论家高嵩、刘绍智、荆竹是真正具有方法论意识的评论家,他们具备深厚的文学理论素养,具有自觉的方法论意识,他们在呵护刚刚崭露头角的宁夏文学,不仅叙说着宁夏文学的价值所在,而且也让读者深刻地意识到文学批评本身所具有的艺术魅力——批评是一种艺术。深厚的古典学养,广阔的中西文化视野使他们的批评文章富有深度。而田美琳的《蒋振邦创作论》、陈美兰的《戈悟觉论》、李镜如的《试论王洲贵的小说创作》、杨继国的《民族感情的流泄——查舜小说创作论》、钟虎的《南台小说散论》、何光汉的《论张武的小说创作》、贾立平的《心的历程——张冀雪小说创作论》、潘自强的《视角,在选择中变化——试论回族作家马知遥近期小说的特色》[①] 等评论文章亦是将作家的创作视为一种艺术创造,从艺术审美的角度去挖掘作家作品的价值。那些过去不愿谈、不敢谈的词汇,也开始出现在批评家的文章中,比如"人性""人情"等。那些过去不敢触碰的"禁区"与"雷池"也在这些文章中得到了探索与触及,比如"对爱情描写的礼赞""对揭露阴暗面书写的认同"。虽然这些文章在批评方法上并不出新,甚至还缺乏理论的深度,以至于高嵩呼吁宁夏的批评工作者向理论的纵深处挺进,但是放置于新时期初期的历史语境中去审视,这些批评文章的价值就显现了。随着经济全球化的到来,批评的方法论意识得到增强,进入21世纪之后,宁夏青年作家群的崛起使宁夏文学批评实现了意义的再生产,阐释的空间得到了有效的开拓,批评方法也趋向多元化。既有坚持审美经验批评的,也有运用西方现代批评理论的,还有的学者或采取了跨学科的研究,借助社会学、文化学、人类学等理论来分析作品,或借助西方的"现代性"理论,这些理论的有效凭借,指导并丰富了宁夏文学批评的实践。这一时期,郎伟、牛学智、赵炳鑫、李生滨、马梅萍、白草、哈若蕙、赵慧、苏文宝、王兴文、马慧茹等批评工作者展现了极强的方法论自觉意识,从而构成了宁夏文学批评的中坚力量。

二 艺术形式的本体性

第四次全国文艺工作者代表大会,确定文艺的"二为"方针,这样就为文艺创作提供了一个较大的创作空间。20世纪50—70年代,文学批评在政治观念的左右下对文学创作进行评析与阐释,批评者只要按照政治标准对文学创作进行裁决就能高枕无忧,艺术标准的衡量被严重忽略。这种批评的标准"在当代,常表现为对是否写出生活'真实'、生活'本质',是否表现了'历史发展规律'的质问"[②]。因此,这时的文学批评

[①] 以上论文均见吴淮生、王枝忠主编《宁夏当代作家论》,宁夏人民出版社1988年版。
[②] 洪子诚:《中国当代文学史》,北京大学出版社1999年版,第26页。

实际上离文学很远，脱离文学的本质。新时期之后，文学批评开始追求批评的独立属性，最直接的表现便是批评脱离政治观念的束缚走向了审美创造。早期蒋孔阳的《谈谈文艺批评中的艺术标准》①、刘再复的《论文艺批评的美学标准》②，都提倡文学批评要面对文学、面向艺术，将艺术分析视为文学批评的主要内容。著名学者孙绍振一直致力于文学审美理论本土化构建，取得了丰硕的理论成果。③ 20世纪80年代，文学批评开始向"文学""艺术"回归，产生了不同凡响的意义。"它将文艺与文学评论从一味强调政治阐释和图解的观念樊篱中解放出来，从而激发批评家主体的创造性和生命活力，构建起新的批评语境，发展出新的批评原则，最重要的是，它催生了批评主体与创作主体在艺术创造层面的互动，从而形成真正贴近创作、深入探讨艺术肌理、发掘美学内涵的批评话语。"④ 正是在这样的观念影响下，一批侧重于艺术分析的评论文章应运而生。黄子平的《论中国当代短篇小说的艺术发展》⑤是其中的佼佼者，该文引入"结构—功能"两个概念来分析当代短篇小说建构方式和艺术表现力。当然，像吴亮的《马原的叙述圈套》⑥、南帆的《小说技巧十年：1976—1986年中、短篇小说的一个侧面》⑦等都是从艺术形式层面入手分析小说比较有影响的文章。

新时期之后的宁夏文学批评与主流文学批评的实践一致，逐渐意识到以往文学批评的非文学特质，在新的批评话语语境的影响之下，宁夏文学批评开始向文学靠拢，走向审美艺术的分析。

首先进入我们视野的是刘绍智的《小说艺术道路上的艰难跋涉——

---

① 蒋孔阳：《谈谈文艺批评中的艺术标准》，《光明日报》1979年10月3日。
② 刘再复：《论文艺批评中的美学标准》，《中国社会科学》1980年第6期。
③ 孙绍振：《文学性讲演录》，广西师范大学出版社2006年版。《审美阅读十五讲》，北京大学出版社2013年版。《文学文本解读学》，北京大学出版社2015年版。
④ 鲁枢元、刘锋杰等：《新时期40年文学理论与批评发展史》，浙江文艺出版社2018年版，第592页。
⑤ 黄子平：《论中国当代小说的艺术发展》，《文学评论》1984年第5期。
⑥ 吴亮：《马原的叙述圈套》，《当代作家评论》1987年第3期。
⑦ 南帆：《小说技巧十年：1976—1986年中、短篇小说的一个侧面》，《文艺理论研究》1986年第3期。

张贤亮论》①，这篇论文在张贤亮批评史上是一篇被严重低估的文章，今天赏读仍不乏真知灼见。刘绍智古典文学出身，有着深厚的艺术修养与鉴赏能力，再加之对张贤亮本人非常了解，因而此文拿捏得稳重、老练，同时也阐述得到位准确，颇似日内瓦学派乔治·布莱的"意识批评"。刘绍智在评述张贤亮的创作过程中特别强调艺术感受力的重要性。张贤亮自己也极其看重小说创作的禀赋，认为"艺术需要一种特殊的资质，一种自然的禀赋"②。在刘绍智看来，早期张贤亮的《四封信》等作品是因为鲜明的政治立场而非艺术水平获得成功的。真正预示张贤亮艺术起点的作品是《邢老汉和狗的故事》，刘绍智认为这部小说体现出张贤亮艺术感受力的恢复与强化，尤其是邢老汉这一人物形象展现的艺术光彩和动人魅力更是其他小说无法超越的。顺着这一思路，刘绍智认为，《龙种》《河的子孙》《肖尔布拉克》《男人的风格》等作品显然背离了张贤亮的艺术感受，张贤亮首先是艺术家而非思想家，《绿化树》《男人的一半是女人》之所以成为名篇恰恰是因为张贤亮将艺术感受演绎成一种理性，容纳了张贤亮的生命体验与时代风貌。刘绍智还借鉴了李泽厚的"积淀说"理论来考察张贤亮的创作心态，认为其创作心态乃是历史积淀与个人经验积淀的结果。综观张贤亮的小说创作，刘绍智将作家的艺术感受力作为突破口，深入小说创作的肌理中去分析张贤亮小说艺术品格的形成历程，并通过对张贤亮创作心态的考察来印证作品的不同类型。

1981年第2期的《文艺研究》上发表了《从美学的角度加强文学批评的讨论》③一文，强调从美学的角度介入文学批评中，进行文学艺术规律的探讨。受此影响，美学开始在文学批评中不仅是一种理论方法与视角，更成为一种批评观念。这种美学介入批评的方式在宁夏文学批评界也得到实践。宁夏评论家荆竹的《论两种小说的美学模态——兼及宁夏新时期小说的宏观考察》④就是从美学的角度来分析新时期宁夏小说的代

---

① 刘绍智：《小说艺术道路上的艰难跋涉——张贤亮论》，出自吴淮生、王枝忠主编《宁夏当代作家论》，宁夏人民出版社1988年版。
② 张贤亮：《写小说的辩证法》，上海文艺出版社1987年版，第176页。
③ 《文艺研究》编辑部：《从美学的角度加强文学批评的讨论》，《文艺研究》1981年第2期。
④ 王邦秀主编：《宁夏文学作品精选·评论卷》，宁夏人民出版社1999年版。

表性论文。荆竹的美学理论带有原创性思维,他认为新时期宁夏小说的美学运动模态分为顺应型与冲突型两种类型,尽管荆竹努力让这种分类极具理论色彩,实际上两种类型的小说运动模态其本质是借鉴了西方接受美学的相关理论。顺应型与冲突型就是从接受美学中的期待视野的正解与受挫中演变而来的,接受美学中的期待受挫往往显示出小说的艺术魅力。在他看来,《灵与肉》是顺应型作品,因为这部小说无论在内心世界的情感处理还是细节以及语言的把握上都是一种理想型的追求,但这种作品不足之处在于因为永远无法达到理想的境界而容易暴露自己的短板与不足。张贤亮的《肖尔布拉克》和戈悟觉的《夏天的经历》等作品被荆竹视为冲突型作品,这些作品里饱含一种迥异于传统故事情节的现代精神,同时也呈现出对传统叙事的批判意识。荆竹的这篇从美学的角度论述宁夏小说艺术形式的论文尽管存在语言晦涩、论述逻辑不够清晰的问题,但至少体现出荆竹这一批评论者观照小说艺术的积极努力。另外,荆竹的《论审美体验与艺术踪迹》[①]一文较之前文就显得观点深刻、逻辑清晰了些。尤其是荆竹对审美体验的特征归纳及在艺术创作中的表现、意义和规律认知都显示出一个美学工作者深刻的思考。

20世纪90年代末期,更为年轻的学院派学者郎伟通过对20世纪经典小说的艺术分析,总结归纳了这些小说所具有的经典品质与艺术律条,进而为他分析宁夏文学作品形成了艺术参照。在郎伟的批评话语中特别强调小说艺术的重要性,将艺术分析上升到一种本体性的地位。像《当前我国长篇小说创作面临的三个艺术问题》《苦土上的岁月与人生》《漠野深处的动人诗情》《黄河岸边的哀婉青春》《悲悯的注视》[②]《小说创作的另一种可能性》[③]等文章,皆是探讨小说艺术的批评之作。《当前我国长篇小说创作面临的三个艺术问题》是一篇为长篇小说立标准、找不足的文章。郎伟总结出杰出长篇小说的六个特征,在这六个特征的比照下,2000年以来的长篇小说存在三个亟须解决的艺术问题。"从事长篇小说写

---

① 荆竹:《荆竹文艺论评选》,宁夏人民出版社2017年版。
② 以上文章皆出自郎伟《守护风沙的一盏灯》,作家出版社2018年版。
③ 郎伟:《小说创作的另一种可能性》,《朔方》1996年第11期。

作人的思想和艺术准备不足""大量作品明显存在着选材不严、开掘不深""许多作家对长篇小说的文体特点认识不足"的问题,这些艺术问题制约着当前长篇小说创作的发展。中国每年有三千多部长篇小说问世,可是真正为大家认可的精品力作却少之又少,究其原因,还是作家缺乏为艺术献身的精神,存在艺术表现上粗糙、语言上不够精致等诸多问题。《小说创作的另一种可能性》则凸显了郎伟作为评论家敏锐的观察力与艺术的嗅觉。他在阅读了大量现实主义作品之后,敏锐地发现创作者的写作大多是在消费自己的生命体验与人生经验,虚构力与想象力的不足导致作家无法超脱现实的大地去"翱翔于天空"。因此,郎伟强调:"虚构能力的唤醒和想象力的复活需要创作思想与观念的彻底解放。那种非写亲身经历不足以动人的小说创作思维定式必须被打破。""虚构力与想象力的呈现将给予创作者一种呼风唤雨的艺术'魔力'。"但是,郎伟并没有将虚构力与想象力推至一种至高无上的地位,在郎伟看来,作为一种艺术表现力,它只有受到创作主体的思想穿透力和悲天悯人情怀的左右才能真正产生艺术生产力,才能产生艺术精品。在这充满辩证思维的论述中,郎伟赋予了艺术表现合理的运行轨道。一方面他吸收了形式主义和新批评理论中关于艺术形式的真知灼见;另一方面他也清醒地意识到新批评等理论所存在的割断文本与作家之间关系的不足,进而突出作家主观能动性在艺术生产中的重要作用。

进入21世纪之后,随着"宁夏青年作家群"的崛起,对宁夏文学的观照方式越来越重视其艺术的建构方式,许多批评文章都在韦勒克所言的"内部研究"这一层面来展开论述,新时期宁夏文学批评作为一种审美艺术的功能得到了认可,并产生了广泛的影响。

三 新的批评理论

1985年被誉为"方法年",西方人文社科领域的各种理论及思想开始传入中国,对习惯了"庸俗社会学"思维的批评家们产生了前所未有的冲击。当批评家开始认可克莱夫·贝尔的"美是有意味的形式",批评家们对于形式关注的热情不减，由此不断拓展批评的理论方法，美学、哲学、叙事学、心理学、社会学、文化学等理论方法都在新时期文学批评的实践中得到积极的尝试。

吴淮生的《关于文学本体论的哲学思考》[①] 就明确昭示了对于文学本体性论的理解需要放置于哲学范畴内加以审视，此文是针对著名学者曹文轩的《哲学：对"再现论"的全盘否定》和《第二世界——续〈哲学：对"再现论"的全盘否定〉》[②] 两篇文章所做出的回应。吴淮生的立论基础是马克思主义的辩证唯物论，以此为批判的武器来指出曹文轩的论点陷入唯心主义的形而上学、不可知论和诡辩论的泥淖。当然，熟悉西方现代哲学的人可看出，曹文轩的观点深受叔本华的《作为意志与表象世界》一书的影响，其论文的写作有很强的历史针对性，就是对过于历史理性造成的文学灾难的反思。吴淮生的批评理论话语尽管今天看来已经明显有些陈旧，但将文学放置于哲学的理论话语中考量毕竟是一次积极有益的尝试，尤其是在宁夏文学批评这一领域内。

在宁夏文学批评的有限范围内，将批评进行理论化阐释的当数牛学智。早期牛学智的批评还热衷于新鲜理论的积极尝试，求新求奇，力求让文学批评呈现出较多的新意，从《当代批评的众神肖像》[③] 一书开始，通过对当代文坛批评家批评的个案解读，逐渐离析出当代文学流行的批评话语模式，并对这一模式进行了阐述与反思。而《当代批评的本土话语审视》[④] 一书则进一步反映出他对"批评的理论化"的自觉意识。《文化现代性批评视野》[⑤] 一书把宁夏文学置于"现代性"这一理论话语背景中加以审视，在这一理论话语背景下才能正视宁夏文学存在的普遍性的问题和差距。法国社会学家鲍德里亚关于"消费社会"的理论、英国社会学家吉登斯的社会结构理论、德国社会学家哈贝马斯的公共领域理论都给牛学智的批评实践带来启示，以此牛学智构建了一套

---

① 吴淮生：《关于文学本体论的哲学思考》，《宁夏社会科学》1992年第2期。
② 曹文轩：《第二世界》，作家出版社2003年版。
③ 牛学智：《当代批评的众神肖像》，文化艺术出版社2012年版。
④ 牛学智：《当代批评的本土话语审视》，北岳文艺出版社2013年版。
⑤ 牛学智：《文化现代性批评视野》，阳光出版社2015年版。

稳定的批评标准理论，那就是文化现代性的价值观念。在文化现代性的观照下将批评对象纳入自己独特的批评视野之中，进而阐释其意义和评判其价值。

将批评理论自觉地运用到批评实践中的还有苏文宝，苏文宝一直致力于原型理论在宁夏文学批评中的运用。他的《"家"的二重性解读——兼论西海固文学中"家"的原型》[①] 等一系列研究成果都是在原型理论的指引下探讨地域文学与民族文学中的深层文化。著名学者傅道彬这样说过："往事虽成旧梦，但原型却以象征的形式贮存着人类从蛮荒走向文明的历历往事，汇集着千百年来无数人的心灵震动，如果我们相信通过地下文物的发掘可以描述一个民族物质文明的历史演进的话，我们也有理由相信通过原型的考察可以描述一个民族的伟大的精神历史。"[②] 苏文宝的批评实践也可以证明：通过对西海固文学与回族文学的原型考察，可以描述出西海固文学与回族文学所蕴含的地域文化与民族的精神历史。

在宁夏文学批评实践中，心理学的相关理论也是一个被广泛使用的理论资源，比如张富宝、郎伟的《论宁夏青年作家群的创作心理》[③] 一文便是通过对宁夏青年作家群创作中所体现的纯粹的"清洁精神"、厚重的"乡土情结"、深沉的"善美情怀"和对诗性语言的迷恋、对散文化笔墨的崇尚以及对叙述视角和叙述文体的个性选择等方面的分析，挖掘宁夏青年作家群独特的个性心理和丰富的文化心理，促进了批评话语的多元化和阐释的丰富性。近些年，"日常生活"理论在学界引起了高度的重视，宁夏师范学院的王兴文则把东欧著名哲学家赫勒的"日常生活"理论引入对宁夏作家的批评阐释中，《日常生活二重性的诗性呈现——石舒清小说简论》[④]《宁夏回族作家日常生活书写论析》[⑤]，着力凸显回族

---

① 苏文宝：《"家"的二重性解读——兼论西海固文学中"家"的原型》，《宁夏师范学院学报》2010 年第 1 期。
② 傅道彬：《晚唐钟声——中国文学的原型批评》，北京大学出版社 2008 年版，第 1—2 页。
③ 张富宝、郎伟：《论宁夏青年作家群的创作心理》，《宁夏社会科学》2011 年第 5 期。
④ 王兴文：《日常生活二重性的诗性呈现——石舒清小说简论》，《宁夏师范学院学报》2014 年第 2 期。
⑤ 王兴文：《宁夏回族作家日常生活书写论析》，《宁夏师范学院学报》2013 年第 5 期。

作家在面对日常生活时所彰显的精神向度，通过对现代日常生活的反思，重构人的生存价值与意义。

第三节 批评话语中的文学史表述分析

文学史是文学批评的一个重要分析对象，什么是文学史？虽众说纷纭，但基本上认同文学史是对特定地区、特定时期的文学发展状况进行的综合系统的归纳与总结。那么，文学史研究和关注的重点是什么？"文学史主要是研究文学发展的过程，总结文学发展的内在规律，其中包括阐述各种作品内容、作家个性、文学思潮、文学运动、文学流派和社团的演化轨迹，寻求它们前后相承相传、沿革嬗变的规律，揭示文学的发展与各种时代因素、社会因素的关系以及本地区文学的发展与其他地区文学相互交流、影响的关系，对各个时期的重要作家作品在文学发展中的历史地位和作用进行科学的评述和定位等。"[1] 尤其是面对重要作家作品所做出的"科学的评述与定位"，是文学史的一项非常重要功能。

文学理论大师韦勒克在《文学理论》一书中指出："文学史对于文学批评也是极其重要的，因为文学批评必须超越单凭个人好恶的最主观的判断。一个批评家倘若满足于无视所有文学史上的关系，便会常常发生判断的错误。"[2] 所以，考察新时期以来的宁夏文学批评，必然要关注宁夏作家在文学史中是如何被评述的。文学史所具备的话语权力属性成为宁夏作家定位与评价的重要依凭，同时，文学史中对于宁夏作家的批评话语又体现出文学批评的价值判断和话语策略。

新时期以来，宁夏作家中能够进入当代文学主流文学史的作家只有张贤亮一人，在任何一部《中国当代文学史》著作中，对新时期"反思文学"的阐述，张贤亮是一个绝对绕不开的作家。而宁夏其他作家若要进入中国当代主流文学史还存在很大的差距。这与主流文学史对作家作

---

[1] 蒋述卓、洪治纲主编：《文学批评教程》，武汉大学出版社2015年版，第96页。
[2] [美] 勒内·韦勒克、奥斯汀·沃伦：《文学理论》，刘象愚等译，江苏教育出版社2006年版，第39页。

品相当苛刻的要求有关。著名学者南帆指出："文学史即是文学经典化的历史；文学史无疑是经典之作的鉴定，许多人无条件地信任文学史公布的经典书目。诚然，文学史的写作包含了种种作品的挑选、争议、权衡，然后，这个复杂的辨识过程消失在人们的视域之外。"① 并且指出入史的文学作品所具备的经典属性："文学经典即是公认的伟大作家的不朽作品，具有强大的审美力量，艺术原创性和美学典范的意义，它构成了利维斯所说的'伟大的传统'。"② 在这样的文学要求和历史检验之下，宁夏作家的作品除了张贤亮的作品具备文学的经典属性外，似乎没有其他作家可以进入经典作品的行列。

然而，随着近些年学者们对文学史写作提出异议，尤其是著名学者杨义先生提出"重绘中国文学地图"的学术观点，文学史写作引发了热议。杨义指出100余年的文学史存在明显的缺陷。"第一个缺陷，它基本上是汉族的书面文学史，相当程度地忽略了国家土地60%以上多民族的文学的存在和它们相互间深刻的内在联系。""第二个缺陷，我们的文学史相当程度地忽视了地域的问题、家族的问题，忽视了作家的人生轨迹的问题。""既偏重于汉语的书面的文学史，又往往侧重于时间发展过程而缺乏足够的空间意识。"③ 简言之，文学史的写作忽略少数民族文学和地域文学的创作，再加之"重写文学史"的学术冲动一直在延续，因此，文学史的写作开始有意识地转向地域文学史、民族文学史等具有地方知识属性的写作。21世纪以来，关于少数民族文学的文学史和地域文学史的写作意识逐渐加强，也产生了不少具有影响力的学术著作。比如在少数民族文学史写作方面，李鸿然先生的《中国当代少数民族文学史论（上、下）》是扛鼎之作。在区域文学史写作方面，丁帆先生主编的《中国西部现代文学史》，李兴阳先生著的《中国西部当代小说史论（1976—2005）》是这方面的代表性著作。当然，这方面的相关论著还比较多，在此不一一赘述。

因此，考察宁夏作家在文学史中的论述，如果仅以主流文学史为参

---

① 南帆等：《文学理论》，北京大学出版社2008年版，第224页。
② 南帆等：《文学理论》，北京大学出版社2008年版，第225页。
③ 杨义：《重绘中国文学地图通释》，当代中国出版社2007年版，第5页。

照对象，仅有张贤亮一人，实难构成研究的整体性价值。但是如果从少数民族文学与地域文学的角度来考量，把"当代少数民族文学史"和"西部文学史"纳入其中的话，宁夏作家在文学史中形成批评话语就成为可能。除了张贤亮外，还有一些宁夏作家也进入了这类文学史中，成为被评述的对象。

本节以宁夏作家在文学史中所构成的批评话语为主要考察对象，着力分析这些批评话语所蕴含的价值判断及呈现的问题意识。而文学史著作的选择，既选择了当前有代表性的主流文学史，也将少数民族文学和地域文学史纳入其中，本节在文学史著作的选择上就以洪子诚的《中国当代文学史》[1]、朱栋霖等的《中国现代文学史》[2]、丁帆主编的《中国西部现代文学史》[3]、李兴阳的《中国西部当代小说史论（1976—2005）》[4]、李鸿然的《中国当代少数民族文学史论（上、下）》[5] 为参考对象，而进入上述文学史的宁夏作家有张贤亮、查舜、张冀雪、陈继明、石舒清、金瓯、杨梓、郭文斌、漠月、季栋梁等。整合宁夏作家的批评话语在文学史中所呈现的评价样貌，进而做出客观学理性的分析。

一　审美价值观念与经典意识的建构

文学史的叙述是一个文学作品经典化的过程，文学史要将某些文学知识固定下来并将其成为恒定的范式加以传承，而经典作品背后所蕴含的价值规范往往具有承传性。文学史的书写作为一项大浪淘沙的工作，在选择作品时的立场、原则极其关键。从美学与历史相结合的视野去评价文学是文学史写作常用的方法。文学史生产的历史话语如果从安全策略来考虑的话，重视文学的审美之维、构建文学的经典意识是文学史批评话语应该实现的两个维度。

---

[1] 洪子诚：《中国当代文学史》，北京大学出版社2014年版。
[2] 朱栋霖等：《中国现代文学史1917—2000（下）》，北京大学出版社2008年版。
[3] 丁帆主编：《中国西部现代文学史》，人民文学出版社2004年版。
[4] 李兴阳：《中国西部当代小说史论（1976—2005）》，安徽大学出版社2006年版。
[5] 李鸿然：《中国当代少数民族文学史论（上、下）》，云南教育出版社2004年版。

整合文学史中关于宁夏作家的批评话语，尽管文学史在考察宁夏作家方面因为作家的风格迥异而侧重点不同，但是，上述文学史都不约而同地从文学性的角度考察宁夏作家作品所蕴含的审美价值，极力阐释与挖掘宁夏作家作品背后的价值规范，进而体现文学作为审美意识形态的形式。

洪著是一部专注于历史考察的文学史，而且在对待重要作家作品的处理方面，尽量将其放置于特定的历史情境中去考察，通过靠近特定时代，去还原历史真相。洪著将张贤亮的创作纳入"历史记忆的创伤"中加以审视，特别强调张贤亮在80年代的独特艺术贡献，表现为小说在结构模式与人物设计上所具有的传统因素。苦难的生活经历成为张贤亮创作的双刃剑，他得益于这一苦难的生活经历，但又无法摆脱这一创作题材的牢笼，从而让我们看到了一个深陷"历史记忆创伤"的张贤亮。洪著从审美与历史两个角度去考察张贤亮的创作，对张贤亮审美价值的判断（艺术经验）结合具体的历史语境，呈现出史学家历史意识和文学意识并重的书写立场。

朱著是在"重写文学史"的思潮影响下产生的一部文学史著作，该史著最大的特点如著名学者刘锋杰所言"回归文学本身、回归文学史的本真"[1]，突出文学的艺术价值，不仅体现出新的文学史观与系统研究的范型，还明确了文学作品逐步经典化的历史意识。尽管对80年代的小说持以审慎的如实摹写的叙述立场，但张贤亮依然作为专节予以论述。朱著选取了《灵与肉》《绿化树》《男人的一半是女人》三部张贤亮的代表作。对三部小说的评析，立足于"审美表现"与"思想内容"，对作品中的人物形象进行了深刻的分析，抓住人物所承载的历史意义，给予了理性而严谨的评价。专节还讨论三部作品在80年代创作大潮中的独特性，尤其是灵与肉之间的冲突，历史语境下的深刻思索，小说艺术形式的概括与归纳，都在文学史的"重写"中体现出对文学独特性的坚守与维护，进而凸显张贤亮在当代文学史中的位置与意义以及所彰显的文学史微观定位的独特性。另外，我们在考察朱著对张贤亮

---

[1] 刘锋杰：《回归历史的本真——评朱栋霖等著〈中国现代文学史1917—1997〉》，《文学评论》2000年第3期。

作品的选择描述中发现，这三部作品无论从何种层面分析，都具有当代文学的经典属性。当然，这种经典属性必须放置于"伤痕"反思文学这一特殊的历史思潮中才得以明晰。南帆指出："经典以及经典的筛选总是自觉或者不自觉地为国家、民族的政治目的服务。正是由于文学经典的强大权威性，文学经典的遴选历来都是政治和文化进行意识形态实践和斗争的一块必争之地。"[①] 而"伤痕"反思文学所具有的政治属性势必使这三部小说逐步走向经典，这也是朱著面对新时期以来作品的一种谨慎的微观定位。

二 地域性、族姓与现代性话语的构建

法国大学者丹纳在其著名的《英国文学史》的序言中，明确提出影响文学的生产与发展的社会因素有三大方面：种族、环境与时代。而其中环境包括地理和气候条件。受丹纳理论的影响，许多学者对其学说有了更为详细的解说。南帆认为："所谓地理因素包括气候、土壤、河流、海洋、山地、交通、地理位置、森林植被乃至自然风景等等，这些因素对文学的影响是不言而喻。首先它们构成了文学直接描写的内容与对象；其次，一方水土养一方人，人的性情气质的确与其生长的自然地理条件有着微妙的关系，而文学是人学，通过人这个中介，地理因素与文学之间产生十分密切的关系。"[②] 还有学者指出："特定的地理环境影响甚至决定人们对地方的基本功利性认识和审美的判断，并由此形成部分美学意义上的乡土情结，这个被丹纳在19世纪表述的理念现在看来还是有效的。所以，地域文化首先是地理性的，在地域文化中最为直观和深邃的乡土情结的美学意义是靠地方景观来显现的，它表明了居住者对地方的热爱，这是人类与物质环境的感情纽带。"[③] 对于身处西部的宁夏而言亦

[①] 南帆等：《文学理论》，北京大学出版社2008年版，第226—227页。
[②] 南帆等：《文学理论》，北京大学出版社2008年版，第173页。
[③] 欧阳可惺、王敏：《"走出"的批评——当代少数民族文学批评的阐释与实践》，新疆大学出版社2011年版，第61页。

是如此，宁夏回族自治区在地理环境上有着西部省份共有的文化形态，而这种文化形态是一种杂糅多元的文化形态，中原的农耕文化与西部游牧文化相融合，儒道文化与伊斯兰文化相交汇，同时，这里也呈现出一种边缘化的人文态势，一种文化守成的表现模式，如一些学者指出的那样："整个西部，因为深厚的传统文化的积淀、地域的闭塞、信息的阻隔和心态的保守，使这块大地在由农牧业文化向工业文化转型的过程中其步履显得格外沉重。"① 宁夏也不例外，作为世世代代生活在这片土地上的宁夏作家，脚下的这片沃土，成为他们的生命寄托与精神寄托。因此，文学史家在史著中阐述宁夏作家时，十分看重宁夏作家对"地方性的基本内容"和"地方性表达"的理解。

朱著曾在张贤亮小说艺术形式的描述中论述道："小说对西北风情风俗画的表现、对蛮荒而贫瘠的物质环境的描绘，笔触充满力度和诗情。"② 而作为一部呈现地域特色的文学史，丁著在阐述张贤亮的小说类别时特别指出《邢老汉和狗的故事》《肖尔布拉克》所带有的西部地域因素。李兴阳在《中国西部当代小说史论（1976—2005）》中论述张贤亮小说与西部的关系时，直接大幅征引了西部文学研究的开创者余斌的观点，余斌认为，"又'左'又'土'的西部"为塑造知识分子准备了最充分的条件，"在这样的文化环境中塑造出来的章永璘，充分表现出了他的西部性"。③ 在论述张冀雪小说时，强调小说所描写的西部环境带有隐喻与象征的意味。正是生存环境的恶劣才体现出主人公的顽强极致的生命力。由此，我们看到文学史家在论及宁夏作家时，无论是主流文学史还是地域文学史，都或多或少地提及作家创作所具有的地域性因素。

"族性"一词的英文原义就是指种族、人种，而在中国文学批评界，尤其是中国少数民族文学批评领域，"族性文化"一词得到学界的

---

① 赵学勇、王贵禄：《守望 追寻 创生——中国西部小说的历史形态与精神重构》，北京大学出版社2012年版，第28页。
② 朱栋霖、朱晓进、龙泉明主编：《中国现代文学史1917—2000（下）》，北京大学出版社2008年版，第179页。
③ 李兴阳：《中国西部当代小说史论（1976—2005）》，安徽大学出版社2006年版，第136页。

认可。致力于当代少数民族文学研究的学者欧阳可惺教授谈道："运用族群概念和使用族性文化的内涵比较贴切少数民族文学批评实际，它便于在批评过程中对批评的逻辑起点和批评过程进行话语的区分、判断，使批评的对象和范围明晰化，批评的结论更具有针对性、适用性。"[①] 而人类学家王明珂使用"文化亲亲性"道出了族性文化本质上是一种社会性文化载体，它是某个族群对一种社会文化的认同。如前所述，西部地区是儒道文化与伊斯兰文化相融合的地方，在这片土地上生活着信仰伊斯兰教的民众，而宁夏作为占全国回族人口五分之一的省份，涌现了查舜、石舒清等回族作家。文学史家在论述两位作家时首先考虑的是他们创作中所蕴含的族性文化。查舜和石舒清在丁著中被放置于"母族的精魂：回族文学"这一专节中加以论述。而李鸿然的《中国当代少数民族文学史论》[②] 第五章"回族的小说"中着重论述了石舒清、马知遥、查舜、于秀兰、马治中等回族小说家。丁著这样评价查舜的《青春绝版》："读这部小说，人们发现，原来回回内心深处，还有非常柔软的一面。揭示出回族鲜为人知的另一个性格侧面，正是这部小说独到的贡献。"[③] 而对石舒清的评价就更加看重其族性特征："石舒清很少直接分析人的心理，他总是借助某些细节加以暗示，他的小说非常含蓄，而笔触直透回回人隐秘的内心底蕴。从某种意义上说，石舒清的全部小说，都是回族心理剖析小说。他每每精确地挑出回族人内心深藏不露的最独特的东西。"[④] 并解读了石舒清的名篇《清水里的刀子》和引用了石舒清的一个创作谈，用来证明石舒清小说独特的族性文化特征和对族性文化的认同。

按照北京大学教授李杨的阐释，"'现代性'是一个后学语境中出现的概念。它当然不是'现代化'的同义词，否则就不需要创造'现代性'这个新词了。'现代性'其实是对'现代化'的反思。……'现代性'

---

① 欧阳可惺、王敏：《"走出"的批评——当代少数民族文学批评的阐释与实践》，新疆大学出版社2011年版，第61页。
② 李鸿然：《中国当代少数民族文学史论（上、下）》，云南教育出版社2004年版。
③ 丁帆主编：《中国西部现代文学史》，人民文学出版社2004年版，第315页。
④ 丁帆主编：《中国西部现代文学史》，人民文学出版社2004年版，第316页。

不是一个肯定的概念，但也不是一个否定的概念，它是一个反思的概念"①。宁夏作家无论是从事乡土题材还是城市题材的创作，都面临一个"现代性焦虑"的问题，那就是如何在社会转型之中对现代化进程带来的物质和精神层面的改变进行反思。文学史家在论及宁夏作家的创作时，现代性的话语建构是主要的批评视点。而对宁夏作家的现代性考察，又主要从三个层面展开。其一，针对张贤亮这样的作家，其现代性的评价主要立足于建立现代民族国家过程中的历史反思与批判。洪著、朱著、丁著皆是如此。尤其丁著中关于灵与肉的文化冲突的论述，体现出社会现代性与审美现代性两种现代性之间的冲突。其二，针对宁夏乡土作家如石舒清、漠月、郭文斌的论述，其现代性的评价着眼于一种现代性的转化，那就是现代化对乡土的冲击所产生的两种情绪。一方面史著认可宁夏乡土作家对于故土的这种守望心态；另一方面，对于宁夏乡土作家在传统文化形态中的挣扎所产生的理性审视的精神也十分认可。这在丁著、李著中比较明显。其三，针对陈继明、季栋梁、金瓯，包括郭文斌的城市题材的创作，其现代性的评价无可争议地指向了对现代化的批判。尤其是现代化具体表象的城市化"不仅加大了城乡不平等关系，而且造成以信仰缺失、人性堕落、道德失范、价值迷失为内蕴的精神危机。巨大的代价，导致对其内在合理性的怀疑"②。这一点，在丁著针对陈继明的《月光下的几十个白瓶子》《城市的雪》《比飞翔更轻》《椅子》等作品所形成的批评话语中可以证实。

三 问题意识的观照

"文学史研究显然承担着发现一个民族心理、考察时代精神变迁以及民族国家想象的重要使命。"③ 尽管文学史的写作不免受到意识形态的影响，但文学史的写作仍然是一项相对客观的学术活动。因此，当以这种客

---

① 李杨：《文学史写作中的现代性问题》，山西教育出版社2006年版，第183页。
② 李兴阳：《中国西部当代小说史论（1976—2005）》，安徽大学出版社2006年版，第185页。
③ 南帆等：《文学理论》，北京大学出版社2008年版，第222页。

观理性的学术态度去面对一个作家时，除了基于文本的客观性阐释外，还要有一种问题意识的观照情结。尤其是像宁夏作家的创作处于一个什么样的水平，作为文学史家内心之中理应有一个更为清晰的参考坐标和衡量尺度。

洪著文学史便是遵循着这样一个反思性的写作立场，任何一个作家在洪著中都是一个过程的永远历史化的产物。因此，洪著将张贤亮放置于历史语境去考察时，张贤亮的优长与不足在洪著中都得到了客观的表述。洪著中特别强调苦难的生活经历对于张贤亮题材的重要性和制约性，当时代语境发生变化，张贤亮却很难走出那段历史记忆创伤所积累起的创作素材。在"伤痕""反思"思潮中我们能看到张贤亮的深度，但是一旦这样的思潮已过，张贤亮的作品便走向了相对化的肤浅。在丁著中，这种问题便得到明确的观照，丁著指出张贤亮"作为一个深受特定意识形态观念影响的作家"，其"创作同样存在着明显的局限，有时候还努力地往流行的政治理念或文学主题上贴靠"。这在其《男人的风格》等一些迎合时代潮流的作品中得到呈现。张贤亮作为一名80年代成名的作家，文学史关于其创作问题的揭示，由于历史的缘故，在作品评价与问题的观照上都显得格外理性。

丁著作为一部地域文学史，对宁夏其他作家问题的考察更多趋于艺术上的审视。宁夏回族作家查舜在长篇小说上有所建树，但他的问题在于艺术积累不够。一个表征就是语言功力显得贫瘠薄弱。丁著在书中便指出查舜小说语言存在的问题，尤其针对查舜的小说《青春绝版》："他的语言犹如一锅土语与洋词的大杂烩，有的生僻难懂，有的别扭造作，有的冗长啰嗦，有的辞不达意，语流滚滚，泥沙俱下，远没有达到干净、准确、纯熟、生动的程度。"① 实际上，语言问题对于查舜而言，不仅仅是《青春绝版》这一部小说，在他的其他小说中也存在。小说的语言问题成为查舜创作的软肋。与石舒清相比，还有一定的差距，这在丁著的分析中已经体现。

---

① 丁帆主编：《中国西部现代文学史》，人民文学出版社2004年版，第315页。

除了张贤亮、查舜以外，文学史著作中对宁夏其他作家还仅仅是创作现象的阐释，还未将其放置于文学经典所构成的秩序中去加以评判，分析出他们创作的不足，因而问题观照意识显得匮乏，文学史不仅要把经典作家纳入自己的框架内，还应在这个框架内给予公正合理的评价与定位，这其中就包括对作家创作问题的揭示。

韦勒克在《文学理论》中指出："文学史家必须是个批评家，纵使他只想研究历史。"① 同时，韦勒克也指出文学史对于文学批评的重要性："批评家缺乏或全然不懂文学史知识，便可能马马虎虎，瞎蒙乱猜，或者沾沾自喜于描述自己'在名著中的历险记'。"② 由此，对于宁夏文学批评而言，关注文学史中的表述分析是十分必要的。正如前面所述，文学史著作作为一项相对客观的学术著作，对作家的评价有着相对的稳定性，对文学批评产生一定的指导意义，而有关宁夏作家及其作品的分析、判断与评价显然也离不开文学史对他们的定位。因此，归纳分析文学史中对宁夏作家及其作品的诠释，对宁夏文学批评而言具有相当重要的意义。它如同一把标尺让宁夏的文学批评有了参照的标准，而不至于如韦勒克所批评的那样"沾沾自喜于描述自己'在名著中的历险记'"。

第四节 批评话语的"圈子化"现象

宁夏回族自治区地处大西北，经济落后，现代化程度低，宁夏南部地区更是以"苦甲天下"而闻名，然而，就是在这样的生存环境下，宁夏的作家们以坚韧不拔的精神在中国当代文学的版图中耕耘出了属于自己的天地。从早期的张贤亮一枝独秀，到现在的"三棵树""新三棵树"直至一片林的繁盛。宁夏的文学创作步伐沉稳扎实，取得了丰硕的成果。然而，进入21世纪之后，宁夏文学创作也开始面临发展的瓶颈，其中，

---

① ［美］勒内·韦勒克、奥斯汀·沃伦：《文学理论》，刘象愚等译，江苏教育出版社2006年版，第39页。
② ［美］勒内·韦勒克、奥斯汀·沃伦：《文学理论》，刘象愚等译，江苏教育出版社2006年版，第39页。

创作同质化现象异常显著。石舒清、郭文斌、张学东、李进祥等作家取得成功后，纷纷被更为年轻的写作者模仿，许多作品呈现出雷同化的现象。著名批评家贺绍俊就提醒过："他们模仿着这些作家的表情和神态，甚至在文学素材的取舍上也参照着这些作家的作品，比如写普通人，写日常生活，写苦难，写忍受，写静穆，仿佛每一篇作品都是用这些要素烹制的一道菜，味道相当。"① 回族作家石舒清的《清水里的刀子》成名之后，回族女作家马悦就写了一篇主题近似的《飞翔的鸟》；张学东的《送一个人上路》引起关注之后，孙海翔就写作一篇类似的《蹲在树桠上的父亲》。地域的狭小，文化视野的狭窄，容易造成创作上的"近亲繁殖"，进而导致创作的单一化、雷同化，即便是现在所谓的名家也不免如此，马金莲的作品和石舒清的作品之间就存在极大的相似性。文学创作呈现出圈子化的趋势，这一趋势的直接表现便是"西海固作家群""西海固文学"颇具地域色彩的命名。尤其是进入 21 世纪之后，宁夏的文学创作除了自身创作的同质化外，还与创作形象的被打造有关。政府在推介这张文化名片的过程中亟须评论给予宁夏文学价值的发现与阐释。因此，宁夏文学批评在这一环节陷入一个比较尴尬的境遇。一方面，面对脆弱的宁夏文学创作，批评还要给予创作正面的认可与评价，让创作者充满信心与创作的激情。另一方面，也正是因为总是沉浸在一片表扬声中，宁夏的作家没能意识到自己的短板，也就是贺绍俊所提醒的由一种习惯被表扬后的自信走向了自满，进而自我满足，而此时的批评之声已经很难再被作家接受。因此，宁夏文学创作与批评之间呈现了一种"圈子化"的模式。当然，"圈子化"的批评也并非一无是处，它是一把双刃剑，有可取之处，但也存在问题。

当代著名批评家吴亮先生写过一篇《当代小说与圈子批评家》，在这篇文章中，吴亮非常认可小说家与批评家之间形成圈子化："圈子批评家的任务不止于被动地作阐释和作注解，他们还将独立地发展自己的批评尺度与模式，提出主张，推动文学和文化的继续繁荣，他们将言之有据，

---

① 贺绍俊：《宁静安详　纯净透明——宁夏作家群体创作印象》，《光明日报》2013 年 3 月 26 日第 14 版。

自成一格，他们把自己的批评看作圈内小说的组成部分，而绝不是无所作为的伴郎。""圈子批评家和圈子小说家的携手，并不是单指一般意义上的友人关系。他们往往因为气质、审美意向、兴趣、主张等方面有相通之处。……这些圈子批评家有特别重视圈子小说家的经验与感觉，而小说家也十分赞同批评家的知识和概念。"① 吴亮的阐述充满一种理想的期许，这种期许是建立在无功利的前提之上的。在20世纪80年代理想主义的大环境下，"圈子化"的批评本着真诚的批评态度，努力发现文学的价值与意义。可是，到了90年代，市场经济的兴起，"圈子化"的批评就变得剑走偏锋了，批评家与作家保持着一种互利性的共谋关系，批评便变得不再真诚、认真、负责任了。宁夏文学创作也受到"圈子化"批评的影响，当然，"圈子化"批评曾促进了宁夏文学的发展，但也让文学批评失去了应有的功能。

一 批评的认同与价值阐释

日内瓦学派的乔治·布莱主张，批评的开始和终结都是批评者和创作者的精神的遇合，批评的目的在于探寻作者的"我思"，因此，批评的全过程乃是一个主体经由客体达至另一个主体②。如果批评如乔治·布莱所说的那样，"圈子化"的批评则有利于批评者与创作者的精神的遇合。正如吴亮所说："对小说家经验和感觉的熟识和领略，是圈子批评家必备的素质。"③ 在新时期宁夏文学批评史上，"圈子化"批评起到过积极作用。一是高嵩对张贤亮创作的评价。二是郎伟对"宁夏青年作家群"的解读。三是本土评论者对石舒清《清水里的刀子》的阐释。

20世纪80年代，宁夏文学刚刚起步，张贤亮走上文坛，他早期的作品如《四封信》《四十三次快车》《霜重色愈浓》《吉普赛人》《在这样的春天里》《邢老汉和狗的故事》《灵与肉》都是在宁夏本地的《朔方》杂

---

① 吴亮：《当代小说与圈子批评家》，《小说评论》1986年第2期。
② [比]乔治·布莱：《批评意识》，郭宏安译，百花洲文艺出版社2010年版，第5页。
③ 吴亮：《当代小说与圈子批评家》，《小说评论》1986年第2期。

志上发表的。① 这时的张贤亮还是初出茅庐，还不具有全国影响力。在张贤亮还没有成为著名作家之前，本土评论家高嵩就发现了张贤亮文学创作的价值与魅力。再加之高嵩对张贤亮的人生经历和创作的每个细节谙熟于心，张贤亮批评史上第一本全面系统论述张贤亮创作的著作就是由高嵩来完成的。高嵩的《张贤亮小说论》②不仅详细论述了张贤亮早期创作的特点，从文笔、细节、人物、构思、结构以及典型化等诸多方面深入探析，还高度评价了张贤亮创作所彰显的风格。熟悉文学理论的人都知道，"文学风格是文体的最高范畴和最高体现"③，是一个作家创作成熟的标志。正是高嵩对张贤亮小说创作价值的发现与积极阐释，为张贤亮走向全国奠定了基础，这正是"圈子化"批评带来的积极影响。

从20世纪90年代中后期开始，宁夏青年作家开始浮出历史的地表，这些刚刚走上文坛的青年作家，虽然在一些文学大刊上已崭露头角，但在批评家的眼里宁夏青年作家还仍处于籍籍无名的状态，许多批评家还不屑于评论他们。而作为与宁夏青年作家同龄段的郎伟，并没有因为宁夏青年作家的籍籍无名而考虑过多的利害得失，从90年代中期开始，郎伟就关注每位宁夏青年作家的创作状况，并始终保持着跟踪观察，向外推介，深度研究，郎伟几乎为每一位宁夏青年作家都撰写过评论文章，他不仅关注宁夏青年作家的个体成长，还将宁夏青年作家作为一个群体进行整体性的研究并加以推介。宁夏青年作家群在进入21世纪之后越发活跃，取得了不俗的成绩，也引起文坛的高度关注，这其中，郎伟作为宁夏青年作家群的评介者功不可没。吴亮还提及："圈子批评家既是圈子小说的热情鼓吹者，又是严格的诤友，他们将毫不讳言友人的过失与迷误。"④ 与宁夏青年作家群一起成长的郎伟，不仅为宁夏青年作家群的创

---

① 张贤亮的小说《四封信》（1979年第1期）、《四十三次快车》（1979年第2期）、《霜重色愈浓》（1979年第3期）、《吉普赛人》（1979年第5期）、《在这样的春天里》（1980年第1期）、《邢老汉和狗的故事》（1980年第2期）刊载于《宁夏文艺》（《朔方》前身），1980年第4期开始，《宁夏文艺》更名为《朔方》。

② 高嵩：《张贤亮小说论》，四川文艺出版社1986年版。

③ 童庆炳主编：《文学理论教程》，高等教育出版社2015年版，第310页。

④ 吴亮：《当代小说与圈子批评家》，《小说评论》1986年第2期。

作摇旗呐喊，同时还针对宁夏青年作家群创作呈现的乡土制约、存在的文学视野狭窄的问题做出过批评纠正。①

另外，石舒清的小说《清水里的刀子》获得第二届鲁迅文学奖之后，引起了评论界的高度关注，2003 年的《名作欣赏》连载 10 篇的评论文章。然而，整合这些区外评论家的解读，就会发现因为文化背景的隔膜和民族身份与民族文化认知的错位而产生了误读与意义的超载。反观本土评论家对《清水里的刀子》这一文本的阐释就比较契合作品的内涵。作为回族评论者的杨文笔、白草等人的阐释从民族文化的深层肌理中去探析小说独特的民族文化内涵。这也是宁夏"圈子化"批评中的一个典型案例。关于这篇小说阐释的问题，本文后面有专节论述。②

通过宁夏文学批评中的这三个案例，可以看出，宁夏的"圈子化"批评有其应有的价值与意义，"圈子"批评家因为对"圈子"小说家创作的谙熟，所以，在文学批评的实践中能够实现对作品创作思维的准确把握，进而实现批评的认同，不至于出现批评的误读与意义超载的现象。可见，"圈子化"批评对于宁夏文学的发展有着重要的意义。

二 批评精神的匮乏与问题指向

不可否认的是，"圈子化"批评容易产生利益上的共谋关系，批评家从作家那里尝到甜头。许多著名作家的作品还未问世，就被圈内的批评家提前研读，其评论文章在核心刊物上及时发表，而作家也在批评家那里捞到了好处，有些知名评论家对作家的溢美之词让作家获得了极高的声誉。在市场经济时代，充斥文坛的多是些"吹喇叭""抬轿子"的批评，难有真正意义上的批评。知名评论家李建军就指出："真正的批评与广告的批评、商贾的批评、拍马的批评及流氓的批评最根本的区别，表现在展开批评时的精神姿态上。真正的批评是主人式的批评，而不是奴

---

① 郎伟：《巨大的翅膀与可能的高度——"宁夏青年作家群"的创作困扰》，《宁夏社会科学》2017 年第 3 期。
② 详见第四章第三节《〈清水里的刀子〉：少数民族文学批评的审视与反思》。

隶式的批评。"① 真正的批评必须要葆有反对的精神与独立的姿态。要敢于像安徒生童话《皇帝的新装》里面的那个小男孩一样说出真相，批评家要有一种自由独立的精神，鲜明的思想文化立场，严谨理性的批判精神和真诚的批评态度，唯有如此，才能称为合格的批评家。而眼下"圈子化"的批评导致批评家无法正视文学中的"真、善、美"，丧失了文学批评应有的正气和骨气，动摇了文学性的信念，呈现出批评精神的匮乏与批评的不作为等问题。"圈子化"批评产生的负面效应以及滋生的问题，在宁夏文学批评中大量存在。爬梳近些年宁夏文学中的这种"圈子化"批评有两点值得反思。

第一，文学批评是需要文学理论做支撑的，文学批评在解读文本时不能仅仅停留在转述故事情节这一低级层面，文本只是一个小切口，它的背后隐藏着一个巨大的阐释空间。文学批评更不能是一种媒体式的批评、广告、推销，这不是文学批评的职责，而是图书商应该关心的工作。可是宁夏的有些文学批评却是在走这种路子，他们的评论文章另兼新闻报道的功能。开头首先是介绍作家，介绍作品甚至还介绍那家出版社，接着再转述一下作品的内容，平面化的"介绍"代替了有深度的批评。在评价作品的时候几乎都是"诗意""优美""生动""流畅"……对文学作品的这些评说，"放之四海而皆准"。因为批评者文学理论的储备不足，理论深度不够，许多批评者没有经过正规学院化的教育，综合素质欠佳，文史哲功底不够深厚，对社会思索也缺乏应有的深度。这样的知识结构导致宁夏的有些文学批评在语言修辞、风格、结构、内涵等方面存在不足，有的仅仅是一篇又一篇的类似中学语文作业的读后感。同时，批评文章的语言普遍欠缺雅洁与优美。虽然批评文章是学术论文，追求理性思维与逻辑推理，批评语言力求准确，但在追求准确的同时还要力争雅洁与优美。令人失望的是，在宁夏文学批评之中，有些批评文章运用大量西方学术术语，不仅没有准确传达出自己想要表达的观点，还让批评语言失去了汉语的美感。著名学者王彬彬就说过："一个批评家应该

---

① 李建军等：《十博士直击中国文坛》，中国工人出版社2007年版，第1页。

从语言中得到快乐。"他甚至强调:"对语言的敏感,是文学创作和文学批评共同的先决条件。"① 大多宁夏的批评者由于缺乏对古代汉语的深入研究与揣摩,在语言表述上过多追求西化的文风,导致批评文章不够简洁和优美,进而失去审美感受的理想表达。

第二,批评精神匮乏,颂歌式的文章太多。文学批评需要对作品做出价值判断,因为文学批评还要肩负着为文学史筛选作品的功能。优秀的作品是要进入文学史的,文学批评从事的是一项去粗取精的工作。好的作品要进行深度阐释,指出其某些经典性的特征。差的作品要进行合理的批评,要对作家的创作做出善意的提醒。这就要求批评主体与批评对象之间不应该是一种依附或仰视的关系,而应持一种平视甚至俯视的关系。可是在有些评论者那里,是缺乏这种俯视的勇气与姿态的。这导致他们对作品失去了甄别的能力,认为"凡是铅字的都是好的"。据悉,有些评论者为了在文坛上引人注目会主动登门索求作家的作品予以评论,那么在批评过程中,批评主体的迷失就在所难免了。在有些宁夏文学评论工作者的文章中,我们没有发现一篇文章指出作品存在缺陷,所有的评论文章一律是一种"颂歌"模式。言外之意,宁夏作家的作品都是经典。可以说,这种做法对文学史而言是极为不负责任的。事实真的是这样吗?恐怕连宁夏的作家们也不会这样认为吧(没有自知之明的除外)。

这样的评论在宁夏文坛很有市场,从另一个侧面反映出宁夏的文学生态存在问题。也许读者会问,为什么这样的评论在本区刊物上出镜如此频繁?这也许与宁夏的文学环境有关。第一,作家大都不喜欢听"逆言",所以颂歌式的评论容易讨好作家,而大多数作家又身兼编辑一职。第二,深度阐释的评论文章陷入曲高和寡的境遇。大家都不懂理论,索性就拒斥了理论。一个典型的例子就是宁夏文学无论是创作还是评论都是不谈现代性的。于是大家宁可在平面上滑行,也不愿到深水里去探险。第三,碍于圈子、人情、哥们儿姐们儿义气,不得不接受这样的评论。因此,这种平面化的评论被扶正,变得很有市场。

---

① 王彬彬:《一个批评家应该从语言中得到快乐》,《南方文坛》2011年第3期。

还有一个现象值得注意,有些评论者对自己的能力缺乏一个客观的认识。根据常识,一个成熟的评论者也就是最多熟悉两三种体裁的规律,如果对小说、诗歌、散文、戏剧、文论都有深度研究的肯定是大师级的评论家,笔者一直认为,只有像伏尔泰、卡西尔、德里达、杰姆逊等这样的天才才能谙熟并运用各种体裁。可是,在宁夏批评界,就有这样的评论者,小说也研究,诗歌也能评论,散文也能说上两句,更让人惊讶的是文论和其他艺术门类也能指指点点。这俨然是批评大师的风范。可是细读这些"读后感"之后着实也没有什么新意,甚至连观点题目都有盗用之嫌。对一个文学现象的出现,不是沉潜下来去理性地分析,而是迅速快捷地做出评论,去蹭作品的热度。可是这样的评论根本无法让人信服。搞文学批评的人都深谙一个常识,就是文学批评不能仅仅在文学这一狭小的圈子里倒腾,它需要社会学、文化学、心理学、哲学、历史学多种学科知识的支撑。德国哲学家卡西尔曾在皇皇巨著《人论》中提到:艺术应该是杂多的统一。如果评论者在思想上没有自己对哲学、政治、经济、道德、伦理的一系列看法,显然不足以与观念小说所蕴含的思想抗衡,更无权对作品里的思想进行胸有成竹的褒贬。可是读宁夏许多评论者的文章,丝毫感受不到论者对当下社会有什么真知灼见,面对丰富的文本,只是一味地转述、颂扬,实际上早已经陷入一种批评的"失语"状态。

"圈子化批评"虽然存在一定的合理性和必要性,但如果以此为由而抛弃了批评应有的良知,就会妨碍批评的健康发展。

第三章　　宁夏文学批评的文化心态

"文化心态"是近些年文学研究的热点,成为许多学者关注的对象。为什么学界如此关注"文化心态"?学者贺仲明先生在他的著作《中国心像:20世纪末作家文化心态考察》中指出:"作家是社会中心灵敏感的群体,文学又是社会生活的直接反映,这一时期发生的社会文化嬗变,很自然地要投射到作家的心灵世界和他们所进行的文学创作上。在一定程度上,这一时期的文学创作,如同一面镜子,既反映出时代嬗变的现实景况,也折射出作家真实的内心文化世界。考察这一时期的文学创作和作家心态,是对于社会现实和文化最好的记录和观照。也是对于当代作家们最真切的认识。"[1] 丁帆先生这样评价贺仲明先生的研究:"考察作家的文化心态,说穿了就是探察中国知识分子这一群体的心路历程,在一个个个案解剖中,作者把中国作家的内心世界充分地展示给读者,由此而在中国文化的夹缝中寻觅一条精神的出路,这恐怕才是作者的初衷。"[2] 在贺仲明看来,文学是对社会现实生活的反映,又是对作家内心文化世界的折射。作家王安忆甚至认为:"小说不是现实,它是个人的心灵的世界。这个世界有着另一种规律、原则、起源和归宿。"[3] 贺仲明先生认定只有考察作家的心态,才能实现对社会现实与文化的记录与观照。瑞士

---

[1] 贺仲明:《中国心像:20世纪末作家文化心态考察》,中央编译出版社2002年版,第1页。
[2] 丁帆:《飞翔的学术与学术的飞翔》,见贺仲明《中国心像:20世纪末作家文化心态考察·序》,中央编译出版社2002年版,第4页。
[3] 王安忆:《心灵世界:王安忆小说讲稿》,复旦大学出版社2007年版,第1页。

心理学家荣格提出"文学是人类集体潜意识反映",这种潜意识在现代社会成为一种文化,"任何作家都要受到这些文化的影响与制约,都是历史文化的选择和产物"①。而文学批评作为文学阅读的后续活动,是"批评家对于作品、作家以及文学史诸种现象的分析、判断与评价"②。然而批评家面对文学作品要做出价值判断,这种判断的依据首先是经典文学所形成的规则,这时的批评家是用追忆和分析历史的方式为现实提供了一个参照系数。但是批评家不仅要面对过去的作品,同时还要面对当前乃至未来的作品。当面对当前的作品时,批评家的判断所表明的个人立场、态度、倾向与作家一样,无不受到现实文化的影响与制约,特别是批评家与作家有着同一性的地域文化,形成共同体,这也势必会影响到批评家的批评判断。批评家除了在学科内部找寻批评的依据,还要向社会现实寻找判断的依据,批评家的文化心态与作家一样,都是在实现对社会现实文化的记录与观照,但立足点又有所不同,文学批评毕竟不同于文学作品,探察作家的文化心态可以依据其文学作品,正如贺仲明所说:"对于一个作家来说,最真实地反映他的内心世界的,只有他的文学作品。"③ 而对于一个批评家,他的文化心态则表现在文学批评所做出的价值判断和坚持的批评理念。从这种判断的依据和批评的理念中可以窥视出批评家的内心世界与心灵状态。综观新时期以来的宁夏文学批评,从批评家的批评实践中可以大体划分出以下三种批评文化心态:乡土痴恋的批评文化心态;文化现代性的批评文化心态;学院派审美的批评文化心态。

第一节 乡土痴恋的批评文化心态

著名社会学家费孝通先生曾在《乡土中国》一书中说:"从基层上看,中国社会是乡土性的。"④ 土地是中华民族赖以生存的家园,也是作

---

① 王安忆:《心灵世界:王安忆小说讲稿》,复旦大学出版社2007年版,第9页。
② 南帆等:《文学理论》,北京大学出版社2008年版,第285页。
③ 贺仲明:《中国心像:20世纪末作家文化心态考察》,中央编译出版社2002年版,第2页。
④ 费孝通:《乡土中国·生育制度》,北京大学出版社1998年版,第6页。

家、艺术家钟情吟咏的对象，著名诗人李广田在诗歌《地之子》中这样写道：

> 我是生自土中，
> 来自田间的，
> 这大地，我的母亲，
> 我对她有着作为人子的深情。
> 我爱着这地面上的沙壤，湿软软的，
> 我的襁褓；
> 更爱着绿绒绒的田禾，野草，
> 保姆的怀抱。
> 我愿安息在这土地上，
> 在这人类的田野里生长，
> 生长又死亡。
> 我在地上，
> 昂了首，望着天上。
> 望着白的云，
> 彩色的虹，
> 也望着碧蓝的晴空。
> 但我的脚却永踏着土地，
> 我永嗅着人间的土的气息。
> 我无心于住在天国里，
> 因为住在天国时，
> 便失掉了天国，
> 且失掉了我的母亲，这土地。

诗人艾青的名篇《我爱这土地》更是家喻户晓，尤其是最后两句："为什么我的眼里常含泪水？是因为我对这土地爱得深沉。"土地与建立在土地之上的乡土社会如同一个博大的精神宝库，吸引着作家、艺术家去积极地探索。从文学史的脉络来看，以描写乡土人生和乡土风情为主的"乡土文学"占据相当大的比重和相当重要的位置。著名学者丁帆的《中国乡土小说史》系统梳理研究了20世纪中国乡土小说的发展及表现出的审美特征，从本著作中可以看出乡土小说在中国文学中的分量。

美国人类学家罗伯特·芮德菲尔德在《农民社会与文化》一书中将古代中国称作"复合的农村社会"，系由士人与农夫所组成，是大传统与小传统彼此沟通而形成的文化的社会结构。① 宁夏回族自治区作为西部地区的一个偏远省份，属于典型的西部农牧业省份，经济还不够发达，生产力水平和现代意识还有待进一步提高。从社会形态来讲，宁夏一度处于前现代发展阶段，曾经停留在传统的宗法社会，非常类似芮德菲尔德所说的"复合的农村社会"。在这片土地上，从事文学创作的作家与农民身份其实非常模糊，许多作家都是在农村中成长起来的。宁夏文学便是在这样一个贫瘠的经济环境中逐渐成长起来的。一直从事宁夏文学研究的评论家郎伟道出宁夏文学乡土属性的原因："生活于中国最不发达的地区，自小与无边黄土、漫漫风沙、牛马羊驼为伴，日日目睹'狗吠深巷中，鸡鸣桑树颠'的乡土景观，这样的人生经历，深刻地塑造和决定了宁夏青年作家们的精神价值取向与审美心理。因此，当我们看到'土地'与'乡村'是迄今为止宁夏青年作家最乐于描写的生活对象和生活内容时，丝毫也不应该感到奇怪。换句话说，当我们遍翻宁夏青年作家的小说、诗歌、散文作品之时，会发现：'乡土性'是他们的创作最为显著和鲜明的标识。"② 因此，无法割舍的乡土情结是宁夏作家以乡土作为创作对象的重要原因。

何谓"乡土情结"？有批评者这样定义："所谓'乡土情结'是人们对乡土、乡村、农民、田园等所形成的一种特殊的情感体验和价值判断，它常常通过恋土、恋乡、思乡、归乡、乡愁等形式或隐或现地显现。它是现实的，又是梦幻的，是自觉的，又是无意识的，是个体性的，又是

---

① 参见金耀基《从传统到现代》，法律出版社2010年版，第12页。
② 郎伟：《巨大的翅膀与可能的高度——"宁夏青年作家群"的创作困扰》，《宁夏社会科学》2017年第3期。

集体性的。因此，既爱又恨，既笑又痛，既自负又自卑，等等，这些共同构成'乡土情结'的一种内在的矛盾性心态。'乡土情结'的形成是极为复杂的，它与作家的个人经验有关，也与种族记忆和'集体无意识'有关，它是人类对乡土的魂牵梦绕的怀恋，是人类永恒的精神需求。"①台湾著名学者钟宗宪说得更加深刻，他这样说道："乡土，其实是一种意味着'认同'的特殊情怀。这种情怀往往出自对于'传统'的记忆与想象，从而产生了眷恋、观照与批判；就文学的发生而论，乡土文学意识的出现代表着以'地方''区域'为创作者感性的灵感来源，即通过文化认知、或是生活实践之后，反映到心灵归处的根底所在，最终成为我们决定他我/群我关系的归属情感。而'乡土文学'就是表现此一归属情感认同的一种文学内涵。"② 而对于宁夏作家而言，故土意味着一种认同式的特殊情怀，无论眷恋、观照抑或是批判，宁夏作家这种对乡土痴恋的文化心态成为宁夏文学创作最为耀眼的文化表征。

第二届鲁迅文学奖获得者石舒清在《西海固断想》中表达了对故土的热爱：

> 然而西海固人，他们依旧深深地眷恋着这块古老的苦土，他们自己不愿说这里的什么，他们也不愿别人议论这里的什么。是否有一种什么启示？是否有一种另外意义上的可能性？我们都不由自主地拿起笔来！我们有那么多的弟兄神情庄重地将笔拿起。我们想把我们的笔尖探索到我们的身体几乎无望到达的地方。西海固是否是一块文学艺术的厚土。我想是的。其实不是我想，很多有识之士都这样说过。其实也无须说。我有时龟缩一域，耽于冥想，我像反刍一样，让一些面孔缓缓掠过我眼前，让一些珍存的情景缓缓掠过我眼前。老实说我觉得很幸福。我觉得很富足。我觉得我们这个地方在精神上是充盈的，不欠缺的。有时也狂妄地觉得我们或我们的后

---

① 张富宝、郎伟：《论宁夏青年作家群的创作心理》，《宁夏社会科学》2011年第5期。
② 钟宗宪：《"乡土"其实是一种认同》，见王光东主编《中国现当代乡土文学研究·下卷》，东方出版中心2011年版，第283页。

辈会在精神领域长出很大的翅膀。①

作为宁夏"新三棵树"之一的漠月这样说：

> 在我生命的最初记忆里，出生地留给我的印象是美好的，有田园诗般的宁静与安详。每逢夏秋季节，艾莱山下青草茫茫，像一面巨大的绿色的地毯；南边则是一眼望不到头的沙漠，沙漠里长满了高大的梭梭和葳蕤的白茨，有的地方连骆驼和羊都穿不过去。我跟着在家的哥和姐，去挖苁蓉挖锁阳捡柴火，或者放牧驼群……我想说的是，出生地和儿时的经历，尤其对于作家和诗人很重要，决定着写作的情感因素和精神向度。②

第七届鲁迅文学奖获得者马金莲也谈道自己的小说创作：

> 都是关于村庄的。写作灵感的源头，就是我最初生活的那个村庄。今后的写作，还是围绕村庄。只要村庄屹立在大地上，生活没有枯竭，写作的灵感不会枯竭。③

乡土在作家心中意味着写作的灵感与来源，而在批评家赵炳鑫心中，乡土意味着一种矛盾。一方面他作为西海固之子，潜意识里仍有无法割舍的情结。正如孟悦朴读赵炳鑫的散文集《不可碰触的年华》评价到："如今的赵炳鑫早已走出西海固，身居闹市，人到中年，但岁月深处的那一声嘱托，他却从未敢忘却。他是西海固的儿子，贫穷而厚朴的西海固是他的衣食父母，更是他的精神家园，那里的一切早已溶入他的血脉，无论走多远，魂牵梦绕的依旧是那片神奇的黄土地，静守西海固，这是赵炳鑫的宿命。"④ 另一方面，

---

① 石舒清：《西海固断想》，《国土资源与科普文化》2018年第4期。
② 漠月：《锁阳·后记》，宁夏人民出版社2004年版，第274页。
③ 马金莲：《前方的幸福（代后记）》，《父亲的雪》，宁夏人民出版社2010年版，第343页。
④ 孟悦朴：《静守西海固——读赵炳鑫的散文随笔集〈不可碰触的年华〉》，《朔方》2006年第11期。

赵炳鑫坚持的文化现代性的批评理念，势必与传统的宗法社会相矛盾，在赵炳鑫的批评中，自觉的现代性思想批评与边缘、落后、偏僻、地方性的知识、故事、性格与审美符号相冲突，因而，赵炳鑫面对乡土世界延伸出来的诗意、安详、静美等美学理念持坚决的批判态度。

在西海固成长起来又在固原的宁夏师范学院从事教学科研工作的批评者显然对西海固文学的乡土属性更是青睐有加，这些批评者也和西海固出来的作家一样，具有浓厚的乡土情结。比如比较活跃的钟正平、武淑莲、倪万军、马晓雁等批评者，另外，还有李生滨、王佐红、张富宝等批评者，由于有着深刻的乡土记忆和生命体验，整体上对乡土文学也秉持一种认同式的特殊情怀。

石舒清是一个乡土情结浓厚的宁夏作家，小说集《苦土》《开花的院子》《伏天》《暗处的力量》《灰袍子》《石舒清小说自选集》等作品都是乡土体验的复活与再现。石舒清是继张贤亮之后，被学术界关注最多的宁夏作家之一，其中获得第二届鲁迅文学奖的小说《清水来的刀子》，截至 2023 年 1 月，中国知网上大约有 40 篇评论这篇小说的文章。而这些研究石舒清的论文，以"乡土""故土""苦土""大地""苦难"为关键词的最多，这些研究文章表现出这样一种现象：研究者缺乏审美的距离，与作家之间没有形成有效的对话关系，基本都采用认同式的情感态度，缺乏批评的一种超越意识。那种基于反思批评或者理论建树的深度文章少之又少，究其原因，还是那种对乡土痴恋的批评心态使然。

宁夏师范学院的钟正平教授较早关注到石舒清作品的乡土属性。《苦土上的岁月与人生——读石舒清的小说集〈苦土〉》一文 1998 年发表于《固原师专学报》（今《宁夏师范学院学报》）第 2 期，该论文指出："就题材而言，作者所写，多为凡人小事、故乡风情。他笔下的那些素描式的生活图景，平常得就跟我们所熟悉的宁南山地的生活一样。他用艺术的冷冻法冷藏了黄土地上沟沟垴垴里的人和事，尽可能地保持了生活的原汁原味，保存了岁月的原始风貌。"① 从题材的选择上，指出石舒清所

---

① 钟正平：《苦土上的岁月与人生——读石舒清的小说集〈苦土〉》，《固原师专学报》1998 年第 2 期。

描绘的乡土生活,尤其这种生活图景是"跟我们所熟悉的宁南山地的生活一样",批评者在这里使用了"我们所熟悉的宁南生活",由于批评者与作者有着相同的地域文化生活体验,因此,对石舒清的生活图景的描绘是由衷的认可与赞美。马梅萍于2012年在《回族研究》第4期发表的《乡土传统与精神指归——石舒清创作心理解析》一文依然将乡土传统视为石舒清小说创作的重要面向,并且用"恋土情结"来阐释石舒清小说的创作心理。"土地不仅是他文学叙事的自然背景、生存背景,也是他文本中永远的主角之一。这种深刻的恋土情结,凸显了土地作为乡土生存之根的意义。"① 钟正平与马梅萍在解读石舒清的小说时为什么都不约而同地将重心放在小说的乡土属性上?或许还是"我们所熟悉的"那种心态左右批评的指向。

　　类似这种认可乡土习性的批评心态在郭文斌、马金莲、李进祥等人的评论中也是普遍存在的。通过整合研究他们的评论文章,痴恋乡土的批评文化心态依然是最为显著的特点。

　　像石舒清、郭文斌、马金莲等获得鲁迅文学奖的作家皆来自西海固地区,某种意义上,这三位作家的创作成为西海固文学的标杆,也是宁夏文学创作的最高水平。三位作家所描绘出的乡土社会"苦难"与"诗意"的生活图景,不断得到评论家们的激赏,尤其是与三位作家有着地域文化共同体的批评家,在批评中饱含过多的情感因素,大力礼赞这种标榜"苦难"与"诗意"的乡土文学,还有的就是出于"打造文化名片"的文化考虑,拒谈这些乡土小说在文化现代性视域下的失真状态。从批评家所传达出的术语如"安逸""宁静""安详""幸福""诗意"等可以看出,批评家对真实的现实生活缺乏体认。笔者就这一批评现象提出过批评:"无论本土还是外界的评论家,在对宁夏文学的评价上其批评话语总是在审美及阅读感受的层面展开,究其原因是批评家对真实的西部乡村缺乏理性的认识,总以'旅游者'的眼光大量审视西部的乡村,他们只看到西部乡村淳朴优美诗意的一面,却忽视了西部乡村最为重要

---

① 马梅萍:《乡土传统与精神指归——石舒清创作心理解析》,《回族研究》2012年第4期。

第三章　宁夏文学批评的文化心态

的生存艰难这一事实与环节。当然这也与我们的作家有着密切关系，无论石舒清还是郭文斌，在理想主义的背后，都有着较强的保守主义倾向。走出乡村来到城市的他们，依然固执地去营造一个乡土神话世界。用'田园牧歌的情调'，'诗意地栖居'去粉饰他们笔下的乡村，拒绝真正的介入与贴近。在他们的笔下，我们看不到当下乡村真实的生存场景。诚然，在他们的小说中，我们也能看到乡村的苦难，然而苦难不是终极，战胜苦难的精神才是终极。用记忆中的乡土得来的诗意来拯救当下不安的灵魂，在目前消费主义的语境下已变得遥不可及。因为记忆早已不再是评判现实的标尺。只有祖祖辈辈生活在那里的人才有真实的感受：一个连生存都是问题的贫瘠乡土，怎么能诞生出那么多的诗意呢？从传统文化延伸出来的安详、诗意、静美等元素成为作家与批评家共同追逐的价值取向，某种意义上也迎合了主流意识形态。"[1]

作为文学批评，应该高于作品的认识水平，批评家应该在作家止步的地方继续进行思考，而不应追随在作家身后做崇拜式的阐释，用学术化语言重述了一遍作者的价值观念，这样做实际上对创作来讲毫无意义，这种依附性的批评人格是文学批评的大忌。学者邓晓芒强调："文学的真正独立要以个体人格的独立为前提。这种个体人格不以群体道德的代表自居而盛气凌人，也不是放浪形骸、游戏人生、自轻自贱，而是在孤独中默默地走向人性的高峰奋力攀登，与自己的懒散、自欺和粘连于他人的习惯做斗争。"[2] 邓晓芒先生的这句话对于从事文学批评的人而言同样具有启示意义，文学批评要有独立性的品格，不能因为地域文化共同体的原因产生情感上的认同而忽略文本内外的真实世界。批评家的乡土生活记忆和体验理应是经过理性思考的产物，而不能演变为一种乡土痴恋的批评文化心态。为什么出现这样的文化心态？用金耀基先生的话就是器物技术与思想行为的"脱序"。经历过高等教育的文学批评者，享受着现代化的成果，但脑子里依然还是传统的乡土文化心态，无法从"西海固"这一地域文化中超脱出来，从现代社会学与现代哲学思想中汲取理

---

[1] 许峰：《新世纪以来宁夏长篇小说创作考察》，《小说评论》2014年第2期。
[2] 邓晓芒：《文学与文化三论》，湖北人民出版社2005年版，第374页。

论来审视宁夏乡土文学的得与失，这样就导致了批评者陷入一种近亲繁殖化的批评模式，尤其是在全球化时代，强调保护地方性文化的心态显然成为一种自卫式的反抗，流露出一种任性的姿态，这种非理性的批评心态最终忽略了地域文学的多样性，而强拉硬扯地打造地域文学的同一性，甚至无法离析出地域文学最本质的特征。最后还因为过分强调这种地方性的保护而滋生狭隘封闭的文化民族主义情绪。

面对不可抗拒的现代化的飞速发展，宁夏文学批评却在现代化这一宏大叙事中表现得相对滞后，作为知识分子的批评者的崇古心理，对社会发展阶段与现代化的普遍认知不足，这才导致批评呈现出痴恋乡土的批评文化心态。

第二节　文化现代性的批评文化心态

痴恋乡土的批评文化心态究其实质属于美国汉学家艾恺所言的"文化守成"，从批评的实践层面，仍然是传统宗法社会的认知在文本层面的显现。与之相对应的，在宁夏文学批评中还存在与痴恋乡土相对立的文化现代性的批评。这类文学批评自觉承继"五四"启蒙精神，追求人的现代性，立足于当下中国社会结构、绝大多数人的现实生活和精神处境，以此来作为文学批评的价值支点和批评理念。近些年，以牛学智、赵炳鑫为主的批评者在文学批评中尝试从文化现代性的理论角度来探索文学批评新的价值机制，自觉追求现代化的叙事话语，强调文学批评的现代文化品格。著名学者黄曼君曾指出："现代化，归根结底离不开人的现代化。中国20世纪文学的现代转型，文学的现代化，必须建构新的人学结构，锲入民族灵魂，重铸现代人学核心，才能探索文学现代特征的底蕴。"[1] 在这一学术立场下，牛学智、赵炳鑫等批评者表现出迥异于高校学院化批评模式的特征。

进入21世纪之后，牛学智与赵炳鑫在宁夏文学批评领域相当活跃，两人

---

[1] 黄曼君：《现代化与中国20世纪文学》，高等教育出版社2013年版，第24页。

分别在宁夏社会科学院与宁夏回族自治区党校工作，两人同在宁夏西吉县农村长大，都有长达数十年的基层生活经验，对社会底层的生活形态及其人群的意识现状都非常熟悉。正是基于这样特殊的体验，牛学智等批评者采取了从下向上观察文坛的视角。牛学智特别强调自己的批评身份，与痴恋乡土的批评者不同的是，牛学智并不是强调这种身份的认同，而是将这种身份属性变成他反思文学批评的出发点。牛学智这样设置自己的观察角度："1. 你是一个底层者；2. 你是一个边缘人；3. 你是偏远地区的人；4. 你无法脱去'泥腿子'的胎记；5. 你不在这个圈那个圈里。"这样的角度促使他"只能忠实于自己的眼睛、忠实于自己的脑袋、忠实于自己的心灵体验"。[1] 正是有着这样的身份，所以，牛学智在具体切入文学文本，考察审视文学时，持有的便是这样一种文化现代性的文化心态。[2] 从观念层面，他与他所钦佩的以西方哲学而饮誉学界的学者邓晓芒先生有着相同的认识路径和共识性的价值观念。牛学智谈道："当我们以'个体'为本位，用'个体化'理论来打量底层社会时，底层者个体身上的毛病可能会成为关注的重点，'哀其不幸''可怜之人必有可恶之处'等等，会立刻在某个敏感的神经末梢汇集，最终诱发理论迫使其把批判的矛头指向底层个体内部；然而，当这样的个体慢慢聚集成一个连片，犹如火车站候车厅而不是飞机场的登机口，注视那些扛着铺盖卷，拖儿带女风风火火来不及收拾眼屎的返乡者、远行者大军时，这些人群所标志的恐怕该是一个社会学问题，而非个体道德伦理修养问题。"[3] 邓晓芒先生在《新批判主义》第三版序言中指出："我对社会和人生的认识不是靠操作那些书本概念而建立起来的，而是从社会最底层的长期生活和观察中刻印在内心深处的。我深知那些浮在表面上的冠冕堂皇的和正统的言说，往往并不能反映一个社会的真实的思想倾向。中国社会从 20 世纪末以来所发生的不可逆转的变革，已不再是任何旧的思想观念所能掩盖和阻挡。我的心时刻都在于那些打工仔和打工妹，那些寒窗苦

---

[1] 牛学智：《文化现代性批评视野》，阳光出版社 2015 年版，第 6 页。
[2] 牛学智：《文化现代性批评视野》，阳光出版社 2015 年版，第 12 页。
[3] 牛学智：《文化现代性批评视野》，阳光出版社 2015 年版，第 12 页。

读后蜗居城市一隅的'蚁族'、那些走投无路的'精致的利己主义者'共沉浮。"① 如果没有这样的价值支点，文学批评不能下沉到社会底层，给予底层社会深切的观照，那么文学批评将失去它存在的意义与价值，最终成为匍匐在文本之下的"抬轿者"或者"吹鼓手"。

近些年宁夏文学批评界，以牛学智和赵炳鑫为代表的批评者，自觉秉持文化现代性的批评文化心态，牛学智的《当代批评的本土话语审视》《文化现代性批评视野》《当代社会分层与流行文学价值批判》《话语构建与现象批判》，赵炳鑫的《批评的现代性维度》等著作对宁夏乃至全国的文学现象进行了深入的批判、审视与反思。作为一种对现代性的反思的文化现代性，上述著作从三个层面来展开自己的批评实践，并在实践中彰显自己的文化心态。

首先，对时下主流现代性的反思与矫正。现代性是人们对现代社会的体验，以及经由这种体验所表达的态度，在中国的文化语境中，现代性是以理性为基础，是对中国现代化发展的反思，它涉及政治、经济、文化等制度的各个层面，它的核心是科学精神与人文精神。五四新文化运动伊始，现代性本是一套理想的启蒙方案，尤其在文化领域，促进着文学现代化的发展。但从20世纪80年代中后期以来，特别是寻根文学出现以后，许多学者开始对现代性进行多元化的阐释，甚至使现代性"误入歧途"。邓晓芒先生曾在《灵魂之旅》一书中就指出了，90年代以来中国作家都有一种返回子宫的情结。也就是金耀基先生所谓的"民族崇古心理"，而这种情结也好，心理也好，正是中国现代化建设发展的障碍。而这种现象却被各个"后主"们也冠之于现代性而大肆鼓吹。更有甚者，极度放大现代化的陷阱，重新以一种"融入野地"的精神、还乡的姿态来质疑现代性，抨击、打压现代性的启蒙方案，将现代性的感性层面如颓废、怨恨等无限放大，进而得出"现代性的焦虑""现代性的终结"的怪论，同时滋生了各类"本土批评话语"，走向了反现代性的不归之路。针对这些，牛学智在《找寻"我们"的批评共同体》②一文中，

---

① 邓晓芒：《新批判主义》，作家出版社2019年版，第2页。
② 牛学智：《找寻"我们"的批评共同体》，《朔方》2015年第1期。

详细爬梳自己对现代性的重新思索。他结合自己十多年来的基层生活体验，从社会性能、现实状况角度来建构新的批评机制，来清理当下本土流行的批评话语，并明确当下文学批评所处的语境，进而以文化现代性来构建新的批评话语。他在文中指出："在价值观上冲击、冲突现有流行文化意识的，在认可、买账的舒服修辞中，批评的思想触角集体性地被搁置在一堆堆民间民俗文化的浅滩。凡叙事都是'中国经验'，等于'中国经验'并不存在。精神视野缺失的批评，要么走向玄虚抽象的说教；要么遁入'寂静主义'的泥淖，咀嚼古人的趣味，启蒙现代性思想的发展在一声声'现代性焦虑''多样的现代性''不适合的现代性'中寿终正寝。"[①] 在《当代批评的本土话语审视》《文化现代性批评视野》《当代社会分层与流行文学价值批判》等著作中，牛学智的批评话语已经很明显地流露出对时下现代性认知的不满，他超越了"地域共同体"的文化羁绊，依托对现实机制的审视与反思，重新叙写出文化现代性对建构当前人文话语的积极意义与价值，将文学批评带入一种充满良知、关注底层的真正有力量、有担当、及物的充满人文精神的话语中来。

其次，运用现代性哲学理论与社会学理论，从地域性的角度对社会现实机制进行深入批判与反思。对于社会现实机制的当下认知，实际存在着严重错位，这本身与中国社会发展的不均衡存在着重大的关系，从社会文化形态上来讲，中国是前现代、现代、后现代共存一体的，北上广深等一线城市呈现的是后现代的景观，那么，身处西部的宁夏或许还在前现代的社会文化形态中挣扎。而前现代的社会形态与文化形态尽管如有的学者所标榜的那样拥有"建立在前现代社会基础上的人类积累的精神价值……是中国现代化建设不可缺少的精神资源"[②]。但是，作为区外学者，对宁夏或者宁夏文学的认识很多时候更多的是基于一种"旅游者"的心态来进行考量和评价的，缺乏对前现代的社会形态与文化形态真实性的体验。现代性作为一种对现代社会的体验，观照像宁夏这样的经济落后地区时，最直接的体验和核心要素就是经济问题。而作为宁夏

---

① 牛学智：《文化现代性批评视野》，阳光出版社2015年版，第13页。
② 贺绍俊：《宁夏文学的意义》，《黄河文学》2006年第5期。

土生土长并且自我标榜"泥腿子"的批评者，牛学智、赵炳鑫等很清醒地意识到现代性在宁夏意味着什么。他们对于前现代社会尤其是乡村社会流露出的所谓的诗意、安详、温情抑或是原生态、绿色等进行了批判。在他们看来，区外论者对宁夏文学的期许或许存在严重的误导。"感性一点说，外地批评家或文学史研究专家，总希望能在类似于宁夏这样的偏远文学写作者笔下读出所预期的'荒凉'和'苦难'来，实际上是某种猎奇的，规定性的文学史分类法所致。"① 牛学智作为本土评论者，并且有着极为深切的生活体验，他对宁夏文学所在的场域环境以及所描写的对象是十分熟悉的，因此，他对有关宁夏文学的批评提出强烈的异议。"乡村社会的所谓诗意、温情、安详，抑或原生态、绿色，等等，无可置疑，在宗教源点精神、传统宗法社会和民间民俗文化仪式中，是存在的；所谓苦难、残酷更是伪命题。"② 尤其是针对西海固文学批评话语中那些乡土认同，牛学智更是站在文化现代性的角度予以反驳。"对于文学及其理论批评的性能来说，当我们在不合适的时间格外强化人与酷烈自然的搏斗而产生天人合一、人畜共居的所谓'和谐'文化时，我们实际上是在较低层次表达人的主体性，而不是在文化现代性的高度来言说人的问题。"③ 反过来，我们看到那些自治区外的甚至非常有建树的批评家，他们对宁夏文学的理解基本上就忽略了文学所赖以生存的文化政治及其所产生的危机。比如贺绍俊的《宁夏的意义》④《宁静安详 纯净透明——宁夏作家群体创作印象》⑤、王贵禄的《西部文学：消费时代的诗性情怀与精神高地——以宁夏作家的创作为例》⑥ 等有关宁夏文学的评论，都是在高举精神大旗，在精神层面赋予了宁夏文学特殊的意义。王贵禄这样赞叹道："（西部作家）以其精神之光来照亮西部人生存的艰难、琐碎与

---

① 牛学智：《文化现代性批评视野》，阳光出版社2015年版，第218页。
② 牛学智：《近年来宁夏短篇小说创作的思考》，《小说评论》2014年第2期。
③ 牛学智：《文化现代性批评视野》，阳光出版社2015年版，第219页。
④ 贺绍俊：《宁夏的意义》，《小说评论》2006年第5期。
⑤ 贺绍俊：《宁静安详 纯净透明——宁夏作家群体创作印象》，《光明日报》2013年3月26日第14版。
⑥ 王贵禄：《西部文学：消费时代的诗性情怀与精神高地——以宁夏作家的创作为例》，《文艺理论与批评》2013年第3期。

平庸,以及在这些艰难、琐碎与平庸中生成的美感与诗意,从而给人一种生存的勇气与精神的敞亮。"① 然而,在全球化时代,文学批评的目的不仅在于纯粹的审美分析,更在于对隐藏在审美背后的东西的深入揭示。宁夏文学批评之中所鼓吹的那种"诗意"完全消解了西部文学现代性所关注的根本问题——经济问题。学者敬文东在阐释法兰克福学派的理论主张时指出:"文学批评永恒的立场是:绝不相信现实社会、现实社会中存在着的完美的东西,绝不相信现实社会是令人满意的社会,但又要竭尽全力为完美的东西辩护,为完美的东西的到来或者永不到来扫清障碍。为此,文学批评的最终方法,只能是对文学文本中的现实内容进行毫不妥协的批判。"②

牛学智、赵炳鑫等批评者之所以对社会机制进行深刻的反思与批判,就在于宁夏文学所描绘的生活图景以及人与人之间的关系,并没有触及现实背景或是意识形态,而是用文学叙事遮蔽了现实真相。赵炳鑫在对宁夏文学的诸多批评中,不遗余力地强调当下文学生产的社会背景,他引用鲍德里亚的代表作《消费社会》的理论观点,明确指出在"消费社会"中,文化生产所具有的市场消费性特点。并针对地域文学生产的问题进行了尖锐的批评。他在《西海固文学何以可能》③ 一文中便针对"苦难"与"诗意"两个主题,从现代理论出发,批判文学中的这两个主题与现实社会机制的错位。并且毫不留情地指出:"我们的作家无力回应今天西海固的现实,无力在他的书写中表达明确的立场,这是最要命的地方。"换句话说,赵炳鑫实际上对宁夏西海固作家表达现实充满失望,对有关西海固文学的批评充满不满,真正有力量的批评就要把批评的视野放置于现实秩序的内层。

最后,从具体的文本出发,考察小说的现代叙事,关注人物的现代性立场是否处于自觉状态。文学批评无论采用什么方法,都要先从文本

---

① 王贵禄:《西部文学:消费时代的诗性情怀与精神高地——以宁夏作家的创作为例》,《文艺理论与批评》2013年第3期。
② 敬文东:《批评何为?》,《郑州大学学报》(哲学社会科学版)2004年第2期。
③ 赵炳鑫:《西海固文学何以可能》,《宁夏日报》2017年7月18日第7版。

进行介入，文化现代性关注的是人的现代性问题，具体到文学文本，从微观上就是要探讨文本中的人物是否自觉地使用理性。这表现在人物在现代社会中所应该呈现的具有现代意识的行为方式与精神追求。作家也好，作家所塑造的人物也好，如果坐享现代文明成果，而又在一味地批判现代文明形态、认同乡土文明形态，那么这样的文学创作从价值观念导向上是可疑的。细读牛学智、赵炳鑫等批评，他们在进行文本解读时，并没有停留在文学审美层面的阅读或者学科化的文本细读，牛学智甚至对"文本细读"提出了质疑。[①] 牛学智观照文本中的人物往往放置于较为宏观的社会背景下去考察，并且对人物所体现出来的个体性经验及内在性等一说保持极高的警惕，因为，在现代社会运行的机制中，经验如本雅明所说已经变得贫乏甚至贬值了，个体性经验更不能成为支撑小说文本的坚实材料。其"致命之处在于，个体故事、个人遭际、命运未能有机地内在于现代社会、现代社会机制和现代文化逻辑，那些龇牙咧嘴的喊叫与狼奔豕突的逃逸，就更不会赢得更多共同体的同情了"[②]。在《金瓯小说与现代性》[③]一文中，就着重分析金瓯小说中的人物所具有的现代性，当然，这里的现代性，牛学智借用了社会学家阎云翔所谓的"第二现代性"的说法，赋予人物个性化的合理内涵。

赵炳鑫则把目光聚焦在文本的人物是否具有现代意识上，他对陈继明的小说《圣地》《七步镇》《北京和尚》的评论，以及对陈继明所做的整体性论述，都围绕着陈继明小说所描绘的现实世界展开，"不堪的现实""疼痛的现实""关注现实"，赵炳鑫把批评的笔触伸入小说人物的内心世界，去探察人物在现实世界的反应。他如此评价陈继明的创作："他是近年来对这个变动不居的世界保持高度敏感、对人的现实生存状态加以深刻审视并发出强烈抗议的作家。他执著于对现实生活的打量和观察，从对现实世界的疼痛审视中，书写人的存在，书写生长于这个大地上的生命的万般情状，从而展示一个个灵魂的人性图景——精神苦痛、

[①] 牛学智：《质疑"文本细读"式批评》，《文学自由谈》2015年第5期。
[②] 牛学智：《当前小说流行叙事批判》，《文学自由谈》2018年第2期。
[③] 牛学智：《金瓯小说与现代性》，《宁夏师范学院学报》2017年第1期。

内心矛盾、生存困惑和绝望挣扎。陈继明的小说在不懈地探索靠近历史和人性的真相的过程中，寓于深刻的批判和反思，复归文学的本质。"①

古往今来，人物是小说的灵魂，而在现代小说之中，人物被塑造得成功与否就在于人物是否内在于"现代社会、现代社会机制和现代文化逻辑"之中，而文学批评就要抓住人物与文本所描绘的世界的关系，进一步探索人的现代性意义与价值。

第三节 学院派审美的批评文化心态

以批评家的活动区域为界，法国文学批评家阿尔贝·蒂博代（A Thibaudet）将文学批评分为三种：第一种，由一般读者和报刊记者完成的"自发的批评"；第二种，是专家教授完成的"职业的批评"；第三种，是文学大家所表述的"大师的批评"。"自发的批评"和"大师的批评"各有利弊，暂且不论。蒂博代对大学教授"职业的批评"却颇多嘲讽之词，比如老生常谈、死守规则、思想懒惰、缺乏敏锐的艺术感觉、迟疑症、沉闷的学究气、没有洞察力等。但是蒂博代也承认，职业的批评家有良好的教养、深厚的历史感、知识体系化、视野开阔、持论平正通达等长处。如今仍然以文学批评家的活动区域即批评家身份为界，文学批评的划分也可以分为三种，表述上略有不同，称作媒体批评、作家批评和学院派批评。②

在中国当代文学批评的阵营中，"学院派批评"构成文学批评的核心力量。"学院派批评"有着丰厚的学术积淀和专业知识，在对当代文学的解读上有着更为专业的素养。文学史家陈思和先生这样评价学院批评："学院批评的长处是比较少地受到市场功利或者流行思潮的影响，以更加超脱的立场来评判创作对象，以更加开阔的学术视野来衡量作品的艺术得失，揭示创作内涵中比较隐蔽的意义。"③ 新时期以来的宁夏文学批评队伍中，学院派的批评占据着半壁江山。

---

① 赵炳鑫：《不堪的现实，人性的图景——陈继明小说浅论》，《名作欣赏》2013年第5期。
② [法]蒂博代：《六说文学批评》，赵坚译，生活·读书·新知三联书店2002年版。
③ 陈思和：《学院批评在当下批评领域的意义》，《文艺报》2012年11月23日第2版。

一　学院派的批评队伍

新时期以来，宁夏小说创作一直处于发展与繁荣之中，宁夏小说成为批评家们重点关注的对象，而对宁夏小说的批评绝大部分来自学院派，学院派对宁夏小说的持续关注，一方面是因为宁夏小说确实在当代小说中有了值得审视和探究的学术价值；另一方面也是因为学院派看惯了充满世俗铜臭气息的小说之后，对张扬精神品格的宁夏小说自然情有独钟。再加上西部文学已渐成为文学批评的关注重镇，而宁夏小说作为西部文学重要的板块，自然也将成为学术关注的重要对象。

宁夏小说真正有了自己的声音还得从张贤亮说起，张贤亮在新时期文学思潮中占有重要的地位。张贤亮引以为豪的就是在小说创作中不断突破禁区，因而也引起众多的争议，正因为这种争议，学院派批评家们愿意把大量注意力集中在张贤亮所营造的小说世界中。张贤亮的"伤痕""反思"小说有一种重构历史的野心，伴随着批评的展开，许多学院派批评家正是通过对张贤亮小说的分析实现了与历史的现场无限接近。关于张贤亮评论的研究，本节不再将其作为考察对象。本节主要的研究对象是2000年以来的宁夏小说评论。

2000年前后，宁夏小说真正呈现井喷状。出现了宁夏"三棵树"、宁夏"新三棵树"、"宁夏青年作家群"等创作群体，宁夏的小说再次引起外界的重视，众多学院派批评家将宁夏的小说作为自己的研究阐释对象，以此来检验自己面对现实与文本的勇气与目光，通过对文本的科学、理性与公正的审美判断，实现自己批评的价值立场、伦理操守与专业品质。在学院派批评队伍中，云集了当下最为活跃的批评家，他们是雷达、陈思和、吴义勤、陈晓明、贺绍俊、孟繁华、赵勇、季红真、赵学勇、李兴阳、李建军、张新颖、申霞艳、王贵禄、郎伟等批评家，仔细考量发现，这些批评家有的曾是一个时代文学的见证者和阐释者，他们的批评构筑了新时期文学史的发展脉络，深刻地影响了新时期文学的走向。比如雷达的"民族灵魂的发现与重铸"、陈思和的"民间""无名""新文学整体观"、吴义勤对新潮小说的研究、季红真的"文明与愚昧的冲突"、陈晓明对先锋文学的研究等，这些学术研究曾是当代文学学科重要的研究成果。这些身兼学者身份的批评家，他们的眼光是非常挑剔的，在观照宁夏小说的过程中，表现出极为严谨的审美判断和深刻的洞察力。同时，这些批评家关注宁夏小说，对宁夏小说的繁荣发展与进步都是非常有意义的。笔者在本节中把本土的学院派批评家作为主要研究对象，探析宁夏学院派批评家审美化的批评文化心态。这一本土学院派批评家的队伍是李镜如、田美琳、崔保国、赵慧、郎伟、李生滨、马梅萍、钟正平、武淑莲、苏文宝、张富宝、马慧茹、倪万军、王兴文等在高校从事科研与教学的学者。

二 消费时代背景下文学性的坚守

正如前面陈思和所言，学院派较少地受到市场功利的影响，在他们的眼中，鲍德里亚所界定的"消费社会"已经完全侵蚀了积极正面的人文价值立场。学院派批评家正在努力借助文学文本所表现的诗性来达到对抗庸俗，抵御市场化对崇高的消解。身处前现代的西部文学近些年越发引起学院派批评家的高度重视，究其原因，在于西部作家们的生活积淀与消费文化之间没有形成对接，也就注定了西部作家们的文学活动不会与牟利的商业活动挂钩，他们所做的是真正的消费时代的边缘化写作。因为，西部作家们深信，文学活动终究是一项灵魂的事业。也正因如此，西部作家对文学的纯然理解赢得了学院派批评的青睐。有学院派批评家在研究宁夏作家时指出："宁夏作家们在商品大潮的边缘保持了特别淳朴的文学梦想。"[1] 与之相关的，学院派的批评家也选择了一种边缘化的"逃避"，这里"逃避"并非贬义，而是如学者南帆所言："'逃避'表明了坚守学术传统，维持学术纯洁，学术上孜孜以求的去伪求真恰好同政治上的翻云覆雨或者商业上的朝秦暮楚形成强烈对比——这样的对比屡

---

[1] 李生滨、田燕：《审美批评与个案研究——当代宁夏文学论稿》，阳光出版社2016年版，第21页。

屡在事后证明了'逃避'的明智和远见。"① 在商业化的大潮中，作为从属西部的宁夏作家和学院派的批评家都是市场经济的"弃儿"，也正因为如此，两者才产生了命运的认同感。他们在对诗性与精神的追求上是一致的："宁夏文学不论是诗人、作家，还是批评宁夏文学的学者、文化工作者，他们这种来自古典文学传统的审美精神和艺术修养是充分而多元的，深挚而美好的。"② 而诗性和审美精神正是文学性的内在表现，也是文学教育功能的重要体现，契合了学院派批评家的身份认同（学院派批评家还肩负着培养教育人才的重任）。

除了宁夏小说所表现出来的诗性与精神追求，学院派批评家对宁夏小说的礼赞还在于宁夏小说家对文学的纯然理解，这种理解文学的方式对今天文学的发展至关重要，当文学沉浸在欲望化叙事的泥沼中不能自拔，在市场化的机制内追寻着浅薄的商业利益而失去文学积极的价值追求和稳定的理想信念。用现在社会比较流行的一个词语——"正能量"来形容宁夏的小说创作一点都不为过。综观学院派对宁夏小说的批评，终极的批评指向落在小说所展现出来的正能量，而正能量的彰显与考究，是批评家在一个消费时代的坐标系下去评判宁夏小说的价值。

进入21世纪以来，宁夏小说的异军突起，出发点并不是为了寻求参与社会转型的轰动效应，更不是为了追求写作的风尚而恣意炫技。宁夏的小说由于边缘化的冷静、宗教化的内忍一直呈现出20世纪"纯文学"所奠定的理想基调，这一点，在学院派的批评阐释中得到了应验。学院派批评家在解读宁夏小说的过程中，强化了小说的教育意义和精神引领作用，而宁夏的小说在学院派批评家眼中作为一个"他者"的叙述模式激发了批评家们对当前文学现状的不满，看惯了城市之中的欲望、肉体、人性恶的叙事，突然接触到一种"澄明""诗性""唯美"的叙事，批评家们怎能不为之动容？当然，学院派批评对宁夏小说的分析是否全面、

---

① 南帆：《90年代的"学院派"批评》，《天津社会科学》1994年第2期。
② 李生滨、田燕：《审美批评与个案研究——当代宁夏文学论稿》，阳光出版社2016年版，第28页。

具体，暂且不论。作为学院派批评家，他们通过教育的途径来传承文学血脉，影响文学的生命，这一点决定了他们与非学院派批评家的区别，正因如此，文学性的坚守是他们通往文学正途的有效途径。

三 学科话语的自觉构建

学院派批评家除了撰写文学批评来为当代文学的发展保驾护航外，对他们而言，最本质的工作是在各自的学校里教授现当代文学。中国现当代文学作为中国语言文学的一个二级学科，有自身的局限性，那就是只有上限没有下限（上限的界定也存在众多争议），从20世纪初到当下，直至未来，都是这个学科关注研究的对象，这样的一个学科特点，使得学院派批评家很自然地在批评的视野上建构起一种批评的整体观念。也就是说，学院派批评家在文学史的背景下对当代文学进行批评与评估。这也是学院派批评的一大优势。

反观学院派对宁夏小说的批评，学科话语的自觉构建便是其显著的特点。这表现在文学史背景下知识谱系的自觉展开，学科化理论概念术语的自觉运用。

批评家李生滨在其新作《审美批评与个案研究——当代宁夏文学论稿》[①]一书中论述乡土小说与启蒙话语时，便是在20世纪中国乡土文学史和20世纪启蒙话语这一大文学史背景下展开的，从鲁迅、沈从文、赵树理、汪曾祺等乡土作家的文本去观照宁夏的乡土文学，"被唤醒的乡土和历史""审美的传统"等批评话语中饱含丰富的历史维度。在"'人的文学'与20世纪启蒙话语"一节中更是从历时性的角度详细勾勒了20世纪启蒙话语的谱系，以此来审视宁夏文学中所蕴含的启蒙特质。在这样的一个坐标系内，重提宁夏乡土文学的价值便有了一个深远的文学史意义，宁夏青年作家的创作显然是在接续传统的背景下凸显自身在当代的价值。李生滨看重的不仅仅是文学史传统的接续，最重要的是与

[①] 李生滨、田燕:《审美批评与个案研究——当代宁夏文学论稿》，阳光出版社2016年版。

"私人化写作""身体写作"的对照中彰显的对文学潮流的反正。在对文学潮流的角逐中,学院派批评家强化自己的判断意识和批评立场,往往诉诸文学史的传统。因为,在这样一个文学史的传统中,知识谱系的自觉展开往往呈现出"高人一等"的强态,学科话语在批评中的构建使文学潮流的优劣态势更加分明。在很多时候,对文学传统的接续一般被学院派批评家青睐,在他们看来,这才是文学发展的正道。

使用理论武器是学院派批评的另一优势,西方现代理论在20世纪80年代中期集中地传入我国,1985年曾被称作"方法年"。这些理论的传入开拓了文学研究的视野,一时间结构主义、后现代主义、精神分析等成为学院派批评的主要武器。福柯、德里达、伊格尔顿、詹姆逊等名字在文学研究的圈子里耳熟能详。一些新颖的学术概念、理论词汇深深地影响着当代文学研究的走向,也对当代文学批评提出了更高的要求。而学院派批评在这些理论的影响下逐渐形成了一个迥别于其他话语类型的学术性话语。这其中,理论武器的使用让学院派批评家更加自信,仿佛找到了开启文学之门的多把钥匙。

对宁夏小说的研究也是如此,单纯地印象主观式地批评也许能够获取一定的审美感受,可是要深入探讨小说形成的内在机制,完成对小说的深度阐释的话,就需要有独特的理论视角。如《死亡:最后的生命仪式——石舒清作品的"死亡"原型研究》[1],就是一篇用"原型"理论来解读石舒清小说的文章。马梅萍的《乡土传统与精神指归——石舒清创作心理解析》[2]则是运用心理学的相关知识解读石舒清的小说创作。理论概念的自觉使用从另一个层面反映出宁夏小说不仅在小说的精神内涵上有着较高的水准,而且在小说的艺术特色方面表现出可贵的艺术品质。这为宁夏小说向经典化道路的迈进提供了有力的理论支撑。

学者南帆指出:"学术话语——包括概念、范畴、经典、训诂、考证、推理、摘引、校勘、注释等等——是一个庞大的话语群落。学术话

---

[1] 苏文宝:《死亡:最后的生命仪式——石舒清作品的"死亡"原型研究》,《宁夏师范学院学报》2010年第5期。
[2] 马梅萍:《乡土传统与精神指归——石舒清创作心理解析》,《回族研究》2012年第4期。

语与出版行业的联系表明了强烈的面世欲望。这个话语群落与其说提供了一个出逃的隐身之所,不如说显示了一种独特而倔强的存在。学术话语的专业知识具有抗拒同化的功能。它不会温顺地融入其他类型话语,也不会因为内涵稀薄而终于消失。这使人们始终意识到这个话语群落的存在分量。对于一个社会而言,学术话语不可能逸出它的视野,学术话语将和所有其他类型话语综合组成这个社会的人文环境。"[1] 不难看出,学院派所建构出来的学术话语实际上充满强烈的身份认同感,学术话语俨然成为学院派批评家们的标签。宁夏的学院派批评家在面对本土的文学作品时倡导文学整体观,将宁夏文学纳入整个中国文学的大传统中去审视,并且通过一系列严谨的学术规范化程式逐渐形成一套学院派自我表征的审美性的话语体系。尽管南帆强调"学术话语将和所有其他类型话语综合组成这个社会的人文环境",应该与其他话语类型处于一种平等对话的态势,但学院派批评家在具体的批评实践中不自觉地流露出自己"天之骄子"的心态,进而借助学院所提供的学科化的平台将学术话语打造成一种批评的普遍性的话语模式,在一批又一批的学生教育中推广下去。

四 学院派批评的不足

在文学批评的阵营里,学院派批评可谓一枝独秀,在文学文本的阐释和文学思潮的命名上,学院派始终走在时代的前列,拥有不容置疑的话语权。然而,这并不代表学院派批评就是完美无缺的。身为资深学院派批评家的陈思和先生就深刻地意识到如此:"从事学术工作的人(学者、教师、研究生)因为身居学院,往往与当下生活比较'隔',加上一大套概念术语等等,常常会把生动的文学创作变成一些教条、理念等等,不但说不到点子上,反而歪曲文学在生活中的意义。"[2] 这一点在当前学院派批评中较为常见,理论先行,文本作为理论的注脚,导致文学阅读

---

[1] 南帆:《90年代的"学院派"批评》,《天津社会科学》1994年第2期。
[2] 陈思和:《学院批评在当下批评领域的意义》,《文艺报》2012年11月23日第2版。

的审美感受力下降。这一不足在学院派关注宁夏小说的过程中也有所展现，主要表现在以下几方面。

1. 缺乏明确的价值观念

文学批评是要有是非概念的，这本是批评的常识，但是在我们当前的文学批评中，许多批评陷入了"圈子化""人情化"，在"为善"的同时忘掉了"求真"。最直接的表现就是文学批评失去了判断意识而缺乏明确的价值观念。这样的文学批评除了溢美之词外，看不出作者想要通过文本的阐释表达的价值内涵。

学院派批评家对宁夏小说的研究便陷入了价值观念不明确的窠臼。作为文坛新生的力量，宁夏小说家的创作确实需要学院派批评进行呵护，可问题是，批评不能总是在文本表层绕弯，要通过文本的深层阐释形成有效的价值支点，进而推动文学的创作。

2. 社会学视野的匮乏导致批评缺乏认同感

苦难与诗意是近些年宁夏小说经常表现的主题，小说创作的逻辑经常是这样的一个程式：苦难成为背景，超越苦难所表现的坚韧的精神与对待生活所表现的诗意才是关键。这样的程式被学院派批评家放在消费时代的大背景下去考量，进而去发掘小说彰显的精神品质达到文学教育的功能。但是身居宁夏本土的读者在阅读学院派批评的时候很难获得一种强烈的认同感，他们感到学院派的批评没有结合他们真实的日常生活。学院派对宁夏小说解读没有基于社会学的视野去探析文学本身与本土现实之间的关系，而是更多地基于课堂教学的需求进行文本的审美分析，因此，所做出的判断往往是带有"旅游者"的鉴赏心态。尤其是西海固作家笔下的乡土世界，经常被作家打造为精神的归属地，拒斥城市文明，守望乡土的写作模式反而引起学院派批评家的高度礼赞，从石舒清、郭文斌、马金莲等的小说批评中已窥得一二。他们只看到西部乡村淳朴优美诗意的一面，却忽视了西部乡村最为重要的生存艰难这一事实与环节，文学批评不能仅仅成为学科的产物，而且要走出学科规定性，参与到整个人文话语的构建当中。这就是本土的读者对学院派批评难以认同的一个原因。

3. 知识谱系的展开造成了批评的冗杂

坦率地讲，宁夏小说家确实在小说创作上表现出很高的水准，取得了不小的成绩，但还没有一个小说家直言自己的作品是思想阐释的产物，是能进入经典作品行列的。因此，对于这些作品的解析，最重要的是把握作品与当下的社会生活关系，揭示文本所隐含的丰富意义。学院派批评在解读当代文学作品时习惯性将知识谱系展开，就比如本来数数从100可以数到101，非要从1数到101。这中间的100作为文学史的常识在批评当中占据了很大的篇幅，从而造成了批评的冗杂。

乡土小说在宁夏小说的创作中占有较大的比重，艺术水准也较高，为了寻找参照，学院派对宁夏乡土小说的批评习惯性放在20世纪乡土小说发展的这条历史纵轴上去考察，从鲁迅、废名、沈从文、萧红、孙犁、汪曾祺、赵树理一直延续到陈忠实、贾平凹等，这样一路梳理下来，造成研究对象的喧宾夺主、主次失衡，甚至忙于梳理而遗忘了本应研究的对象。

中国当代文坛，学院派批评依然是文学批评的重镇，而对于宁夏小说而言依然如此，学院派的审美批评对宁夏小说的创作起到了积极的引领作用，尤其是宁夏这样一个欠发达地区的文学事业，迫切需要更多来自学院更为专业的眼光来审视，当然，学院派的审美批评有自身学科化的弊病，尤其是面对社会高速发展的多元化今天，批评陷入命名、总结等失语的状态，20世纪被誉为批评的时代，而21世纪又如何发挥批评的功能？显然，学院派的文学批评还任重道远。

第四章　宁夏文学批评的典型现象

新时期以来的宁夏文坛，出现了许多令人瞩目的文学现象，而这些文学现象切实有效地推进了宁夏文学批评的发展进程，并且成为批评者的自觉意识。在批评者的批评实践中，这些现象的频繁出现，逐渐构成了宁夏文学中的典型现象。"宁夏青年作家群""西海固文学"这两个概念的形成和石舒清的小说《清水里的刀子》的阐释无疑是新时期宁夏文学批评中比较突出的三个典型现象。

本章将对这三个典型现象加以讨论，挑选这三个典型现象就是看重了它们的"关键性"。学者南帆曾在《二十世纪中国文学批评99个词·前言》中有过这样的论述："重要的是这个概念在特定文化网络之中的核心位置。每一个时代都会产生一些关键的概念，它们隐含了这个时代最为重要的信息，或者成为复杂的历史脉络的聚合之处。提到这个关键性的概念如同提纲挈领地掌握这个时代。因此，阐释这些概念也就是从某一个方面阐释一个时代。"[1] 很显然，在新时期以来的宁夏文学批评历程中，这四个典型现象具备南帆所述的"关键性"的标准。首先，这三个典型现象在各自特定的时期居于文化网络的核心位置。其次，这三个典型现象的产生对宁夏文学产生了极大的影响，甚至影响了整个中国文坛。最后，这三个典型现象自身积聚了非同凡响的理论力量，成为批评者信

---

[1] 南帆主编：《二十世纪中国文学批评99个词》，浙江文艺出版社2003年版，前言第1—2页。

任的理论武器。

本章对"宁夏青年作家群""西海固文学"这两个概念的解读并非要给予它们一个明确的标准的定义,而是将它们视为一种现代性知识,探讨这些知识概念是如何在历史化的过程中被一步步建构起来的,重视这些概念在批评实践中的演变过程,进而描述出这些概念所形成的理论场域。而对石舒清的小说《清水里的刀子》的批评研究则在于通过对小说批评的分析来总结少数民族文学批评应有的批评理念,增进批评的阐释力,提供一种少数民族文学批评的路径。

第一节 "宁夏青年作家群":90年代以来宁夏文学的主体建构

文学的发展似乎有自己的自然周期,"峰"与"谷"有时交替出现,新时期以来的宁夏文学发展从整体的创作来看便是如此,宁夏文学的发展呈现一种U字形模式。20世纪80年代由于"宁夏出了个张贤亮",使宁夏文学备受瞩目。"两张一戈"(张贤亮、张武、戈悟觉)的小说创作成为80年代宁夏文学最耀眼的部分。还有一批"文化大革命"后复出的作家和更为年轻的作家在思想解放的大潮中积极走上了创作之路,成为宁夏文学创作的生力军。20世纪80年代的这一批作家在张贤亮的引领下取得新时期以来宁夏文学的第一个辉煌。到了90年代,由于张贤亮放慢了创作的脚步,戈悟觉离开宁夏回到故乡温州,20世纪80年代努力写作的一批作家在面临社会急剧转型的90年代而呈现出一种无所适从的状态,以至于90年代前期宁夏文学的创作经历了一个短暂的沉寂期。然而这种沉寂没有多久,从90年代中后期至21世纪,宁夏文学再次进入一个令人欢欣鼓舞的发展高潮期。以陈继明、石舒清、金瓯、郭文斌、马宇桢、漠月、季栋梁、张学东、李进祥、马金莲、了一容等为代表的年轻作家开始登上文坛并成为宁夏文学创作的中坚力量。而这批青年作家在进入21世纪之后逐渐成为中国当代文坛不可忽视的创作群体和文学力量,被称为"宁夏青年作家群"。"宁夏青年作家群"在进入21世纪之后的宁夏文坛一直处于"霸屏"的状态,甚至新近出版的"文学宁夏"丛书①,入选丛书的作家还是上述作家。那么,"宁夏青年作家群"是如何在21世纪宁夏文坛居于"文化网络的核心位置"? 它在20世纪90年代以来的主体地位是如何被建构起来的?

一 创作主体的自我呈现

俗语有云"打铁还需自身硬",作家证明自己的方式就是要创作出优秀的文学作品。"宁夏青年作家群"在20世纪90年代中后期至21世纪以来展现出旺盛的创作生命力,也取得了令人瞩目的成绩。在宁夏这样一个不足700万人口的小省份,"宁夏青年作家群"可以说创造了文坛一个不小的奇迹,赢得了中国当代文坛的认可。也正因为有这样的成绩,才可以自信地宣称"宁夏青年作家群"已经崛起,成为中国当代文学版图中不可或缺的重要部分。他们在20世纪90年代中后期至21世纪以来取得了以下成果:

鲁迅文学奖

届数	姓名	体裁	篇目	作品发表刊物
第二届	石舒清	小说	《清水里的刀子》	《人民文学》
第四届	郭文斌	小说	《吉祥如意》	《人民文学》
第七届	马金莲	小说	《1987年的浆水和酸菜》	《长江文艺》

少数民族文学骏马奖

届数	姓名	体裁	篇目
第五届	石舒清	小说集	《苦土》
第六届	马宇桢	小说集	《季节深处》
第七届	金瓯	小说集	《鸡蛋的眼泪》
第八届	石舒清	小说集	《伏天》

---

① 这套"文学宁夏"丛书2018年由作家出版社出版,囊括了当前宁夏最为活跃的20位作家与评论家的创作成果,并于2018年12月20日在北京召开了"中国文学的宁夏现象"研讨会。

续表

届数	姓名	体裁	篇目
第八届	郎伟	评论集	《负重的文学》
第九届	了一容	小说集	《挂在月光中的铜汤瓶》
第十届	李进祥	小说集	《换水》
第十届	马金莲	小说集	《长河》

"21世纪文学之星"丛书

年度	姓名	体裁	篇目
1994年	石舒清	小说集	《苦土》
1996年	马宇桢	小说集	《季节深处》
1998年	陈继明	小说集	《寂静与芬芳》
2002年	张学东	小说集	《跪乳时期的羊》
2006年	了一容	小说集	《挂在月光中的铜汤瓶》
2007年	牛学智	评论集	《世纪之交的文学思考》
2014年	刘汉斌	散文集	《草木与恩典》

另外，季栋梁的长篇小说《上庄记》和马金莲的长篇小说《马兰花开》获得2014年"五个一工程奖"，赵华的《大漠寻星人》获2017年"全国优秀儿童文学奖"，马金莲、牛学智还分别荣获第一、第二届"茅盾新人奖"。各文学大刊所设立的文学奖项，宁夏青年作家更是多次榜上有名。

据本土评论家郎伟统计，"2000年到2009年的十年间，在《人民文学》《中国作家》《诗刊》《民族文学》《十月》《当代》《收获》《钟山》《上海文学》《花城》《天涯》等著名刊物上发表的宁夏青年作家所创作的各类文学作品多达百余篇，而《新华文摘》《小说选刊》《中华文学选刊》《小说月报》《散文选刊》等国内权威选刊也在不间断地转载宁夏青年作家的各类创作。十年之中，仅中国作家协会主办的《小说选刊》一家刊物，就选载了宁夏青年作家所创作的小说和评论作品62篇，平均每年6.2篇。以《小说选刊》每年出版12期刊物计算，意味着每两期就会有一篇宁夏青年作家新发表的小说登上了这家声名远播的权威小说选刊。而在由中国作家协会创研部、中国小说学会等文学权威机构和一些著名学者主持编选的'中国短篇小说、诗歌、散文精选''21世纪中国文学大系''中国小说学会年度文学排行榜'等有影响的年度选本和排行榜上，宁夏作家不仅榜上有名，而且入选的人数和作品呈现逐年扩大的趋势。"①

"宁夏青年作家群"之所以被纯文学期刊认可，取得以上辉煌的成绩，在于他们的创作不是当下那种追求时尚的写作，也不是为了获得市场效应的趋利性写作，他们立足于"地方知识"的建构，在地方性文化中努力挖掘具有"中国风格""中国气派"的文化因素，并将其纳入复兴中国传统文化的意义之中。在全球化的冲击之下，"宁夏青年作家群"坚守文学的真善美，叙写出具有内在性的灵魂故事，坚持用文学来服务这片土地。因此，消费主义时代的语境中，"宁夏青年作家群"的创作给文坛带来一股久违的清新和一种震撼人心的力量。

"宁夏青年作家群"这种出色的创作业绩，不仅为自己在文坛集体亮相赚足了眼球，为自己正名，同时也得到了文坛的一致认可，这是继张贤亮之后，宁夏文坛又一次在中国文坛产生了轰动效应。

二 政治话语中的群体形象建构

"宁夏青年作家群"的崛起离不开宁夏回族自治区党委宣传部和宁夏回族自治区人民政府的扶持、打造、推介。作为地域文化的表征，"宁夏青年作家群"的出现很好地践行着宁夏党委和政府"小省区办大文化"的文化战略，在宁夏党委政府的组织领导与中国作协的扶持帮助之下，"宁夏青年作家群"一步一步走进人们的文化视野。

20世纪90年代中后期到21世纪初期，宁夏青年作家已经开始在文坛崭露头角，尽管陈继明、石舒清等青年作家开始陆续进入"21世纪文学之星"丛书，有了一定的影响力，但宁夏青年作家还基本上处于"单打独斗"的状态。这种局面在2000年发生了改观。这年6月，宁夏党委

---

① 郎伟：《新世纪前后中国文学版图中的"宁夏板块"》，《宁夏社会科学》2012年第5期。

宣传部、宁夏文联、《朔方》编辑部与中国作家协会、《人民文学》杂志社、《小说选刊》杂志社联合在北京召开宁夏青年作家陈继明、石舒清、金瓯作品研讨会，正式隆重向外界推出宁夏"三棵树"。紧接着，2001年，由张贤亮主编、李敬泽作序的《西北三棵树丛书》[①]出版，进一步让读者了解宁夏"三棵树"的创作。2002年5月，《中国作家》杂志社、《人民文学》杂志社、《文艺报》与宁夏党委宣传部、宁夏文联、《朔方》编辑部等单位在北京再次联合举办"宁夏青年作家小说作品研讨会"，再一次向外界推出漠月、季栋梁、张学东，称之为宁夏"新三棵树"。2006年7月，中国作家协会、宁夏党委宣传部和宁夏文联联合在北京中国现代文学馆召开了"宁夏青年作家作品研讨会"，与会成员为宁夏青年作家群体与国内知名评论家，大家聚坐一起探讨宁夏文学的成就及未来发展前景，这样高规格的研讨会对宁夏青年作家而言史无前例。中国作协党组书记金炳华称赞他们的作品"有深厚的民族和地域特色，生活气息浓厚"。中国作协副主席陈建功非常看好这支队伍，称赞他们："路子正、根底厚、创作态度严谨、创新意识强，是一支大有前途的队伍。"[②] 这次在宁夏文学历史上有重要意义的会议，各大媒体都做了跟踪报道。[③]

从历时性角度来看，"宁夏青年作家群"的形成不是一蹴而就的，而是在党委和政府的组织协调下，每个时间节点上不断地努力向外界推送而最终形成这样的一个创作群体。再就是对于宁夏青年作家的有效命名（宁夏"三棵树"、宁夏"新三棵树"），让宁夏青年作家成为一张颇具影响力的文化名片。法国社会学家布尔迪厄说过："命名，尤其是命名那些无法命名之物的权力，是一种不可小看的权力。……当'命名'行为被用在公共场合

[①] 张贤亮主编"西北三棵树丛书"，包括石舒清的《暗处的力量》、陈继明的《比飞翔更轻》、金瓯的《鸡蛋的眼泪》，花山文艺出版社2001年版。
[②] 付小悦、庄电一：《"三棵树"长成"文学林"——宁夏青年作家北京集体亮相》，《光明日报》2006年7月8日第2版。
[③] 罗进贵《从青青"三棵树"到郁郁"文学林"——宁夏青年作家集体亮相京城》，《宁夏日报》2006年7月7日第1版；陈华：《掌声为"宁夏文学林"响起》，《宁夏日报》2006年7月15日第1版。

时，它们就因而具有了官方性质，并且得以公开存在。"① "宁夏青年作家群"被建构起了具有意识形态化的文化格局，并被赋予了具有地方性特色的文化内驱力量，成为文化自觉与文化自信的现实载体。

时任宁夏回族自治区党委常委、宣传部部长李东东在 2006 年 7 月的北京研讨会上总结说，宁夏经济社会文化的全面发展，凝聚了广大作家和文学工作者的智慧和汗水。宁夏的文学成就是宁夏回族自治区党委和政府近年提出和实施"小省区要办大文化"战略的重要成果。宁夏回族自治区党委、政府将继续重视和关心文学工作，充分发挥文学在和谐社会建设中的积极作用，坚定不移地坚持"二为"方向和"双百"方针，结合实际发挥自身优势，努力探索符合宁夏区情的文学发展道路。希望宁夏作家以这次研讨会为契机，坚持向生活学习，向人民学习，坚持"三贴近"，在创作上取得更大成绩，为繁荣宁夏文学事业、加快宁夏文化建设贡献力量。②

文学创作是一项个人性行为，但是若要以群体的形象呈现，势必需要官方的组织与协调，"宁夏青年作家群"通过自身不懈的努力，在文坛取得了一定的成绩，而作为群体形象的出现，离不开本地党委和政府的积极推介与培养。政府在打造"宁夏青年作家群"的过程中，不仅给予了行政支持，而且还投入了大量的财力支持。"金骆驼丛书""新绿丛书"等一系列的创作资助，资助青年作家到更高层次的创作培训机构学习（鲁迅文学院），搭建与文学大省之间的交流平台（江苏省），请著名专家来参与宁夏作家的学术研讨会等，政府的这一系列举措让"宁夏青年作家群"在不长的一段时间内声誉鹊起，成为中国当代文坛一支不可忽视的创作力量。

三 批评话语中的主体建构

真正让"宁夏青年作家群"进入大众视野，尤其是进入学术研究视

---

① 包亚明主编：《布尔迪厄访谈录——文化资本与社会炼金术》，上海人民出版社 1997 年版，第 91 页。
② 石一宁：《宁夏青年作家作品研讨会在京召开》，《文艺报》2006 年 7 月 8 日第 1 版。

野的,还是文学批评的阐释与评析。作为宁夏"三棵树"之一的陈继明有深刻的体会,他曾这样评价郎伟评论的意义:"郎伟最初评介宁夏作家的时候,所谓'宁夏文学'还远远不成气候,除了已经盛名在外的张贤亮,其他宁夏作家,尤其是青年作家,都还籍籍无名,大多数评论家是看不上也不会轻易地评价他们的,对他们的轻视,是明摆着的。……郎伟一定是最早关注宁夏青年作家的评论家,而且始终保持着跟踪观察、向外推介、深度研究的热情,宁夏文学现在的成就,如果肯承认有评介之功,那么,郎伟确实功不可没。"① 从陈继明的描述中,可以看到文学批评对于宁夏青年作家群的意义与价值。南帆曾指出批评家的功能:"如果说,一部作品让普通读者感到了情绪上的激动,那么,批评家要负责讲解这种激动的理由——他们要指出这部作品可能在哲学、社会学、语言学、符号学、神话学等诸方面显出的意义;如果说,多数读者多半凭借一时一地的印象、情绪、兴趣判别一部作品'好看'或者'有趣',那么,批评家的判别方式要远为复杂。'好看'或者'有趣'之后,批评家还必须调动专门的文学知识给予诠释。"② 对于"宁夏青年作家群",郎伟最早介入其中,以一个评论家的直觉去评介尚在发展阶段的宁夏青年作家的创作,他几乎评介了每一位宁夏的青年作家,并努力发现出宁夏青年作家创作的优长。长期的跟踪观察,并尝试将"宁夏青年作家群"作为一个重要的学术研究对象加以深究,郎伟于2004年获批了国家哲学社会科学西部基金项目"'宁夏青年作家群'研究",将"宁夏青年作家群"真正全面系统地纳入学术研究之中。

正如媒体所指出的那样,"宁夏青年作家群"成长历程是从"三棵树"到"文学林",当"三棵树""新三棵树"被官方推出之后,关于他们的批评研究也随之而来,著名文学评论家李敬泽在《遥望远方——宁夏"三棵树"》③ 中就对陈继明、石舒清、金瓯三位宁夏青年作家做了精彩的评析。此文作为"西北三棵树丛书"的序言,对宁夏"三棵树"的

---

① 郎伟:《写作是为时代作证·序言》,宁夏人民出版社2007年版,第2页。
② 南帆等:《文学理论》,北京大学出版社2010年版,第286页。
③ 李敬泽:《遥望远方——宁夏"三棵树"》,《朔方》2000年第8期。

快速成长有着极其重要的意义和准确的定位。另外，关于宁夏青年作家的个案研究也随之多了起来。

  对于"宁夏青年作家群"这一群体最早做整体研究的当数本土评论家郎伟。他早在 2006 年 7 月"宁夏青年作家群"进京被研讨之前，就对"宁夏青年作家群"做了一个整体性的阐述。他于 2005 年撰写的《偏远的宁夏与渐成气候的"宁军"》①一文是国内最早论述"宁夏青年作家群"的创作价值与艺术风貌的文章。作为本土评论家，一般容易形成地域性的保护意识，正如学者龚鹏程指出的那样："一位具有地域观念的评论者，在观看各种事务时，都可能会带上省籍地理意识。"②但是该文摒弃了上述所说的省级地理意识，用优美的表述极其客观地对"宁夏青年作家群"之于宁夏文学的意义做了评价，不仅归纳了"宁夏青年作家群"的缘起及其创作成功的原因，而且非常中肯地指出了他们在艺术经验方面存在的诸多不足，对他们的创作充满更高的期待。他主持的国家社科基金项目"'宁夏青年作家群'研究"更是系统化地对"宁夏青年作家群"做了学理化研究，其中像郎伟的《新世纪前后中国文学版图中的"宁夏板块"》③和《巨大的翅膀和可能的高度——"宁夏青年作家群"的创作困扰》④，马梅萍的《直观生命 探寻本质——论宁夏青年作家群的生命意识》⑤，张富宝、郎伟的《论宁夏青年作家群的创作心理》⑥等论文即是国家社科基金项目研究的直接成果。另外，作为硕士生导师的郎伟指导的一些硕士学位论文也以"宁夏青年作家群"为研究对象，从各个角度探析了"宁夏青年作家群"的创作主题和艺术价值。

  总之，从上述三个方面，我们逐渐认识并理解了"宁夏青年作家群"这一创作群体。首先，"宁夏青年作家群"是活跃在 20 世纪 90 年代后期

---

  ① 郎伟：《偏远的宁夏与渐成气候的"宁军"》，《小说评论》2005 年第 1 期。
  ② 龚鹏程：《有文化的文学课》，中华书局 2016 年版，第 198 页。
  ③ 郎伟：《新世纪前后中国文学版图中的"宁夏板块"》，《宁夏社会科学》2012 年第 5 期。
  ④ 郎伟：《巨大的翅膀和可能的高度——"宁夏青年作家群"的创作困扰》，《宁夏社会科学》2017 年第 3 期。
  ⑤ 马梅萍：《直观生命 探寻本质——论宁夏青年作家群的生命意识》，《扬子江评论》2012 年第 5 期。
  ⑥ 张富宝、郎伟：《论宁夏青年作家群的创作心理》，《宁夏社会科学》2011 年第 5 期。

到21世纪之后的一批宁夏青年作家，他们对文学充满了敬畏之心和虔诚的创作态度，关注社会生活的底层，抒发知识分子的忧患意识，担负起社会责任。其次，他们的创作以乡土题材见长，在他们脚下这片充满苦难的土地上去追求超越世俗的精神，呈现出前现代那种"文化守成"的姿态。最后，"宁夏青年作家群"是一个复杂、不断发展、流动性的群体，他们创作风格不尽相同，创作水准也参差不齐，甚至充满着矛盾和悖反。在全球化、现代化的浪潮中，他们同样面临痛苦的转型与抉择，呈现出一种未完成的现代性态势。

第二节 "西海固文学"：地域文化意义上的构建

"西海固文学"是21世纪以来宁夏文学批评出现最为频繁的概念之一，是反映"西海固"人民日常生活的重要的文化表征，是表现"西海固"这一地域文化重要的文化符号，同时也是宁夏文学甚至西部文学研究中一个极其重要的学术概念。这个概念从最初的产生到现在的被广泛认可，中间存在诸多的争论。而争论的背后混杂着不同的文学观念、价值判断标准与感情色彩。它有时指一种单纯的地域文学，有时又被赋予一种美学上的意义，有时也被当作一种文学现象或者流派。"西海固文学"作为一个"被发明的传统"（霍布斯鲍姆语）意义上的概念，它不再是简单的地方历史知识的堆积，而是一种建构中的"新型的知识观念"。

一 概念的提出及其演进过程

关于"西海固文学"这一概念的提出过程，王贵禄、钟正平、倪万军等诸多学者都做过详细的考证，[1] 在此不做赘述。后文只根据论述的需

---

[1] 王贵禄：《中国西部小说叙事学》第三章第三节"从现实走向诗意：西海固作家对地域文化精神的沿承与超越"，中国社会科学出版社2015年版，第138—155页；钟正平：《西海固文学及其释义》，《固原师专学报》2000年第1期；倪万军：《关于"西海固文学"的命名》，《六盘山》2011年第3期。

要简要提及。首先要简要了解一下"西海固"这一名称,西海固是对宁夏南部山区地域的简称,确切地讲应该是"西吉""海原""固原"的简称。这一地域自然环境极其恶劣,十年九旱,严重缺水。作家石舒清在《西海固的事情》中特别指出西海固一个显著的自然景观——"旱海"。① 20世纪这一地区就被联合国教科文组织判定为"不宜人类生存之地"。正是在这样一块贫瘠的苦土之上,20世纪80年代以来以《六盘山》杂志为中心,聚拢了一批文学爱好者,形成了一个引人瞩目的创作群体。为了更好地了解其中的来龙去脉,接下来以时间节点来梳理"西海固文学"的提出过程。1997年《朔方》杂志社召开了一个"振兴宁夏文学"的研讨会,在这个会上,来自西海固的作家不约而同地喊出了"西海固文学"的口号。当时这个口号仅限于口口相传,并没有经过必要的理论阐释,因而并没有引起太大的关注。1997年第6期的《六盘山》杂志上刊登了南台先生的《致火会亮的一封信》,首次提出"西海固作家群"这个说法,这成为"西海固文学"被提出的一个重要前提。1998年初,《六盘山》杂志正式提出"西海固文学"的概念,在第1期的封面上有三个醒目的标题:"西海固作家群""西海固文学""西海固同题散文专号"。1998年4月,由官方主办的一个参会阵容较为庞大的"西海固文学"研讨会,从理论上阐释"西海固文学"这一概念的意义。此后,《六盘山》杂志陆续发表一系列研究西海固文学的理论文章。1998年6月,《文学报》在头版位置以《"西海固文学"正在崛起》为题进行了报道。1999年宁夏人民出版社出版了《西海固文学丛书》(分为小说、诗歌、散文三卷)以及部分作家出版的个人专辑,显示西海固文学的创作实绩。自此,"西海固文学"这一名号正式打起,并很快成为宁夏文学甚至西部文学研究中一个重要的学术概念。

"西海固文学"这一概念从提出到理论澄清,是一个逐渐深化并充满争议的过程。真正对"西海固文学"进行概念阐释与界定的有代表性的学者是马吉福与钟正平。马吉福在《试论"西海固文学"的形成与发

---

① 石舒清:《西海固的事情》,北京十月文艺出版社2006年版,第3页。

展》① 一文中对概念的内涵进行了广义与狭义的区分，广义上的"西海固文学""是指反映西海固生活的文学和西海固文艺工作者所创作的作品。这个意义上包含了非本土作者关于西海固的作品和本土作者及其作品"。狭义上，"是指关于描写西海固生活的文学。这个意义排除了本土作者非西海固题材的作品"。

致力于"西海固文学"研究的钟正平教授长期跟踪"西海固文学"，有着权威的阐释，他认为："'西海固文学'就是本土作家创作的描写和展示西海固地区历史的、文化的图景和西海固人生活与命运的文学，是表现西海固人的感情、性格心理、文化气质和审美精神的文学，是记录西海固人民的代言人——本土化知识分子的追求、奋斗、反思和梦想的文学，是富于西海固地域文化特色和人性、人道主义精神关怀的文学。"② 关于这个界定，用钟正平教授的话来说："既强调了'西海固文学'的主体内涵又肯定了它的包容性；既突出了它的地域文化特征又肯定了它的基本的、现代的文学常识。"③ 这样的界定并非完美无缺，王贵禄教授就针对这个界定指出："这个厘定糅合了马吉福等人的研究成果，而突出了'西海固文学'的主体性内涵及现代性特质，但又衍生出排他性，实际上，'本土'之外的作家如张承志，同样对'西海固'多有叙说，只强调'本土性'势必将他们排除在外，况且'人性、人道主义精神关怀'等说法，并不能涵盖'西海固文学'所有的精神刻度，故有必要对钟正平的论述进行适当的调整。"④

当然，关于"西海固文学"的概念阐释和界定问题，火仲舫、单永珍、火会亮、左侧统等作家也参与了其中的讨论，体现出对"西海固文学"这一概念的不同理解。

正如笔者前面所论述的那样，本节无意再对概念的界定与产生过程做过多的阐释，而是将注意力落在这个被建构的"新型的知识观念"。

---

① 马吉福：《试论"西海固文学"的形成与发展》，《六盘山》1998 年第 3—4 期。
② 钟正平：《西海固文学及其释义》，《固原师专学报》2000 年第 1 期。
③ 钟正平：《西海固文学及其释义》，《固原师专学报》2000 年第 1 期。
④ 王贵禄：《中国西部小说叙事学》，中国社会科学出版社 2015 年版，第 140 页。

"西海固文学"作为一个被缔造出来的"现代神话",它的命名及所涵范围都是一种关于地域文化与文学的现代知识。尤其是西海固地区走出了石舒清、郭文斌、马金莲三位鲁迅文学奖获得者,更加确认了"西海固文学"的认识机制,强化着地域文学与文化的认同,但是,"西海固文学"概念认定一旦形成,就如柄谷行人所说的,"乃是一种认识性的装置,这个装置一旦成型出现,其起源便被掩盖起来"①。因此,本节所要追问的恰恰是"西海固文学"作为现代性知识是如何被建构起来的,进而揭示"西海固文学"在概念确认之时所暗含的话语与权力之间的隐秘关系,并对其进行现代性反思。

二 全球化冲击下的本土回应

尽管西海固地区处在比较僻远落后的西部地区,但依然无法阻滞全球化所带来的洗礼。在当下,全球化所带来的文化冲击是复杂而深刻的,将许多不同的民族和文化卷入其中,相互碰撞,全球化正在用某种普遍的或同质的外部力量将各个地方连成一个整体,文化的同质化和普遍化正是全球化所带来文化冲击的重要后果。但另一个层面,全球化同时也激发强有力的本土化冲动。正如有学者指出:"全球化是一把锋利的双刃剑。它一方面导致了传统文化的困境进而引发认同危机,另一方面它又为本土文化认同的重建提供了契机。"② 这一契机便是"全球化的进程激发了许多复杂的地方性反映。其中之一就是对家园感丧失的焦虑和重构的冲动。费瑟斯通发现,对全球化的激烈反应之一就是重新肯定甚至强化地方性的文化"③。而文学作为一种日常的表意实践,在文化认同的建构与差异自觉的过程中扮演了不可或缺的重要角色。从这一层面来讲,"西海固文学"便承担着这样的作用与意义,即在应对全球化所带来的认

---

① [日]柄谷行人:《日本现代文学的起源》,赵京华译,生活·读书·新知三联书店2006年版,第12页。
② 周宪主编:《文学与认同:跨学科的反思》,中华书局2008年版,第233页。
③ 周宪主编:《文学与认同:跨学科的反思》,中华书局2008年版,第233页。

同危机这一过程中起到了强化地方性文化的作用。

"西海固文学"主要以乡土风情为题材,这些作品包含西海固作家最为深刻的生命体验与童年记忆。他们大都是土生土长的农村人,对于乡村社会的生存图景、人文景观、民风民情和宗教习俗不仅切身经历,而且谙熟于心。因此,西海固作家对于这片生养他们的土地充满浓厚的深情,是这片物质贫瘠土地上的"地之子"。他们自觉地承继这片"土地"的精神命脉,凝视这片土地上的沧桑变化,关注生活在这片土地上的人们的命运遭际,形成独有的乡村感知与乡村文化思考。他们书写这片土地生活的苦难,然而对他们而言,苦难不是终极,超越苦难所体现的精神狂欢才是终极。正如生活在西海固地区的学者苏文宝所指出的那样:"西海固文学既是对地域苦焦、生活苦难的表达也是生存的宁静体验和精神朝圣的寓言。西海固作家以自身的精神历练谱写这块西北角的风土人情、苦难、信仰和形而上思考。他们所传达的决不仅仅是文学的思想和审美,更是对这块土地和孕育其中的生命意识的感悟。"[①]

西海固作家之所以有这种生命意识的感悟,缘于西海固作家在面临全球化冲击的过程中,切身感受到全球化所带来的社会转型的剧痛。全球化在发展中国家及落后地区的直接表现形式便是对现代化的不懈追求。西海固地区作为西部不发达的地区,在"西部大开发"这样的国家举措中,势必要将现代化作为整合性话语,来实现对西海固地区的政治、经济、文化的现代转型,然而,城市与乡村发展的不均衡现象在落后地区尤其明显,现代化首先是城市的现代化,对于乡村的改造较之城市而言是比较滞后的,因此,现代化的展开一定会加剧城乡之间发展的差距,这导致乡村发展的理想形态和最终归属就是走城市化发展之路,城市文明形态成为现代化发展的模板。可是,几千年来沉淀下来的乡村社会的传统伦理道德体系在这场现代化过程中开始崩溃,旧有的经济秩序和人际关系分崩离析,美国汉学家艾恺认为:"现代化是一个古典意义的悲剧,它带来的每一个利益都要求人类付出对他们仍有价值的其他东西作

---

① 苏文宝:《西海固文学的生命意识叙事:苦难、宁静与朝圣》,《时代文学(下)》2009年第9期。

为代价。"① 西海固的作家对于这样巨大的代价在心理和情感上是不能接受的，他们的浓厚的家园意识开始让他们质疑现代化发展的合理性内涵。有学者指出："以城市文明为参照的西部乡土现代转换，在促进西部发展的同时，不仅加大了城乡不平等关系，而且造成以信仰缺失、人性堕落、道德失范、价值迷失为内蕴的精神危机，巨大的代价，导致对其内在合理性的怀疑，它也就不再被理解为西部乡土现代转化的当然目标。"② 这种现代化的负面效应成为西海固作家难以摆脱的精神负累。艾恺深刻地指出："现代化及其同时存在的反现代化批判，将以这个二重性的模式永远地持续到将来。"③

正如前面所论述到的那样，全球化消解本土文化，但也能为本土文化的重构带来契机。其中之一便是家园感丧失的焦虑和重构的冲动。怀旧与乡愁便是应对全球化，重构本土文化的重要主题。在费瑟斯通看来，"乡愁乃是对一种无家可归感的反应，怀旧则是对传统失落的忆念，本真性的诱惑是因为当下生活变得越发短暂和趋向表层化"④。关于本土文化的重建，周宪指出："晚近各地出现的本土文化重建热就是一个明证，诸如传统风俗、节庆、民俗、老街、戏曲、旧作坊、居民、土话、叫卖吃喝、传统饮食等等，不妨视为这种重温家园感的表现。这种家园文化符号的重构，也广泛地反映在各类文学作品、媒体节目之中。对家园感的依恋也就是对某种失去东西的怀念，是对当下稀缺物的需求。""乡愁或怀旧作为一种集体历史记忆的重现，是对美好过去的追怀，在这种复杂的过去重建过程中，它满足了今天看似比较单纯的对往昔的忆念。恰如长者对自己童年时光的美好回忆一样，在怀旧的重建中，过去必然会依据现在的需要而被美化和理想化，它重现的总是今天人们所匮乏的

---

① [美]艾恺：《世界范围内的反现代化思潮——论文化守成主义》，贵州人民出版社1991年版，第231页。
② 李兴阳：《中国西部当代小说史论（1976—2005）》，安徽大学出版社2006年版，第185页。
③ [美]艾恺：《世界范围内的反现代化思潮——论文化守成主义》，贵州人民出版社1991年版，第235页。
④ 周宪主编：《文学与认同：跨学科的反思》，中华书局2008年版，第233页。

迫切所需之物，因此过去在乡愁中总是值得回忆和值得珍藏的。同时，'刻意的乡愁'也遮蔽甚至消解了过去岁月中的苦痛与阴郁。这就使得过去变得单纯化和令人神往了，对今天的人们具有独特的吸引力。"①而在这个重构的过程中，文学无疑担负着这样的使命。

细究西海固作家的创作，其本质上都是费瑟斯通所说的"刻意的乡愁"。石舒清、郭文斌、马金莲、火仲舫、了一容、火会亮、单永珍、杨凤军、李方、古原等西海固作家用自己的创作来表现消费时代的精神坚守，以乡土风情为题材，在贫瘠的土地上构建出丰饶的诗意，以此来实现对家园的物质性与精神性的重建。通过对本土文化的着意强调，来建构某种"想象的共同体"的功能。石舒清谈道："似乎回到这里才能觉得心安与踏实，再到任何地方都有一种被丢弃感和失踪感。"② 故乡对石舒清而言，是精神的归属之地，也是创作的源泉。《清水里的刀子》里的那种充满肃穆感的祭祀仪式，不仅凸显了仪式的功能，更将蕴含其中的本土的诸多文化符号彰显出来。郭文斌获得鲁迅文学奖的小说《吉祥如意》和《大年》《节日》《腊八》《清晨》等小说呈现出对乡土日常生活的眷恋，借助大量的传统的节日仪式来实现本土文化认同的建构。火仲舫的三卷本长篇小说《花旦》更是凸显西海固的民间民俗文化，如二月二龙抬头、端午节做道场、腊八节吃糊心饭，以及"挂红""燎干""捏面灯""耍社火""烙花馍馍"等。马金莲的一系列关于"扇子湾"的故事，火会亮的《民间表演》《挂匾》《唢呐声声》等小说通过对现代文明的批判来捍卫民间力量，凸显乡土文明的价值。费瑟斯通发现："家园感是通过集体记忆来加以维系的，它依赖于种种仪式的表演、躯体动作和纪念活动来加以维系。重要的一点是我们的过去感主要并不是依赖于书面文献，而是依赖于所展现的仪式表演以及仪式语言的形式。这就产生了种种纪念性的仪式，诸如婚礼、葬礼、圣诞节、信念，出现了在地方的，地区的和全国的仪式中参与性或介入性的观看。"③ 康纳顿则说：所

---

① 周宪主编：《文学与认同：跨学科的反思》，中华书局2008年版，第235页。
② 石舒清：《故乡就像我的另外一个心脏》，《青春》2007年第1期。
③ 转引自周宪主编《中国文学与文化的认同》，中华书局2008年版，第29页。

有的仪式都是重复性的,而重复性必然意味着延续过去。①

总之,西海固文学的产生是在全球化导致认同危机的前提下产生的,作为地域文化的表征形式,西海固作家用创作的实绩来应对全球化所带来的同质化与普遍化,通过对乡土家园的执着书写来实现对于地方性文化的肯定与强化,在守望故土的过程中不仅实现了对现代化发展合理性的质疑,也完成了对古老乡土文明的坚守,呈现出在全球化语境中本土文化应有的应对姿态。

三 作为新型知识概念的建构

强调"地域性特色"是"西海固文学"最为核心的文化表征。宁夏学者钟正平非常肯定地强调:"'西海固文学'是典型的'地域文学'而不是其他,离开了这片地域的水土和历史,就谈不上'西海固文学'。"②因此,"西海固文学"正是在"地域文学"这样的知识范畴内才获得存在价值和意义,也正是从地域文化的视角来观照"西海固文学"才能使其更为丰富,进而赢得一种学术的尊严。法国19世纪文学史家丹纳在他的《英国文学史》引言中,明确地把地理环境与种族、时代并列,认作决定文学的三大要素。文学史家严家炎指出:"地域对文学的影响是一种综合性的影响,决不仅止于地形、气候等自然条件,更包括历史形成的人文环境的种种因素,例如该地区特定的历史沿革、民族关系、人口迁徙、教育状况、风俗民情、语言乡音等,而且到后来,人文因素所起的作用也越大。确切地说,地域对文学的影响,实际上通过区域文化这个中间环节而起作用。即使自然条件,后来也是越发与本区域人文因素紧密联结,透过区域文化的中间环节才影响和制约文学的。"③

实际上,当"西海固文学"被提出后,不仅是要展示自己地域的

---

① [美]保罗·康纳顿:《社会如何记忆》,纳日碧力戈译,上海人民出版社2000年版,第50页。
② 钟正平:《西海固文学及其释义》,《固原师专学报》2000年第1期。
③ 严家炎主编:《二十世纪中国文学与区域文化丛书·总序》,湖南教育出版社1995年版。

"独特性",而且要表达自己所领悟和思考着的一种由特定地域和"特定历史条件"所决定的价值追求。而这种价值追求正被当作一种建构中的"新型的知识观念",一种"地方知识"。

"所谓的地方知识,不是指任何特定的、具有地方特征的知识,而是一种新型的知识观念。而且地方性或者说局域性也不仅是在特定的地域意义上说的,它还涉及在知识的生成与辩护中所形成的特定的情境,包括由特定的历史条件所形成的文化与亚文化群体的价值观,由特定的利益关系所决定的立场、视域等。"它要求"我们对知识的考察与其关注普遍的准则,不如着眼于如何形成知识的具体的情境条件。"① 因此,考察"西海固文学"这一概念,就要着眼于这一概念形成的具体的情境条件。

作为一种地域文学,"西海固文学"以书面语言文本为主,以地域文化为对象,受到意识形态、行政规划的约束和调控。从文化意义上讲,"西海固文学"作为地方政府努力打造的一张文化名片,是政府的需要与地方性表达趋于一致的文化现象。因此,政府在"西海固文学"这一概念的建构中起到了非常重要的作用。

1998年4月30日,由固原市宣传部、固原地区文联组织召开了"西海固文学"研讨会。固原市宣传部部长李克强做了重要的讲话。根据倪万军的表述:"李克强做了重要的讲话,他在讲话中提出三个方面的问题:1. 地方特色、时代特征,是西海固文学的两块基石。2. 立足本地、面向全国,进一步提高西海固文学的知名度。3. 着眼未来,培养新人,是西海固文学的希望之所在。""李克强部长在讲话中还指出要以这次研讨会为契机,把固原地区的文学创作与繁荣推向一个更高的境界。"② 紧接着,在编著《西海固文学丛书》时,作为当时的宁夏回族自治区宣传部部长的王正伟在序言中写道:"目前,在西海固经常能有作品公开发表的作者已有百人之多,他们浩浩荡荡的行进态势,形成了一支阵容整齐、蔚为壮观的'西海固作家群',呈现出极具地域特色的'西海固文学'现

---

① 盛晓明:《地方性知识的构造》,《哲学研究》2000年第12期。
② 倪万军:《关于"西海固文学"的命名》,《六盘山》2011年第3期。

象，成为宁夏文坛的一支生力军。"① 在后记中，宁夏固原市宣传部部长李克强写道："西海固文学和西海固作家群现象已经引起了文学界、评论界和社会各界的广泛关注。中共固原地委书记余今晓在许多重要场合提到了'西海固文学'繁荣和'西海固作家群'崛起的现象，并把这种现象列举在最能反映六盘山区人的精神风貌、道德修养和文化品位诸多文化现象的首位。"② 所以，"西海固文学""西海固作家群"不仅得到官方的认可，并且在发展过程中不断得到官方的扶持。

作为一种地域文学，"西海固文学"在学者们的阐释与评论中得以建构。阐释学大师加达默尔说过："真正的历史对象根本就不是对象，而是自己和他者的统一体，或一种关系，在这种关系中同时存在着历史的实在以及历史理解的实在。一种名副其实的诠释学必须在理解本身中显示历史的实在性。因此，我就把所需要的这样一种东西称之为'效果历史'。理解按其本性乃是一种效果历史事件。"③ 按照加达默尔的说法，艺术作品应该存在于交互理解的历史过程之中。就如同《哈姆雷特》存在于《哈姆雷特》的理解史之中，任何个人对它的理解都是对这一历史的介入，受此历史的影响并汇入这一历史。④

因此，按照阐释学的理解，"西海固文学"也是一种效果历史事件，"西海固文学"同样存在于"西海固文学"的理解史之中，评论家们对"西海固文学"的理解都是对这一历史的介入，都在影响着"西海固文学"的建构过程。

在"西海固文学"的评论史上，钟正平教授是致力于"西海固文学"研究最勤奋的学者之一。他参与了"西海固文学"从有到无的全部过程，对于"西海固文学"的概念、主题、题材、西海固重要作家作品等都有着学理性的分析与研究。这些研究集中在他的论文《"西海固文学"断想》《"西海固文学"及其释义》《世纪回眸"西海固"》《"西海固文学"

---

① 王正伟：《西海固文学丛书·序》，宁夏人民出版社1999年版，第3页。
② 李克强：《西海固文学丛书·后记》，宁夏人民出版社1999年版，小说卷第467—468页。
③ ［德］加达默尔：《真理与方法》（上卷），洪汉鼎译，上海译文出版社1992年版，第384—385页。
④ 朱立元主编：《当代西方文艺理论》，华东师范大学出版社2003年版，第281页。

发展述略》《世纪末的"分娩"与"阵痛"——西海固文学现状分析》《生存苦难与精神狂欢——论西海固小说的题材与主题》《依然是黄土大地的声音——评西海固文学作品集〈生命的重音〉》等中[①]。同时对西海固的重要作家如石舒清、郭文斌、马金莲等都有过深入的阐释,也从个案的研究来辅证"西海固文学"所呈现的特征。所以有学者指出:"从西海固文学与钟正平关系来看,没有钟正平的引领、促进、激发、阐释、以及富有学理的界定与提升,我敢于肯定地说,知道并熟知西海固作家的人要比现在少得多,影响也远要少得多。"[②]

另外,苏文宝的《西海固文学的生命意识叙事:苦难、宁静与朝圣》[③] 一文侧重考察"西海固文学"中的生命意识。马海峰在《地域文学研究的人类学思考——以西海固文学为例》[④] 中采取文学人类学的视角来研究"西海固文学",深化了文学与地域的关系。李华、马海国的《从西海固文学透视其民俗文化》[⑤] 主要阐述西海固民俗文化对"西海固文学"创作产生的重要影响。汪琳、王达敏的《论"西海固"小说的代际写作》[⑥] 则探讨"西海固文学"中的另类传统与对抗现代性危机的可能。还有的论文考察"西海固文学"的方言土语,"西海固作家"的生长环境。高校研究生的毕业论文也开始涉及"西海固文学"的创作情况。比如兰州大学祁生婷的硕士学位论文《西海固小说的生态意识研究》,中央民族大学马金龙的硕士学位论文《西海固回族作家小说研究》。"西海固文学"的概念、主题、题材以及所呈现的艺术特征和追求的创作理念都是在文学批评的积极阐释中得出的。

总之,"西海固文学"作为一种地域文化的表征,必须用一种反思性

---

① 以上论文见钟正平《文学的触须》,阳光出版社2012年版。
② 张进海:《西海固文学的引领者》,见钟正平《文学的触须》,阳光出版社2012年版,第10页。
③ 苏文宝:《西海固文学的生命意识叙事:苦难、宁静与朝圣》,《时代文学(下)》2009年第9期。
④ 马海峰:《地域文学研究的人类学思考——以西海固文学为例》,《郧阳师范高等专科学校学报》2008年第2期。
⑤ 李华、马海国:《从西海固文学透视其民俗文化》,《宁夏社会科学》2014年第4期。
⑥ 汪琳、王达敏:《论"西海固"小说的代际写作》,《民族文学研究》2018年第2期。

的认知去爬梳这一概念作为知识所产生的情景条件,一方面受政治意识形态的影响,"西海固文学"在官方话语中呈现出一个整体性的发展面貌,并具有了宣传的合法性。另一方面文学评论赋予了"西海固文学"具体的内涵。正是在这两个方面的积极努力下,"西海固文学"作为一种地方知识才得以建构起来。

四 苦难与诗意：被规训的文学表述

我们爬梳"西海固文学"二十多年来的创作历程,其所表达的主题是"苦难"与"诗意"的双重变奏。"苦难"与"诗意"成为"西海固文学"创作的标签,同时,也暴露出创作的模式化问题。

"苦难"揭示的是一种生存的困境,是对地域生存环境的真实反映,"西海固"作为被联合国教科文组织认定的不适合人类居住的地区,其生存自然环境的恶劣可想而知。可就是在这片贫瘠的土地上,西海固的作家们却在执着地通过文字书写进行着丰富的精神生产,尤其是在面对全球化所带来的文化冲突,人往往会选择自己所熟悉的文化氛围生活、依托,西海固的作家们亦是如此,他们创作的取材大多来源于这片生养他们的土地。所以,"西海固文学"中对生存苦难的书写实际上是一种集体记忆,一种文化冲突下的天然选择,一种现实主义的创作精神。但问题是,这种"苦难"式的书写成为西海固作家创作的集体无意识,成为一种标签化的写作模式。"落后和不发达不仅仅是一堆能勾勒出社会经济图画的统计指数,也是一种心理状态。"[①] 他们无法忽视苦难的"在场",也无法拒绝在书写中极力地表现对苦难的理解,由此形成了西海固作家的苦难意识,但是这也导致了"西海固文学"创作极易走向近亲繁殖,消费着共同的艺术经验,致使"苦难"式的书写成为"西海固文学"自觉化的文学表达。

西海固作家在这片贫瘠的土地上努力挖掘出丰饶的诗意,在叙事的

---

① [美]英格尔斯:《人的现代化》,殷陆君译,四川人民出版社1985年版,第3页。

策略上,"西海固文学"往往追求两种不同的艺术风貌,在写实的层面,真实再现西海固人民生存的艰辛与苦难,而在写意的层面,西海固作家所勾勒的乡土世界又具有田园牧歌似的诗意氛围。李建军在解读郭文斌的作品时,郭文斌的苦难诗意化叙事,"不是把苦难置换成恨世者的冷漠和敌意,而是将它升华为一种充满暖意的人生感受。如果说面对这样的生活场景,路遥的小说着力强化的,是陷入考验情境的人们身上坚强和牺牲精神,那么,郭文斌更感兴趣的,似乎是人物在困难的境遇里仍然会有的欢乐和幸福感"[①]。这种苦难诗意化的叙事被许多评论家热捧,甚至将其视为西部小说的独特贡献。这显然忽视了当下社会发展的语境,在现代化急速发展的今天,用记忆中的乡土得来的诗意拯救当下不安的灵魂,在目前消费主义的语境下已变得遥不可及。因为记忆早已不再是评判现实的标尺。只有祖祖辈辈生活在那里的人才有真实的感受:连生存都是问题的贫瘠乡土,怎么能诞生那么多的诗意呢?从传统文化中延伸出来的安详、诗意、静美等元素成为作家与批评家共同追逐的价值取向,某种意义上也迎合了主流意识形态。

因此,苦难与诗意成为"西海固文学"创作呈现的主要特征,然而,这两个特征却包含一种被规训的意味。究其原因,在于这两个特征太过于鲜明,以至于成为"西海固文学"符号化的表征形式。"规训"一词语出法国思想家米歇尔·福柯著作《规训与惩罚》,在福柯的阐释中,"规训"用来指称一种特殊的权力形式:即规训既是权力干预肉体的训练和监视手段,又是不断制造知识的手段,它本身还是"权力—知识"相结合的产物。以此来说明,人们的身体、行为和主体也都是权力作用与塑造的结果。[②] 从这个意义上,我们用苦难与诗意来阐述"西海固文学"时,其实也是在简化了"西海固文学"的丰富性内涵和西海固作家的创作个性。然而,作为主体的"西海固文学"就是在作家的创作与评论家的阐释中被重新塑造为只有苦难与诗意了,这也是地域

[①] 李建军:《混沌的理念与澄明的心境——论郭文斌的短篇小说》,《文艺争鸣》2008年第2期。

[②] 南帆等:《文学理论》,北京大学出版社2010年版,第178页。

文学所要警惕的一面。

五　现代性的反思

"西海固文学"在早期的前现代的文化语境中，充满激情与活力，涌现出不少值得瞩目的优秀作家和优秀作品，可是随着时间的推移，尤其是进入21世纪以来，伴随着现代化蓝图的迅速展开，"西海固文学"的坚守显得有些不合时宜了，其负面影响越来越大。关于地域文学的负面影响，学者南帆就提醒到："强大的地域影响有可能对文学的个性和创造力构成限制与压抑，作家因而成为长不大的地域之子或地域性的囚徒，被地域性所奴役。"他同时也指出："杰出的作家在接受地域文化精华的同时，也有能力与地域的控制力量相抗衡，并且超越地域性所产生的种种限制。"[1] 但是从创作的实践来看，"西海固文学"过分偏爱文化本土化，甚至从题材的单一化（乡土）中可以看到西海固作家还未形成自觉的地域超越意识，"保卫地方"，强化"地方性"不仅是意识形态的需要，同时也是西海固作家自我的文化表征。这样带来的后果便是文学创作的同质化现象严重，地域内部呈现同一性的景观，从而忽略了这一概念的开放、辩证和弹性，使这个概念变得僵硬和凝固。

因此，对于"西海固文学"的考察必须放置于现代性的反思框架内加以审视。作为被打造的地方文化名片，"西海固文学"被赋予了抵抗全球化和普遍主义的意义，而少有对这一概念的时效性进行深刻反思的。西海固土生土长的本土评论家赵炳鑫先生是为数不多的一位。他在《西海固文学何以可能》[2] 一文中就对"西海固文学"做了深刻的反思。该文首先指出"西海固文学"需要警惕的两个方面，也就是我前文所说的"苦难"与"诗意"。对于"苦难"，赵炳鑫认为，"苦难"书写的批判性吁求如果不能触及意识形态层面，那么"苦难"叙事就容易遮蔽乡村底层的真相。而"诗意"化叙写刻意逃避了乡村世界破败和凋敝的现实，

---

[1] 南帆等：《文学理论》，北京大学出版社2010年版，第179页。
[2] 赵炳鑫：《西海固文学何以可能》，《宁夏日报》2017年7月18日第7版。

文化的启蒙性被偷梁换柱为民俗文化模型,进而将读者引入另一种魅惑,麻痹人们对当下现实的判断。赵炳鑫是站在文化现代性的视野中去考察"西海固文学",他秉持现代启蒙精神,以社会学和现代哲学作为理论武器,去指斥"西海固文学"中那些脱离社会现实的伪饰化创作,批判在现代社会转型面前呈现的那种无知的姿态。赵文最后也为"西海固文学"的发展开出了药方,这个药方是充满现代意味的,能否诊治好"西海固文学"的创作痼疾,仍是比较悲观的。因为,"西海固文学"创作者们依然沉浸在地方性的同质化的话语体系之中,排斥着外来文化的影响。这导致赵文所说的现代理念很难沉潜到西海固作家的意识深处,成为一种文化的自觉。

第三节 《清水里的刀子》:少数民族文学批评的审视与反思

作家石舒清的短篇小说《清水里的刀子》发表在1998年第5期的《人民文学》上,这篇小说与陈继明的短篇小说代表作《寂静与芬芳》一起被著名文学评论家李敬泽作为小说"新人"在《人民文学》上予以推荐,或许当时李敬泽自己也没有想到,时隔三年后,被他推荐的这篇小说获得了第二届鲁迅文学奖。出于对本土作家的激励与培养,1999年宁夏的文学刊物《朔方》的第1期对《清水里的刀子》进行了转载,并增加了宁夏大学郎伟教授的评论——《简洁当中的丰富——读石舒清的小说〈清水里的刀子〉》,这是第一篇关于《清水里的刀子》的评论文章。2001年,《清水里的刀子》斩获第二届鲁迅文学奖,还是郎伟教授以《石舒清的意义》[①]为题,试图通过这篇小说的获奖来提炼文学创作的经验和陈述获奖的启示意义。小说从发表到获奖,评论界还是比较安静的,即便是出现在《人民文学》这样的文学大刊上,依然未引起评论家们的注意。这与这篇小说后来受到的殊荣形成了强烈的对比。之所以如此,

---

① 郎伟:《石舒清的意义》,《朔方》2001年第11期。

与石舒清远离文化与权力的中心有关。① 真正引起评论界重视的是2003年评论《清水里的刀子》的13篇文章，由山西出版传媒集团主办的刊物《名作欣赏》就刊载了10篇。② 自此以后，几乎每年我们都会看到有研究《清水里的刀子》的论文问世，《清水里的刀子》也逐渐进入文学史家的视野。丁帆主编的《中国西部现代文学史》、李鸿然的《中国当代少数民族文学史论》、李兴阳的《中国西部当代小说史论》等学术著作都把《清水里的刀子》视为当代民族与地域的代表性作品来进行详细阐释与论证。笔者希望通过对《清水里的刀子》批评历史现状的梳理，发现其中所蕴含的问题。这篇小说的声名鹊起源自获得"鲁迅文学奖"，这说明当前评论界衡量一部作品价值高低还是以是否获奖作为主要参考，此其一。其二，据笔者统计，《清水里的刀子》是进入21世纪以来宁夏小说之中被评论比较多的小说之一③，一篇不到7000字的短篇小说，能否经得起这样的轮番阐释？其三，在众多对《清水里的刀子》鉴赏评论的文章中，虽论述角度各异，但"终极关怀"是论者不约而同的价值中心。

鉴于此，笔者通过对小说批评的反思，结合以上所涉及的问题，具体联系到小说所蕴含的民族文化背景，来探究《清水里的刀子》的批评所呈现的症结以及当代回族文学批评的定位问题。

一 意义的"超载"：文本的过度阐释

尽管接受美学和阐释学在文本分析上都强调"仁者见仁，智者见智"

---

① 关于这一点，李敬泽在当时的推荐语中已经谈及，"其实他们也并不'新'了，他们已经写了很多，写得不错。但远在宁夏，远离文化的市场和权力，他们都写得寂寞"。见1998年第5期的《人民文学》第100页。尽管2001年石舒清已经获得鲁迅文学奖，然而这个名字在文学研究刊物的主编那里仍然显得比较陌生。据评论家牛学智口述，2003年向某文学理论刊物投了一篇石舒清研究的论文，结果被以作家名气低而拒绝。

② 一是因为2002年第10期的《名作欣赏》转载了《清水里的刀子》。二是因为《名作欣赏》分别在2003年的第1期和第3期开设了"鲁迅文学奖"中的短篇小说评论专栏。

③ 据中国知网统计，仅是评论单篇《清水里的刀子》的文章就有近30篇。这还不包括论著和有关总论对这篇小说的评论。

的多元化鉴赏，给予文本多重的阐释空间。但文学批评也应考虑到文本考证与文化观念要有机地结合起来介入批评的实践当中。因此，对于《清水里的刀子》这样的少数民族文学文本，在批评的过程中还要考虑到自身的民族性元素。如果不考虑民族性这一特有的文化背景，往往会使文本的批评陷入"空泛化"的窠臼，不可避免地产生对少数民族文学文本的误读，从而消解了文本的意义和价值。

正如前面所论述，综观《清水里的刀子》的评论文章虽角度有所差别，但都不约而同地使用了"终极关怀"这样的"大词"。[①] 细读小说后可知，小说确实涉及对生死观的理解，老汉马子善面对一头为老婆"举念"待死的牛，想到了自己的待死。实际上老汉面对牛的过程是自己走向纵深的内心过程。小说作者石舒清是一名少数民族作家，于是诸多外地论者将小说生死观的解读与作者的民族意识相联系，认为作者将"终极关怀"推向了一个彼岸世界。例如"朝圣""抵达天堂""宗教仪式下的人性与神性""生命的思考与终极关怀""哲学蕴藉"等命名蜂拥出现，一时间一篇短篇小说承载了众多的意义，出现了"超载"的现象。这或许连作家本人也没有预想到，对于一个少数民族作家而言，民族情感已深深浸入本族民众日常的世俗生活中，内化为一种道德准则，不断地去矫正并制衡世俗生活中那种可能使心灵失去光泽的过于恶俗化的倾向。言外之意，石舒清在《清水里的刀子》里表现的是本民族民间传统文化精神，而绝非要将这种精神推向评论家们所言说的"终极"。对于"终极"之说，作为创作主体的石舒清首先不予认可。石舒清自己就强调过："我不想用'终极意义'一类大词，也不愿意用'拷问'一类说法逼迫自己，使自己难堪。"[②] 从作者的强调中，我们可推知，石舒清创作这篇小说的初衷绝非要将小说打造成一篇带有浓厚宗教气息的小说。如果这篇小说完全是在宗教理念的驱动下创作完成的，那么这

---

① 比如杨剑龙《生命的思考与终极的关怀》，《名作欣赏》2003年第1期；杨文笔《乡土品质　文化蕴藉》，《民族文学研究》2007年第3期。这两篇文章都直接使用了"终极关怀"一词，而像"终极追问""终极体验"这一类词也都存在2003年的评论文章里。

② 《对话：文学的"底片"究竟在哪里？》，牛学智：《世纪之交的文学思考》，作家出版社2008年版，第165页。

篇小说肯定会因为"理念先行"而丧失其在文学艺术上的价值。《清水里的刀子》之所以获得"鲁迅文学奖",被专家评委们认可,绝不仅仅是因为小说所蕴含的宗教因素。如果仅仅是宗教因素,那么小说的深刻主题意蕴就如同米兰·昆德拉在《小说的艺术》中所说的被"简化"了。菲利普·巴格比说过:"宗教只是文化的一个方面,不能以此作为整体的名称。"① 小说之所以被认可,更多是因为小说背后所隐含的文化因素。"复命归真"的文化心理才是小说的价值所在,可以说,"终极关怀"只是小说的果,而小说的因则是民族文化的心理。因果颠倒,导致批评出现了这样的误读,让文本不能承受意义之重。

二 民族身份与民族文化认知的错位

笔者阅读有关《清水里的刀子》的评论,发现外地论者对待这篇小说的态度是一种"糊涂的农夫"的心态②。"将麦子和豆子不加区分地装在一个袋子里,他们对少数民族文学与主流/汉族文学不加辨析。"③ 这种不加辨析凸显在两个方面。

一是论者不考虑作家本人的民族身份。尽管有些少数民族作家极其厌恶给其贴上"少数民族作家"的标签,但对于石舒清而言,民族身份的认识是打开他文学创作大门的一把绝好的钥匙。熟悉石舒清创作的人都知道,石舒清是一位典型的"地之子",虽然他现在身居城市,但是他如果要进行创作,就必须回到海原老家的老房子里。故土是他创作取之不尽的艺术宝库。因此,他创作的文学作品带有浓厚的民族地域特色。在他的小说中,常常伴有民族的礼仪、婚丧嫁娶、生活习惯等生活场景,表现出民族文化独有的审美风格和生命体验。而有论者由于对少数民族文化本身缺乏相应的了解,致使有些判断有失公允。比如有论者认为:

---

① [美]菲利普·巴格比:《文化:历史的投影》,夏克、李天纲、陈江岚译,上海人民出版社1987年版,第208页。
② 刘大先:《当代少数民族文学批评:反思与重建》,《文艺理论研究》2005年第2期。
③ 刘大先:《当代少数民族文学批评:反思与重建》,《文艺理论研究》2005年第2期。

"作品中作者所极力渲染的,是一种融合了道家和佛家的宗教境界,空明是佛家的最高境界,它教人要达到无我无相的境界;而虚静则是道家的要义,它教人追求无为。"① 论者为了论述的需要,不顾事实真相,非要说石舒清渲染的是道家和佛家的宗教境界,这显然与石舒清的真实意愿是相悖的。

二是论者对石舒清死亡书写的过度阐释。理解这篇小说,需要对小说中写到的少数民族一个重要的民俗仪式——丧葬进行了解。小说中写到的少数民族的葬礼,包含以下几个程序:停尸,善面,备殓,净身,殡礼,下葬,纪念亡人。小说中所说的举念就是纪念亡人这一环节。其中有两个时间节点很重要,一是"头七",这一天丧主家宰羊、宰鸡、炸油香,请阿訇等有威望的回族老人来家里念经吃油香。丧主家为了搭救亡人,求真主开天堂之门。回族认为在四十天之内,亡人的灵魂还在。另一个时间点就是四十日。到了第四十天,认为亡人的灵魂要离开家了,这时候需要大干"尔埋力"(纪念亡人)。早上先请阿訇走坟,完了请阿訇以及亲戚朋友和乡亲们来家里吃油香。② 小说讲的就是四十日对亡人的举念。马子善的儿子耶尔古拜准备在母亲四十祀日时杀掉老黄牛,而老黄牛"这样的大牲,看到清水里的刀子后,就不再吃喝,为的是让自己有一个清洁的内里,然后清清洁洁地归去"。马子善老人看到老黄牛这样的举动后得到了一种启悟:自己是否也能像老牛一样带着一个清洁的内里走向自己的"长眠之地"。老人面对死亡没有他人那般的恐惧,能够在现实和死亡的无奈中超脱,是因为"复命归真"的观念深深地沉潜在本民族的心理深处,成为一种世代相传的集体无意识,也造就了独有的死亡观。

了解到小说中的少数民族这些独有的民族文化观念以后,再审读这样一个文本,就会明白小说为什么这样去描摹书写死亡以及死亡所意味的内涵。有了这样的认识之后,我们再看外地论者的阐释,就会发现由

---

① 梁造禄:《壮美,来源于生命消亡之中》,《名作欣赏》2003年第3期。
② 以上关于回族葬礼的习俗,详见王正伟《回族民俗学概论》,宁夏人民出版社1996年版,第153—159页。

于文化观念的隔膜导致对文本中死亡的误读也就在所难免。"石舒清通过兽类的生命灵性来张扬人的生命神性,也正是在张扬着我们这个民族乃至人类生命所必需的悲剧精神。""不仅站在时间的门槛上重新审视个体生命的死亡与诞生,而且还以更为阔大的空间视野来关注与探寻整个中华民族的精神信仰问题。"① 论者通过小说的生死问题衍生的悲剧精神和中华民族的精神信仰问题这样的大概念,确实有夸大其词之嫌。但这样的隔膜势必造成评论的失语,比如文学史家认为:"马子善老人从牛的举止中得到启迪,心情趋于宁静。这种在汉族人、现代都市人罕见的内心令都市读者怦然心动。事实上,石舒清的用心和期望也正在这里。"② 石舒清的用心和期望真的如论者所说的是在"这里"吗?显然不是,石舒清在用这样的一个细节形象地演绎着回族独有的精神理念,这是石舒清意识深处的生命体验,所以,他的用心和期望是民族习性使然。

在艺术这个层面,同样因为文化的隔膜,产生了艺术分析的误读。有论者对"清水里的刀子"这一意象的隐喻意义进行了阐释,论者认为"清水和刀子分别喻指生存与死亡,这即意味着生、死这两种截然对立的生命状态已被纳入同一个生命结构之中和谐共存,成为不可分割的一体。"将"清水"喻指为生存,显然与该民族文化观念中对"水"的理解是相悖的。"水"对于该民族而言是非常重要的,在该民族的文化观念中,"水"是最洁净的物质,物质的水被喻指为"洁净",而不是论者所指的"生存"。

从上面对《清水里的刀子》的评论可以看出,尽管域外论者都将小说视为一篇精神性的文本,但是由于论者缺乏"文化持有者的内部眼光",对少数民族文化的隔膜,导致批评话语与文本错位。这种错位不仅体现在主题的理解上,甚至在艺术分析上都出现诸多不当。之所以出现这样的批评失语,正如学者李晓峰所指出的那样:"对民族文化特别是批评对象的文化背景和文化传统缺乏深入的研究和了解,难以对民族文学

---

① 何希凡:《宗教仪式下的人性与神性》,《名作欣赏》2003年第1期。
② 丁帆主编:《中国西部现代文学史》,人民文学出版社2004年版,第316页。

的个例进入深入的文化分析和准确的艺术定位。"[①]《清水里的刀子》是一部充满少数民族民间传统文化精神的作品，域外论者只是停留在对小说的民俗和叙述表象的关注上，从小说文本中探析到小说表现出独有的回族文化，但是并未深入本民族文化的深层系统中去探究，为什么这样去表现？很明显，研究者对"复命归真""两世吉庆"等本民族深层的文化观念是比较陌生的，由此导致批评话语总是疏离于对少数民族文化的表现，研究者所使用的批评话语依然没有从汉文学的批评话语中独立出来，对少数民族文化的特殊性没有形成清晰的认知。

三 少数民族文学批评的现代指向

可以说，石舒清的《清水里的刀子》已成为少数民族文学甚至当代文学的经典作品。从对这篇小说的诸多批评来看，少数民族文学批评还存在许多值得探究的问题。比如学者姚新勇在论述少数民族文学批评时，认为当代民族文学批评呈现出一种萎靡不振的状况。[②] 学者李长中认为当代少数民族文学批评存在"病象、症结与原创性的焦虑"。[③] 可以说，这些学者对少数民族文学批评的论断是十分恰当准确的。但是这里需要着重指出的是，少数民族文学之间存在共性，也存在一定的差异性。而且正是这种差异性塑造了民族文学的独特性。所以解读少数民族文学首先就要离析出少数民族文学独有的特质。这就要求少数民族文学批评不能停留在对少数民族民风民俗的浅层分析上，而是要立足民族精神的深度阐释。在这一整体性认识的框架下，结合《清水里的刀子》的批评所存在的问题，要做好少数民族文学批评，需要在以下两个方面有所作为。

[①] 李晓峰：《中国当代少数民族文学创作与批评现状的思考》，《民族文学研究》2003 年第 1 期。

[②] 姚新勇：《萎靡的当代民族文学批评》，《西南民族大学学报》（人文社会科学版）2004 年第 8 期。

[③] 李长中：《当代少数民族文学批评：病象、症结与原创性焦虑》，《西南民族大学学报》（人文社会科学版）2014 年第 8 期。

(一) 要谙熟少数民族文化的知识背景

少数民族文学与少数民族文化有着千丝万缕的联系，少数民族文学是少数民族作家反映现实生活的重要载体，这其中体现着少数民族的精神世界，也透露着民族的集体无意识。作为创作主体的少数民族作家们在他们创作的文学作品中，常常伴有一些本民族的民风民俗等现象，这些民风民俗表现出民族文化独特的审美风格和迥异于其他民族的心理内涵。所以，少数民族文学作品是少数民族文化的重要组成部分，《清水里的刀子》评论的失语正是源于论者与该少数民族文化和宗教知识的隔膜，尤其是对该民族的生活习俗以及宗教理念的陌生导致论断的偏颇。

(二) 少数民族文学批评要有批判性的眼光和自觉的理论意识

在许多文学批评的现场，少数民族学者对本民族文学因为有着强烈的民族认同感，致使审视本民族文学时缺乏现代意识的引领，对于本民族文学中所展现的生存状态以及本民族传统价值体系更多的是欣赏甚至是膜拜，从长远来看，这样的批评不利于本民族文学的发展。少数民族文学批评要有一种批判性的眼光来审视本民族文学存在的缺陷。在现代性的理论框架下，少数民族文学批评存在理解错位的问题。正如学者李长中所言："他们的现代性焦虑在很大程度上并非身份的问题，而是发展和经济的问题。"[①] 少数民族文学批评不能一味地强化民族族属的身份认同问题，而忽略了少数民族文学所表现的对社会现实的积极观照。因此，少数民族文学批评要强化批评的现实精神。同时，少数民族文学批评还要警惕文学创作的模式化以及"近亲繁殖"的创作倾向，自《清水里的刀子》关于"死亡"的描写大获成功之后，越来越多的本民族作家纷纷效仿，以致呈现出"戏份儿不够，无常（死亡）来凑"的局面。对此，少数民族文学批评要保持清醒的批判意识。

作为地方知识的生产和建构方式，少数民族文学批评需要有自觉的理论意识。爬梳少数民族文学批评不难发现，少数民族文学在研究方法上还比较传统，仍然在审美心理、艺术风格、文化人类学、民族学、宗

---

① 李长中：《当代少数民族文学批评："元问题"、知识谱系与其身份归属》，《宁夏社会科学》2015年第5期。

教学等方面进行开掘,这种传统的方法虽立足于对本民族特色的论析,却极容易形成话语的自我循环,因而无法推进到时代的腹地。易中天谈及文学批评时曾指出,文学批评需具备四个要素,其中第三个要素便是"时代精神"。[①] 没有时代精神,没有现代理论的注入,少数民族文学批评很容易成为鼓吹地域或民族文学的号角。在理论的选择上,少数民族文学批评对于西方最新的现代性理论很少采用,这样便造成研究视角的狭窄,使得对少数民族文学的阐释总是集中在民族风俗上,而忽略了与当下现实之间的紧密关系。美国社会学家罗兰·罗伯森的《全球化——社会理论和全球文化》一书中为我们的研究提供了一个崭新的视角,罗伯森在第十一章《从全球视角看"寻求原教旨"》中提出"全球视角"[②],要用全球化的眼光来审视社会科学,同时要移入社会学的视角。这个观点无疑对当下少数民族文学研究有着方法论的启示意义。正如笔者之前指出:"全球视角就是要用现代性的知识观念来整合少数民族文学,以求得普遍主义的认同。社会学视角移入,会让少数民族文学研究的当代经验易于被接受,既能凸显少数民族文化的独有属性,又能提升为人类共有的生命体验。就如同李进祥的那篇《换水》既表现出了社会阶层断裂给人物命运造成的伤害,又能保有本民族特有的民族精神。换句话说,民族共同体的想象要通过社会学视角的介入而形成批评的价值共同体。"[③]

[①] 易中天:《论文学批评的力量》,《湖北大学学报》(哲学社会科学版)2016年第6期。
[②] [美]罗兰·罗伯森:《全球化——社会理论和全球文化》,梁广严译,上海人民出版社2000年版,第273页。
[③] 许峰:《民族性表达的焦虑与研究导向的问题》,《朔方·文艺评论专号》2014年第S1期。

第五章　宁夏作家的批评研究

宁夏文学批评不仅指向重要的文学现象，更多的时候还是针对宁夏作家创作的批评。新时期，宁夏自张贤亮之后涌现出了许多在全国有影响力的作家和作品，20世纪80年代有"两张一戈"之说，进入21世纪之后，则是全面开花，不仅有"三棵树"（陈继明、石舒清、金瓯），"新三棵树"（季栋梁、漠月、张学东），还出现郭文斌、李进祥、马金莲等一批实力作家，由于出色的创作才华被认可，宁夏许多作家还进入了西部文学史的研究序列。从宁夏作家的被关注度来讲，张贤亮是首屈一指，40年来对张贤亮的研究一直在持续，而且不断有新的发现与成果。新世纪之后，"宁夏青年作家群"活跃在中国当代文坛，"三棵树""新三棵树"是其中的佼佼者，他们扎根脚下的热土，内涵理想主义的光辉与色彩，坚持现实主义的创作方法与创作精神，写出了生活的壮丽与色彩。本章对张贤亮与"三棵树""新三棵树"的评论进行研究，梳理总结出宁夏文学批评在作家批评层面呈现的特质和理论诉求，并对批评过程中产生的相关经验与不足做一定的评述。

第一节　张贤亮小说批评研究

"宁夏出了个张贤亮"（阎纲语），自新时期以来，张贤亮一直是宁夏文学的旗帜，也是中国当代文坛引起争议较多的作家之一。张贤亮有"中国的米兰·昆德拉"之称，是一位值得不断重读和研究的重要作家。

1957年，张贤亮因发表诗歌《大风歌》被划为"右派分子"，押送农场"劳动改造"长达22年之久。1979年，张贤亮开始复出文坛，陆续创作了《灵与肉》《肖尔布拉克》《绿化树》《龙种》《河的子孙》《男人的一半是女人》《习惯死亡》《我的菩提树》，等一系列小说，在文坛引起不小的轰动。其中《灵与肉》《肖尔布拉克》分获1980年、1983年的全国优秀短篇小说奖，《绿化树》获1985年的全国优秀中篇小说奖。

目前，学术界在评价张贤亮的小说时似乎形成了一个误区，把一种既定的先入为主的批评话语植入张贤亮的作品中，普遍认为，张贤亮的创作是时代性的产物，受困于劳改题材的限制，题材较为单一，一旦离开这一题材，张贤亮作品的艺术水准就大打折扣。实际上，这些都是在脱离文本与时代语境下不负责任的评价。今天我们重读张贤亮的作品，仍为作品中所揭示的文化政治语境下人的存在主题的深刻性（饥饿心理学与性心理学）以及在人物、环境、民俗文化、语言等方面所表现的艺术造诣而叹服，迄今为止，张贤亮的文学成就以及达到的高度依然是他之后的宁夏作家所无法超越的，甚至放在中国当代文坛，张贤亮依然是独特的无法回避的作家存在。

新时期以来，张贤亮的文学成就显著，梳理张贤亮小说评论的相关研究成果，可谓丰富多彩，张贤亮研究也一直是当代文学研究的学术热点。有些研究者将张贤亮小说评论的历程分为四个时期，即初创期（1979—1983）、发展期（1984—1989）、繁荣期（1990—1999）和多元期（2000年至今）。还有研究者认为张贤亮小说研究大致分为三个时期，第一个时期是研究初期（1979—1983），第二个时期是研究争鸣期（1984—1988），第三个时期是多元化时期（1989年至今）。[①] 这样的分期各有其划分的意义，但笔者认为，这样对张贤亮研究的划分割裂了20世纪80年代张贤亮评论的整体性，而且关于张贤亮小说的争鸣自80年代初期就开始了，而非定格在1984年之后，1981年汤本等人就开始质疑小说《灵与肉》了。所以，张贤亮小说评论的研究时间划分其实很难有明确的标准

---

① 马英：《八十年代以来张贤亮小说研究述评》，《湖北经济学院学报》（人文社会科学版）2006年第8期。

和时间界限，本书暂且采用三个阶段的划分思路。

一 80年代张贤亮小说评论概况

1979年，作为经历20多年劳改生涯的"归来者"，张贤亮发表了自己的第一篇小说《四封信》，尽管这篇小说略显粗糙，但毕竟预示着那个写《大风歌》的诗人又回到了读者的视线中。随后，张贤亮一发不可收拾，《霜重色愈浓》（1979）、《吉普赛人》（1979）、《邢老汉和狗的故事》（1979）、《灵与肉》（1980）、《土牢情话》（1980）、《肖尔布拉克》（1983）、《河的子孙》（1983）、《绿化树》（1984）、《男人的一半是女人》（1985）、《习惯死亡》（1989）等。张贤亮的每一篇作品都能引起文坛的注意，并且其多数作品被改编为电影，深受大众喜爱，是新时期最有影响的作家之一。

张贤亮最初的几篇小说是在《宁夏文艺》发表的，发表之后，引起宁夏区内评论界的关注。尽管张贤亮初期的几篇小说存在着艺术上锤炼不足的问题，但不可否认，重登文坛的张贤亮怀着一颗赤诚之心去书写那段带有创伤记忆的历史，表现出焕然一新的创作风貌。针对张贤亮初期的小说，潘自强的《象他们那样生活——读短篇小说〈霜重色愈浓〉》（《宁夏文艺》1979年第4期）、刘佚的《文艺要敢于探索——读张贤亮的小说想到的》（《宁夏文艺》1979年第5期）、李凤的《初读〈吉普赛人〉》（《宁夏文艺》1979年第6期）、黎平的《邢老汉之死琐议》（《朔方》1980年第12期）、陈学兰的《有感于真实的力量——也谈邢老汉的形象》（《朔方》1980年第12期）等评论文章及时给予张贤亮这一"归来者"的鼓励与呵护，极大地激励了张贤亮的小说创作。刘佚从张贤亮初期的小说中就已经发现了张贤亮小说创作的特质，"敢于解放思想"作为一项必要的前提，随之带来的便是突破禁区，干预生活，塑造新的人物形象等艺术探索，并对张贤亮的艺术探索给予了肯定。在百废待兴、社会转型的新时期早期，这样的肯定无疑为张贤亮的创作提供了动力，紧接着一部影响当代文坛的重量级作品出现，1980年《朔方》

第9期刊载了张贤亮的《灵与肉》。两年后，著名导演谢晋将小说《灵与肉》搬上荧幕，取名为《牧马人》，电影上映之后，引起巨大的轰动，家喻户晓，创下了当时的观影记录。著名评论家阎纲以他特有的敏锐发表了《〈灵与肉〉和张贤亮》① 一文，尤其是开篇的一句"宁夏出了个张贤亮"，似宣言一般，饱含惊喜，给予了正面的评价。然而张贤亮的创作也引起了一些还未从"左"倾观念中挣脱出来者的异议，比如汤本的《一个浑浑噩噩的人——评小说〈灵与肉〉的主人公许灵均的形象》②，孙叙伦、陈同方的《一个畸形的灵魂——评〈灵与肉〉的主人公许灵均》③，对许灵均这一人物形象提出批评，认为许灵均是"一个浑浑噩噩的人""一个畸形的灵魂"。今天再看这些另类的声音，有的确实表现出一种批评的真诚，而有的却还是"左"倾思维与语言的惯性使然。类似这样的声音，还有宁夏本土的评论者刘贻清，他不辞辛劳地编著内部论著《张贤亮现象——从现象到本质的透视》一书，书中几乎每篇评论都对张贤亮的小说提出否定性的观点。如果批判遵循的是学理性批判，也无可厚非。然而现在看刘贻清的论文，大多是情绪化的表达。对于文学理论一知半解，没有吃透，就仓促地应用在文本分析上，可想而知，得出的结论也就南辕北辙，颇似梦呓。

20世纪80年代初期，宁夏人民出版社出版了一本丁玲等评《灵与肉》的论文集《爱国主义的赞歌》④，这本小册子，包含6篇评论《灵与肉》的论文，3篇张贤亮的创作谈和《灵与肉》一文，是一本张贤亮研究史上易被忽视的资料。丁玲、唐挚、阎纲、胡德培、何西来、沐阳等人都给予《灵与肉》与张贤亮很高的评价，认为许灵均这一人物形象塑造得真实、丰满，是一位充满真情的爱国者形象。作为初出茅庐的张贤亮，能够在当代文坛赢得后来的声誉，与本土评论家的热情追踪及深刻

---

① 阎纲：《〈灵与肉〉和张贤亮》，《朔方》1981年第1期。
② 汤本：《一个浑浑噩噩的人——评小说〈灵与肉〉的主人公许灵均的形象》，《朔方》1981年第4期。
③ 孙叙伦、陈同方：《一个畸形的灵魂——评〈灵与肉〉的主人公许灵均》，《朔方》1981年第5期。
④ 丁玲等：《爱国主义的赞歌》，宁夏人民出版社1981年版。

阐释息息相关。尤其是宁夏本土的评论家高嵩、刘绍智两位先生对张贤亮的小说创作进行了深度的解读。高嵩的专著《张贤亮小说论》[①] 和刘绍智的《小说艺术道路上的艰难跋涉——张贤亮小说论》[②] 一文不仅体现出宁夏文学批评的力度，也代表着 80 年代宁夏文学批评的高度，为张贤亮走向全国起到了重要的推介作用。高嵩的《张贤亮小说论》是国内第一部系统研究张贤亮小说的专著，这本专著 1986 年出版，今天重读依然被书中的观点深深折服。高嵩与张贤亮是宁夏文联同事，高嵩对张贤亮的每一部作品的创作心路历程了如指掌，同时又因为高嵩具有深厚的美学理论功底，因此，《张贤亮小说论》可谓出手不凡，对张贤亮小说的审美价值给予了学理性分析，具有学术研究的开拓性。刘绍智先生是古典文学专业出身，具有深厚的文学素养，《小说艺术道路上的艰难跋涉——张贤亮小说论》一文极具艺术的洞察力，从发展的角度审视张贤亮的小说，"张贤亮小说艺术的成就，不在于对文学模式的大幅度的突破与创新，不在于对文学形式的积极探索和追求，而在于对世界把握的逐渐深化，在于自身认知结构的逐渐调整，在于对文学内容的逐渐理解。由于形式和内容的互相回转性，张贤亮小说创作历程的苦难是可想而知的。《绿化树》和《男人的一半是女人》所跋涉的高度，从主观和客观给作家创作所提供的诸前提条件来看，似乎已经在可能的域限内达到了极致"。今天再读这些论断，依然觉得把握精准。直至今天，《绿化树》和《男人的一半是女人》依然是张贤亮最优秀的小说，最能代表张贤亮艺术成就的小说。

20 世纪 80 年代在张贤亮研究史有影响的论文是王晓明的《所罗门的瓶子——论张贤亮的小说创作》（《上海文学》1986 年第 2 期），该文运用心理学去分析张贤亮小说，对张贤亮的小说进行了批评，认为张贤亮掩盖了"文化大革命"给知识分子造成的压迫，而变成了知识分子自我证明的一种东西。《绿化树》的结尾描写了章永麟梦想在人民大会堂走红地毯的细节，其实也是张贤亮此时内心夙愿的文本反映，这也成为评论

---

① 高嵩：《张贤亮小说论》，四川文艺出版社 1986 年版。
② 吴淮生、王枝忠主编：《宁夏当代作家论》，宁夏人民出版社 1988 年版，第 122—142 页。

第五章　宁夏作家的批评研究

者对张贤亮批评最多的地方。

《绿化树》和《男人的一半是女人》也是20世纪80年代张贤亮小说中争议最多的。关于《绿化树》，主要围绕着四个方面。一是关于《绿化树》的主题及意蕴的争论。二是关于章永麟的形象塑造和知识分子改造问题的争论。三是关于叙事的争论。四是关于马缨花形象的塑造及其与章永麟爱情的争论。1984年，《当代作家评论》《当代文坛》《小说评论》《朔方》等国内重要的文学研究刊物都对《绿化树》进行专栏研究。《文艺报》还专门为《绿化树》召开了研讨会，"与会同志比较一致地肯定了《绿化树》所取得的思想和艺术的成就，认为作品表现出作者生活基础厚实、艺术描写准确、深刻、出色，认为《绿化树》是一部在当代文学史上重要的、有价值的作品"[1]。到了1985年，对《绿化树》的关注仍在继续，这时批评的声音也开始出现，比如美学家高尔泰的《只有一枝梧叶　不知多少秋声——读〈绿化树〉有感》[2]。等到《男人的一半是女人》，争议更多。《男人的一半是女人》发表在1985年第5期的《收获》杂志上，一经问世，便引起读者强烈的反响，甚至第5期的《收获》杂志洛阳纸贵。宁夏人民出版社1987年出版了《评〈男人的一半是女人〉》，在出版说明部分，提及："张贤亮的系列小说《唯物论者启示录》之一——《男人的一半是女人》以特有的哲学思辨的穿透力和对人性不同凡响的探求，刺激了处在不同知识层面的读者的接受意识，为我们提供了多方面的美学思考和研究角度，因而引起评论家们的密切关注。"[3]本书收集了44篇评论文章，其中代表作有黄子平的《正面展开灵与肉的搏斗》、韦君宜的《一本畅销书引起的思考》、许子东的《在批评围困下的〈男人的一半是女人〉》、曾镇南的《负荷着时代的痛苦的灵魂》、王绯的《性崇拜：对社会修正和审美改造的偏离》等。这本《男人的一半是女人》的评论集显示了国内当时对该小说研究的最高水平，概括起来，

---

[1] 《文艺报召开〈绿化树〉讨论会》，《渤海学刊》1985年第S1期。
[2] 高尔泰：《只有一枝梧叶　不知多少秋声——读〈绿化树〉有感》，《当代作家评论》1985年第5期。
[3] 宁夏人民出版社编：《评〈男人的一半是女人〉》，宁夏人民出版社1987年版。

主要有以下几个方面。一是对小说主题的深入探讨，二是关于小说中性爱描写的争论，三是小说中男女主人公形象的塑造及复杂关系的探讨，四是关于《绿化树》与《男人的一半是女人》姊妹篇的比较。可以说，关于《男人的一半是女人》的讨论是非常深刻全面的，也为后来的研究提供了批评的基调。

20世纪80年代的张贤亮批评绝对不是有些论者认为的只是草创时期，尽管受制于当时的文化语境，但对张贤亮的研究，无论是艺术分析还是思想探索，都呈现出很高的水准。相关话题的讨论及结论在80年代就已经奠定了基调，后续的研究尽管有开拓，但超越性的观点并不多。

二 90年代张贤亮小说评论概况

进入20世纪90年代，对张贤亮的研究热度依然不减。伴随着新的理论认知与新作的出现，张贤亮的研究依然是当代文学批评的重要内容，并且在批评方法与视角方面更趋向多元。

作为20世纪90年代西部文学研究重要成果之一的《西部的象征》[①]，提出一个独特的概念"章永麟精神现象"。文中分析了章永麟这一现象产生的社会背景及其章永麟作为知识分子面临的双重冲突（灵与肉）："在苦难的泥淖中，章永麟尚能保存最后一点文化人的理性，作为微弱而顽强的抵抗；挣扎到了解放的岁月，他才觉出自己所承受的内伤过重，精神早已瘫痪，掉入黑窟而无法自拔了。这就是那一场极左灾难，留给中国知识分子灵魂创伤的后遗症。张贤亮迄今为止的小说创作，为中国那一代知识分子曾经有过的这样一段特殊的心灵与肉体的经历，这样一种不曾消亡却内伤深重的精神现象，修起了一座满目苍凉的、供今人和后人参考沉吟的博物馆。这就是他的贡献。"[②] 可以说，时至今日，管卫中站在历史、地域与文化视野下对张贤亮小说创作贡献的把握依然是准确的。尤其是关于灵魂创伤等话题，在洪子诚的《中国当代文

[①] 管卫中：《西部的象征》，青海人民出版社1992年版。
[②] 管卫中：《西部的象征》，青海人民出版社1992年版，第184页。

学史》① 中得到进一步阐发。

1989年第4期《文学四季》（作家出版社主办）上发表了张贤亮的《习惯死亡》，这是张贤亮"唯物论者的启示录"的第四部小说，出版后，其影响力难以再现《绿化树》与《男人的一半是女人》的"辉煌"，评论文章寥寥无几。在有限的评论文章中，对《习惯死亡》的批评显然大于赞扬，更有甚者，批评的指向不再是从审美层面展开，而是上升到"资产阶级自由化"这一层面。张贤亮曾在2002年第2期的《文学自由谈》② 上亮出自己的观点：请用现代汉语及现代方式批判我。就是针对那些不用文学方式来批评的人的回应。

20世纪90年代以来，张贤亮的创作开始放缓，在整个90年代创作的作品有：《烦恼就是智慧》发表在1994年《小说界》第4期，《无法苏醒》发表在1995年《中国作家》第5期，《普贤寺》发表在1996年《芙蓉》第5期，《青春期》发表在1999年《收获》第6期。90年代的作品，尽管在主题上仍受限于"劳改"题材，对创伤性记忆的反复书写，但在创作形式上，张贤亮还是积极探索新的讲述方式，比如意识流、荒诞手法等艺术形式都在张贤亮的小说中得到呈现。

北大著名学者谢冕认为《我的菩提树》在文体和人性层面都实现了突破，并在1996年第3期的《小说评论》上组织了陈顺馨、孟繁华、尹昌龙等8位博士生研读了《我的菩提树》，研读者从不同的角度分析了《我的菩提树》，较高地评价了张贤亮的创作水准。

90年代，学者邓晓芒的文学研究颇为引人注目。1998年，邓晓芒出版了《灵魂之旅：90年代以来中国文学的生存意境》一书，该书深入研究了张贤亮、王朔、韩少功、贾平凹、张炜、莫言等十多位中国当代著名作家。作为打头阵的第一篇，《张贤亮：返回子宫》一文分析了张贤亮的爱情三部曲——《绿化树》《男人的一半是女人》《习惯死亡》之间的关系，阐述了作品内含的"恋母情结""意淫""皮肤滥淫""懦弱"的表现之处，并着重解读了《习惯死亡》的深层意蕴。"章永麟的生命力已

---

① 洪子诚：《中国当代文学史》，北京大学出版社1999年版。
② 张贤亮：《请用现代汉语及现代方式批判我》，《文学自由谈》2002年第2期。

达到了一个中国文化人生命力的极限,他甚至已看出一切的一切都错在自己身上,因而提出了'重新创造'新人的历史使命。但他再无能力去进行这种创造,只能在意淫与皮肤滥淫之间、文明和野蛮之间、成熟与返回子宫之间、语言和失语之间左右冲突,最终不能不陷入虚假和伪善,成为对现实和自己灵魂的粉饰。他不明白一个真理:真诚不是一个人想要做到就能做到的,这需要艰苦的努力和运思去挖掘自己的灵魂,需要痛苦的自我反省和怀疑,需要否定自己的否定、批判自己的批判。这是一个比外在的苦难历程更为痛苦而且绝无安慰的过程。"[1] 作为哲学家的邓晓芒对张贤亮小说的研读可谓高屋建瓴,具有深刻的反思色彩与思想穿透力,这也是张贤亮研究史上最为深刻的文章之一。

90年代对张贤亮的研究已经从过去的审美感性层面上升到思想层面,管卫中、邓晓芒等学者深刻揭示出章永璘这一个体所体现的精神内涵与作为知识分子所呈现的不足。这一时期,文学史对张贤亮的判断还是停留在80年代文学创作的审视与批判上,对小说的叙事模式("才子佳人")、历史记忆创伤(劳改题材)、伤痕反思主题的深刻等优长与不足都进行评析,从文学教育的角度展开客观的论述,也可谓评价得较为合理。

三 新世纪张贤亮小说评论概况

进入21世纪之后,对张贤亮小说的研究热度开始减退,但是由于已经形成较为稳定的评价系统,受到高校研究生的青睐,硕博论文在21世纪张贤亮小说研究中逐渐多了起来,这是其一。其二,对张贤亮小说的研究注重方法的多元化,不再仅限于社会历史批评,而是从心理学、女性主义、性格组合等多种角度去发现张贤亮小说的艺术价值。这方面比较突出的是李遇春,李遇春的张贤亮研究是在他的硕士学位论文基础上打磨出来的,三组文章——《拂不去的阴霾:张贤亮小说创作中的心理分析》《拯救灵魂的忏悔录:张贤亮小说精神分析》《超越苦难的白日梦:

---

[1] 邓晓芒:《文学与文化三论》,湖北人民出版社2005年版,第394页。

张贤亮小说创作的深层心理探析》①运用精神分析理论去分析张贤亮及张贤亮的小说。李遇春指出,"由于外在的政治苦难的压抑,张贤亮内在的心理人格发生分裂,由此导致他的小说观念的矛盾性、创作动机的二重性、小说文本的双重性及梦幻特征"。以"情结与记忆""施虐、自虐与受虐""逃离与回归"分析张贤亮小说的创作心理。

张贤亮小说中的女性形象塑造深入人心,李秀芝、马缨花、黄香久、乔安萍等女性形象给读者留下深刻的印象,也引起评论者的关注。从女性主义角度来透视张贤亮小说中的女性形象,批判男权意识,此类论文,如田美琳的《张贤亮笔下的劳动妇女形象》(《宁夏大学学报》1996年第3期)、景莹的《张贤亮的女性观》(《广西社会科学》2002年第4期)、盛英的《张贤亮笔下女性形象和"女性崇拜"透析》(盛英:《中国女性主义文学纵横谈》,九州出版社2004年版),皆是从女性主义的理论视角出发,揭示出张贤亮小说女性意识的匮乏以及对男权意识的批判。

当然,进入21世纪以来,对张贤亮的批评之声依然不绝于耳。杨光祖的《张贤亮:罪感的缺失与苦难的倾诉》一文便是如此。此文在批评张贤亮的时候给张贤亮找了一个参考标准,那就是俄罗斯文学大师。"现实情结无可奈何地束缚了他文学的翅膀,知识分子的文化身份带给他的先天的优越感,对女人的功利性情感,使他的小说总是徘徊在艺术的临界点上,而无法出污泥而不染达到俄罗斯那些大师的高度。"②"以张贤亮为代表的新时期杰出作家,我想最大的问题之一,就是缺乏俄罗斯那些文学大师的博大胸怀,那种忏悔意识,缺乏那种不是为自己,而是为人类、为人民写作的情感。"③在俄罗斯文学大师面前,中国当代的这些作家可能相形见绌。令杨光祖不满的是张贤亮小说写作的功利化色彩:"张扬自己的苦难,倾诉自己的苦难顺理成章地成为他写作的一大

---

① 李遇春:《拂不去的阴霾:张贤亮小说创作中的心理分析》,《小说评论》2005年第5期;《拯救灵魂的忏悔录:张贤亮小说精神分析》,《小说评论》2001年第3期;《超越苦难的白日梦:张贤亮小说创作的深层心理探析》,《武汉大学学报》(人文科学版)2001年第1期。

② 杨光祖:《守候文学之门:当代文学批判》,中国社会科学出版社2007年版,第80页。

③ 杨光祖:《守候文学之门:当代文学批判》,中国社会科学出版社2007年版,第82—83页。

动机。张贤亮即便写性，重心仍在自己。他的小说文本里充满着性歧视、性压制。"①并加以嘲讽："张贤亮作为'苦难作家'用自传体美化和粉饰自己，人为地给这种受难加上了某种崇高的'意义'。"②杨光祖的论断不可谓不对，但以俄罗斯文学大师的标准来要求中国作家的创作，恐怕过滤一遍所剩无几。不同的社会文化背景和话语空间，拿来比较也未必合适。具体实践起来，也只会落得个抓大放小，对于文学作品细微之处的感受也就忽略了。

宁夏本土学者白草的专著《张贤亮的文学世界》③是进入21世纪以来张贤亮文学研究的集大成者，相比而言，这部专著有利于我们全面认识张贤亮及其作品。通过这部专著，我们或许对张贤亮及其作品有一个全新的认识，同时，对那些批评张贤亮的声音还可能存疑。原因在于，该书可谓穷尽有关张贤亮的资料，作为本土评论家，白草对张贤亮的为人和为文都有着更为直接的认识。尤其是在资料的运用上，提供了许多鲜为人知的资料。仅仅是根据作品文本而望文生义，推理判断，这样分析研究一个作家还是不够的，至少不全面。《张贤亮的文学世界》弥补了这样的缺憾。从张贤亮的文学观念、艺术追求、创作动机等进行了详细的阐述，并对张贤亮重要的小说创作及其散文进行了个案分析，尤其是在文学观念的阐述上，白草认为张贤亮的文学观念基本上来自黑格尔美学，并对这一论断展开缜密的论述，这个判断在学术界绝对是有创见的。

综观张贤亮的评论，无论在数量上还是在质量上，都是比较可观的。在现行的当代文学史的任何版本教材中，张贤亮都是必讲的内容。能够进入文学史的当代作家也必然引起高度的关注。在关注的研究者中，也不乏国内知名学者和评论家。但若要整体审视张贤亮评论文章，还有以下几点值得思考。

一是雷同化的研究颇多，有创见的开拓性的研究比较少。在40多年的张贤亮评论史上，大量的论文多是在已有的观点与论断上反复停留，

---

① 杨光祖：《守候文学之门：当代文学批判》，中国社会科学出版社2007年版，第74页。
② 杨光祖：《守候文学之门：当代文学批判》，中国社会科学出版社2007年版，第77页。
③ 白草：《张贤亮的文学世界》，作家出版社2018年版。

比如劳改题材、性、创伤记忆、苦难等话题随着时间的推移都变成了张贤亮文学创作中的常识性问题。

二是情绪化的批评与赞扬都有失客观性。张贤亮的许多作品引起很多争议。文学的争议本无可厚非,无论批评还是褒扬都是建立在对文学文本认真研读的基础上,在文学的范围内展开相关问题的讨论,而不是脱离文学文本和客观现实,要么上纲上线,要么寻找一个"伟大的传统"去当批评的标准。这种批评的声音都似乎不是在说张贤亮及张贤亮的作品,而是在表述自己的相关理念。张贤亮面对批评的声音是诚恳的,但也不接受歪曲事实的极"左"式批评。张贤亮表明的观点是:请用现代语言与现代方式批判我。

三是批评缺乏文本细读及扎实的史料基础。许多有关张贤亮的研究,仅仅就是局限在阅读小说,对张贤亮的诗歌、散文、随笔、论文等文章不做系统的关注,对一些张贤亮研究相关的资料也收集不全,缺乏文本细读的能力与环节,在前期准备不充分的情况下就仓促上阵,结果便是结论经不起推敲或者人云亦云,论证过程也是漏洞百出,不能自证。

四是对待张贤亮的小说创作缺乏历史的眼光。张贤亮的小说创作及其文学观念都是时代性的产物,对其的研究首先要回到当时的历史语境中去评说,站在当下的文化语境中去看待张贤亮的作品容易一叶障目,过早地产生否定的结论。同时,许多论者没有客观地厘清当时文学与政治的关系,也没有真正领会到张贤亮在对待文学与政治关系上的态度或者理念。进而也就不能理解张贤亮的现实主义创作和为同时代人画像的创作初衷。

尽管已经有40多年的历史,笔者相信,张贤亮的研究还会继续,并且会不断深化。真诚希望,在新的时代,对张贤亮的研究有新的开拓、新的发现和新的成果,本节只是简略地梳理了张贤亮研究的基本脉络,抛砖引玉,以期待引起更多评论者的思考与深入研究,那么,本书的写作目的就达到了。正如白草说的那样:"张贤亮是新时期文学中一个重要的、具有开拓性意义的作家,尽管他的影响自《我的菩提树》之后日渐式微,终至淡出文坛,但事实上,他已经成为一个文学传统——一个优秀的传统,一个复杂的传统。面对传统,无法绕行;喜好也好,讨厌也罢,它会曲曲折折地与后来者产生联系,并施以影响。"①

第二节 宁夏"三棵树"批评研究

地处西部边缘的宁夏,突然在文学上迸发强劲的创作势头,尤其是"宁夏青年作家群"的崛起,宁夏"三棵树"和宁夏"新三棵树"的有效命名,都让身处西部荒漠的宁夏文学在当代文学的大版图上有了属于自己的一席之地。在消费社会的语境下,宁夏文学表现出的精神价值与传统道德的坚守让许多业内文学研究者唏嘘不已。处于西部地区的宁夏,在文学创作上为读者提供的是不一样的文学风景,这片风景没有污染,是原生态的文学。在这样的文学样式下,宁夏"三棵树"是其中的佼佼者,宁夏"三棵树"具体指的是宁夏作家陈继明、石舒清、金瓯三位青年作家,著名学者李敬泽在《遥想远方——宁夏"三棵树"》结尾处写道:"陈、石、金如'三棵树',我们由此遥想远方。"② 自此,宁夏"三棵树"这样的命名正式被大家接受并得到广泛的传颂。宁夏"三棵树"也以自己的创作实绩赢得了评论界的重视,本节拟以有关宁夏"三棵树"的相关评论为研究对象,审视这些评论文章的批评指向及方法论模式,确证评论者与评论对象之间的文化认同,及其对创作者文本价值研究的意义。

一 批评意识的契合与民族认同的自觉

在整合对宁夏"三棵树"创作实绩研究文章的过程中,笔者发现,大量的评论文章试图去进行作家主体意识的批评,诚然,作家主体意识的批评在于能够深度揣摩创作者本人的创作构思及文学主张,深刻还原文本的社会意义及艺术价值,尽管评论宁夏"三棵树"的文章不在少数,但是真

---

① 白草:《张贤亮的文学世界》,作家出版社2018年版,第1页。
② 李敬泽:《遥想远方——宁夏"三棵树"》,《朔方》2000年第8期。

正能够与创作者达成意识契合的论者并不太多。而宁夏域内论者在这方面有着得天独厚的优势，他们可以通过与创作者对谈以及在频繁的接触中获取创作者一段时间内关于文学创作的些许想法。再加之宁夏域内论者与评论对象之间有着共同的地域文化背景，甚至宁夏评论者群体的形成有效地解决了宁夏作家创作的民族文化阐释的问题。比如郎伟、白草、马梅萍等宁夏学者对石舒清的解读，共同的民族背景，使得评论文章在文化认同方面产生特有的一致性与自觉性。在评论的方法论上，评论者都不约而同地采用了日内瓦学派的文学主张。"在日内瓦学派的批评家看来，批评乃是一种主体间的行为，文学批评不是一种立此存照的记录，不是一种居高临下的裁判。也不是一种平复怨恨之心的补偿性行为，批评家应是参与的，它应该消除自己的偏爱，不怀成见地投入到作品的'世界'。也就是说，批评家应该是'力图亲自再次地体现和思考别人已经体验过的经验和思考过的观念'。""批评家借助别人写的诗、小说或剧本来探索和表达自己对世界和人生的感受和认识。"① 显然，关于宁夏"三棵树"的评论，尤其是宁夏域内的评论，由于社会文化语境与民族文化身份的认同，使得对宁夏"三棵树"的阐释，契合了创作者潜在的创作意图。批评者通过深挖创作者在文本深层潜在的理念与精神世界，离析作家在文本世界的观念表达，客观再现了作家在文本世界意欲展示的真实世界。

在西部文学的大视野中，宁夏"三棵树"的写作有着特殊的意义，对他们总体性的定位或许更能说明一切，如有评论者这样评价陈继明的小说，认为"其乡土小说对转型期西部农村经济秩序和乡村传统道德文明体系的崩溃、乡村人际关系的分崩离析、乡民在金钱诱惑下的人格扭曲和人性异化都有精细的表现"，认为其都市小说的独特之处就在于"穿透喧哗都市的表层生存风景，发现和揭示转型时期都市人生中浮躁和抑郁心态所导致的非理性行为，直逼人物内心微妙、复杂的情绪变化与心理冲突，亦称'陈继明式的情绪骚动'，并将之引向对生命存在的揭避与追寻，表现出相当鲜明的心理分析和存在的哲理色彩"。② 以修史见长的

---

① [比]乔治·布莱：《批评意识》，郭宏安译，百花洲文艺出版社2010年版，第4—5页。
② 丁帆主编：《中国西部现代文学史》，人民文学出版社2004年版，第353、361页。

评论家，其判断往往高屋建瓴，但高度的概括往往流于以偏概全的评论姿态。如果单纯从陈继明创作的表象来看，对陈继明这样的评价也无可厚非，作为域外论者受题材论的影响，致使结论多少带有先入为主的嫌疑，这样的结论可以说是进一步体验与思考了陈继明已经体验与思考过的观念，却不够深入。问题的症结在于，对于陈继明文学价值的定位如果放置在现代主义背景下，这样的结论则被极度的类型化，也就遮蔽小说家的独特性。作为宁夏本土论者的牛学智洞悉了文学史家的偏颇之处，通过与陈继明本人的对话[①]，触及作家本人真实的内心世界及创作思维，也揭示出陈继明创作之中易被掩饰的部分："细读陈继明的某些被有意无意忽略的作品，感觉他不是自闭式的心理分析，他对人物精神存在性的剖析是严重地介入现实结构，并且眼光向外的。或者说他始终关注的是人物的现实处境、历史处境。"[②] 结合这句论断，再回到陈继明的小说《月光下的几十个白瓶子》，这篇小说"以深刻的洞察力敏锐而准确地捕捉到当下纷扰社会情势下一种带有普遍性的社会消极心理——'烦着呢'，并揭示出这种异常社会心理所蕴藏的巨大的危险性"[③]。陈继明对小说人物的刻画，虽侧重于对人物心理活动的描写，形成了自己独有的创作风格——"陈继明式的情绪骚动"，但陈继明创作的旨归是指向社会现实，他的心理分析是为了更好地介入现实结构中。牛学智的观点显然要比文学史家的定位更到位，究其原因，在于论者与作家本人在对社会的认知上都不约而同地归结到"文化语境中的社会反思"这一层面。这要比有些论者动不动就在"人性""道德伦理"等常规的小视域中打转转要高明了许多。

批评意识的契合还源于共同的文化背景，尤其是同一民族情结所带有认知趋同的自觉。这一点在对石舒清的评论中得到较为明显的应验。文学史家将石舒清放置在少数民族文学创作的大背景下来进

[①] 牛学智：《对话：关于〈一人一个天堂〉及其可能的"误读"——世纪之交的文学思考》，作家出版社 2008 年版，第 134—142 页。
[②] 牛学智：《陈继明：在暧昧的文化语境中出场》，《扬子江评论》2008 年第 6 期。
[③] 郎伟：《负重的文学》，宁夏人民出版社 2002 年版，第 228 页。

行评价,① 身为少数民族作家的石舒清,其文学创作带有强烈的民族特色,在他的小说中,常常伴有一些民族礼仪、婚丧嫁娶、生活习惯的生活场景,表现出独特的审美风格和特殊的心理内蕴。伴随着石舒清文学创作的不断获奖,石舒清也逐渐进入研究者的视野,对石舒清的评论,如果从民族认同这一角度,本民族的评论者对石舒清的评论或许更为恰当,因为他们与作家本人有着共同的文化背景与文化传统,石舒清小说之中反映的民族意味、民族表达尤其是作品活的灵魂的民族精神的张扬,都会在无意识之中触动评论者的神经。这一点,域外学者已经意识到评论的失语,在对石舒清名篇《清水里的刀子》分析中,文学史家认为:"马子善老人从牛的举止中得到启迪,心情趋于宁静。这种在汉族人、现代都市人中罕见的内心令都市读者怦然心动。事实上,石舒清的用心和期望也正在这里。"② 这样的解读对于熟识本民族文化背景的文学评论者而言是不能接受的,在他们看来,这样的判断显然是不熟悉作者文化背景的可笑误读。从本民族群体的民族理念与精神追求去解读作品,这首先是一种民族认同的自觉,换句话说,石舒清的"用心和期望"应该是民族习性使然。

二 终极关怀与精神价值的建构

谈及西部文学,在人们常规的阅读思维中,总觉得西部文学与现代化是不能对等的,与东部沿海城市,尤其是与"北上广深"这样的一线城市相比,对西部的评价,更确定的说是一种文化想象,总是与原始、荒凉、野性这样的描述相连,这可能源于西部特有的地理风貌,可实际上,"'真正的西部'有大漠、戈壁和荒原,也有自己的现代城市"③。但从文学这一视角看去,西部文学反映现代城市有影响的小说是比较匮乏的,西部文学还是以乡土文学见长。不言而喻,西部的作家对现代文明

---

① 在丁帆主编的《中国西部现代文学史》中,石舒清被放在《母族的精魂:回族文学》这一节谈及。
② 丁帆主编:《中国西部现代文学史》,人民文学出版社2004年版,第316页。
③ 李兴阳:《中国西部当代小说史论(1976—2005)》,安徽大学出版社2006年版,第3页。

的接受并没有化成血肉,变成生活习惯,大量的西部作家从人生经历来看,多有着农村的生活背景。因此,他们的文学创作首先是在人生经历与个人记忆中寻找创作的题材。这一点,在宁夏作家之中尤其明显。外界学者之所以认可宁夏文学,认可宁夏"三棵树",就源于在他们的创作中,我们看不到先锋小说那种充满灰暗气息和颓废情绪的书写,也看不到一些作家对"性"的近乎疯狂的渲染,对女性近乎野蛮的伤害与侮辱。我们看到的更多是"精神充盈的价值世界"(李敬泽语),是关乎人类生存意义的探寻,是对真善美的鼓吹与呐喊,是对美好人性的礼赞。从谱系上看,他们继承了鲁迅乡土小说批判性,又兼具沈从文小说诗性与理想主义。放置于现代性的文化语境中,宁夏小说的这些特点的确在如此浮躁功利的社会风气中呈现出独有的价值与意义。评论者在研读宁夏文学时,更看重的是宁夏文学特殊的题材所展现出的精神价值。这一点在围绕石舒清小说创作的评论中得到验证。2001年,石舒清的《清水里的刀子》获得鲁迅文学奖,2002年在《名作欣赏》第5期得到转载,2003年《名作欣赏》杂志发表了10篇关于《清水里的刀子》的专篇解读的评论文章。整合这些评论文章,发现这些论者不约而同地将关注点集中在"终极关怀"这一哲学层面。一时间一篇短篇小说承载了众多的意义,这也许连作家本人也没有想到,实际上,对作者本人而言,他绝非要将这种精神推向"终极",石舒清自己就说道:"我不想用'终极意义'一类大词,也不愿意用'拷问'一类说法逼迫自己,使自己难堪。"[1] 小说被认可,更重要的是观念背后所隐藏的文化因素。可以说"终极关怀"是小说的果,小说的因则是民族的文化心理。

可以说,石舒清的小说创作一直坚守民族文化传统的礼赞,众多评论文章在论及石舒清小说的精神价值时往往事先进行一个背景的预设,那就是石舒清的家乡——西海固。西海固被联合国教科文组织认定为不适宜人类居住的地区,但就是这样贫瘠的地区养育了千千万万的西海固人,并在这片神奇的土地上走出了众多知名的作家。他们在消费本土化

---

[1] 转引自牛学智《世纪之交的文学思考》,作家出版社2008年版,第165页。

的经验，实际上也是在享用本土化的经验，是这片土地赋予了作家创作的灵感。西海固的苦难造就了西海固人精神的坚忍。石舒清是这种精神的提倡者，他笔下的人物形象，尤其是老人与妇女的形象，在他们身上，总是能够展示出不因苦难而丧失尊严的精神。学者马梅萍在《西海固精神的负载者——论石舒清笔下的女人》中，梳理了西海固不同的女性形象，并指出："赞母失父的潜在情绪构筑了西海固的群体人格：西海固如一个自尊的未成年人一样在忧伤中思索自我、探寻终极关怀。"① 评论家白草更是不吝溢美之词，称赞石舒清小说集《暗处的力量》是"一个精神充盈的价值世界"②。精神价值的生成很大程度上取决于作家的创作题材和描写对象，石舒清小说的乡土地域本色与宗教情怀使评论者集中在对"坚忍""自尊""关于心灵、关于生命的'诗意与温情'"等概念的阐发上。

对于陈继明和金瓯而言，他们小说所彰显出的精神价值又是别样的表现方式。陈继明的小说侧重于"在平庸的精神废墟上寻找灵魂栖居的天堂"③，陈继明的小说也谈生死，在他的长篇小说《一人一个天堂》之中，也写到人物的死亡问题，但小说文本还原到历史语境之中去描写死亡，其意义就不是"终极关怀"这样的概括所能界定的，由于潜在的政治话语所构成的文本内部的冲突，使得小说表现出一种解构与否定的精神，"《一人一个天堂》的终极意味，就是取消终极"④。陈继明小说往往表现出不堪的现实图景，但不堪只是表面，陈继明积极努力的正是要追问不堪现实图景下人的救赎问题。学者赵炳鑫分析陈继明的小说后得出"文学的精神和价值维度要有形而上的意义建构，要体现文学的终极命题：爱、悲悯、宽恕、拯救等"⑤的结论，而"爱、悲悯、宽恕、拯救"也正是陈继明小说所反映的精神价值。

金瓯的小说被李兴阳在《中国西部当代小说史论》中归在"西部先

---

① 马梅萍：《西海固精神的负载者——论石舒清笔下的女人》，《民族文学研究》2011年第6期。
② 白草：《一个精神充盈的价值世界》，《文艺报》2001年8月14日第3版。
③ 武善增：《在平庸的精神废墟上寻找灵魂栖居的天堂》，《小说评论》2010年第3期。
④ 牛学智：《世纪之交的文学思考》，作家出版社2008年版，第133页。
⑤ 赵炳鑫：《不堪的现实，人性的图景——陈继明小说浅论》，《名作欣赏》2013年第5期。

锋小说"之中，金瓯的写作受福克纳、塞林格、菲茨杰拉德等美国先锋作家的影响，他的小说表现出相当浓厚的现代主义色彩，真正的先锋是精神的先锋，李兴阳认为金瓯是"西部具有先锋精神的先锋作家"①。按照学者谢有顺的说法：先锋就是自由。金瓯在小说创作中，追求的就是自由。只不过具体的写作中，这种自由的精神是通过叙事表现的。郎伟就认为金瓯的小说《前面的路》"是一篇言说'寻求自由'话题的小说"。② 金瓯借鉴现代派的艺术表达方式，通过独具特色的叙事方式追求自由化的精神价值。在评论者看来，金瓯自由精神价值的建构是内化于小说的文本形式，但实际上，对于小说而言，形式与内容又是统一的。黑格尔在《小逻辑》中就曾指出："只有内容与形式都表明为彻底的统一的，才是真正的艺术品。"③ 所以，细读金瓯的小说，那种"别一样的叙事方式"与小说中的那些狂妄不羁的人物统一在一起，建构出金瓯要表达的先锋精神。

三 语言艺术的自觉与小说文体的审视

最近几年，关于文学本体的讨论一直不断，原因就在于对文学的认识有众多的分歧。有的作家与学者认为，文学一定要兼具社会学、哲学的意义才够深刻，而有的则认为，文学毕竟是一门艺术，要尽量还原文学的艺术品质。其实，关于文学的多种认识都存在合理性。但一个常识不可否认，文学毕竟是一门艺术，一门审美艺术，更确切地说，是一门关于语言的审美艺术。汪曾祺先生就强调：写小说就是写语言。当下"作家论"的写作日渐形成一种范式，"题材""主题""艺术特色"，因此，艺术特色的研究是当下作家论研究的一个重点。同样对于宁夏"三棵树"的研究，也脱离不了这样的常规范式。从艺术的角度看，宁夏

---

① 李兴阳：《中国西部当代小说史论（1976—2005）》，安徽大学出版社2006年版，第101页。
② 郎伟：《别一种叙事方式——读金瓯的三篇小说》，《负重的文学》，宁夏人民出版社2002年版，第269页。
③ [德]黑格尔：《小逻辑》，贺麟译，商务印书馆2004年版，第279页。

"三棵树"的小说确实呈现独特艺术面貌,形成各自独有的艺术风格。作家张贤亮曾指出:"陈继明的文风是冷静的客观的,甚至是克制的,他常常故意把戏剧性降到最低点,石舒清非常善于写细微的东西,他的作品中常常充满了诗意和温情,金瓯的笔调则是极为强悍的,激越的。"① 他们的风格不同,对他们的区分最终还要通过他们的文本语言来实现。

石舒清在小说语言的加工上可谓颇具匠心,在石舒清的评论中,众多论者都被石舒清的小说语言打动,在论者看来,石舒清的小说语言已经化为了作家的一种自觉的艺术行为,在申霞艳看来,石舒清的小说语言与内心世界有着极为紧密的关系,甚至语言能够主宰人生的片段。"语言是通向内心的幽径,语言呈现内心,每颗心都是一个世界,有什么样的内心世界就会产生什么样的语言什么样的文学。语言暴露视点,作者、叙事者和人物无一例外。"② 由于对鲁迅作品的执着偏爱,达吾则指出"石舒清的语言越来越有鲁迅那种苍凉荒疏的品质,暗藏着热情,悯柔的忧伤,力透纸背的精确和不可复制的隐喻"③。石舒清的小说"语言平淡、质朴,从不运用那些修饰性很强的语言"④。这要分开来看,在石舒清小说的"日常叙事"中,语言风格一般比较平实,一旦卷入"死亡叙事",语言则内敛沉郁,多暗示,多情味,富有张力。

陈继明的小说语言"平淡、清雅、舒缓而又具解析力、口语化"。⑤ 有些小说(如《青铜》),语言则显得冰冷,似一种零度情感式的写作。这是陈继明在语言上的尝试,麻木的语言背后是陈继明那颗充满温暖的爱心。

金瓯的小说语言经过多年的摸索与调整,逐渐形成自己的语言特色。"金瓯小说的语言运用正越来越强烈地呈现个人风格……读者在其小说作品中,可以看到他想要追求一种洁净、硬朗的语言风格特点,力图在相当节制的叙述中传达更为深厚的语言内涵,在有所遮蔽中释放更多的能

---

① 张贤亮:《西北三棵树·序》,花山文艺出版社2001年版,第2—3页。
② 申霞艳:《消费社会,为大地歌唱的人——石舒清论》,《南方文坛》2009年第4期。
③ 达吾:《发现不屈不挠的激情——石舒清小说印象》,《小说评论》2005年第1期。
④ 胡沛萍:《论石舒清的小说世界》,《民族文学研究》2006年第2期。
⑤ 丁帆主编:《中国西部现代文学史》,人民文学出版社2004年版,第361页。

量。为此，他信手拈来'陌生化'等语言手段，并且创造了一些佳句。"①这是为数不多的对金瓯小说的语言进行专门评论的文字。追求"陌生化"的语言表达，也是先锋派作家常用的艺术技巧。

　　按照陶东风的定义，"文体就是文学作品的话语体式，是文体的结构方式……文体是一个揭示作品形式特征的概念"②。根据文学创作的常识，一般创作成熟的作家都有着非常自觉的文体意识。宁夏"三棵树"在长期的创作中，业已形成自己独特的文体。文体也是众多论者研究兴趣的一个集中点。然而对论者而言，对文体特征的揭示并没有形成专门的章节去加以深刻阐释，因为小说文体的研究往往在艺术分析过程中得到零星的呈现。即便如此，对于宁夏"三棵树"而言，其小说文体特征得到了相应的阐释。论者普遍认为，石舒清的小说具有散文化诗化的特征，情节的淡化、叙述的抒情化、结构的散文化、小说思维的抽象化。获鲁迅文学奖的《清水里的刀子》更是集大成之作，体现出"简洁中的丰富"。石舒清的文体深受现代乡土文学的影响，尤其是废名、沈从文等小说的诗化特征，在石舒清的小说中得到了继承。另外，石舒清小说所表现出的"地域化乡土风俗人情"的内容决定了其小说形式要相对舒缓诗化。论者认为，陈继明的小说侧重于心理冲突描写，被称为"陈继明式的情绪骚动"。陈继明的小说善于挖掘在当今社会现实下人物内心之间的心理冲突及隐秘的心理动机，所以陈继明的小说在形式上更观照人物的心理描写。论者称金瓯的小说为"没脑子"的小说，是因为金瓯的小说带有明显现代主义风格，碎片化、寓言体、拼贴、陌生化等形式无一不是现代主义常用的表达方式。在《鸡蛋的眼泪》中的"寓言体"表达，在《前面的路》中的"陌生化"的语言，甚至在金瓯的其他小说之中，先锋的姿态决定了金瓯的小说不会循规蹈矩，不会受现实主义的羁绊，于是在小说的形式上也呈现出先锋的姿态。

---

① 郎伟：《负重的文学》，宁夏人民出版社2002年版，第272页。
② 陶东风：《文体演变及文化意味》，云南人民出版社1999年版，第2页。

四　文学批评的距离与历史语境

近些年，陈继明离开宁夏迁徙珠海，石舒清的小说写作断断续续，精力多集中在随笔的写作上，金瓯停笔后更多的精力投入文学服务工作上。随之而来的是，对宁夏"三棵树"的关注度较之21世纪第一个10年已经大大降低。前面的论述也是基于前期对他们的评论，纵观这些评论文章，虽然有些文章表现出较为深刻的见解，但由于评论的圈子化、地域化的问题，批评因缺乏必要的距离而流于平淡，这一点在域内论者对石舒清的评论中比较明显。由于对民族文学有着浓郁的历史认同感，所以面对批评对象时往往因民族情感上的认同忽视了必要的问题意识。实际上，在对待自己本民族的文学文本及批评对象时，要在思维的理念和方法上拉远自己同本民族文化、文学精神的距离，以免陷入其中不能自拔，这时需要评论家做一个"包厢里的观看者"（乔治·布莱语）去对民族文学的文本及批评对象做出相对客观、辩证、准确的阐释。萨义德曾说，"一个人离自己的文学家园越远，越容易对其作出判断"[①]。实际上文学批评也是如此。

整合宁夏"三棵树"的评论，还可以发现一个明显的特征，就是大量评论没有结合具体的社会历史语境去做判断，论者大多拘泥于封闭的文本做阐释，从批评的方法上，尽管有论者从结构主义、原型批评等方法入手分析文本，但这样的文章是少数，大量的文章进行的还是社会学批评。从批评的理论资源来看，不谈"现代性"是宁夏"三棵树"评论的一个短板，没有现代性的理论资源，使得评论缺乏应有的社会历史语境。面对小说文本之中人的生存危机，评论往往陷入失语的状态。因为论者没有真正意识到小说文本内外的冲突，文本内的人是诗意的，有坚忍的精神和尊严，可是文本外的社会现实却不是如此，也就是小说内的诗意人生与小说外严酷的社会现实形成了强烈的对比，论者没有

[①] ［美］爱德华·萨义德：《东方学》，王宇根译，生活·读书·新知三联书店1999年版，第332页。

借鉴现代性的有效理论资源对小说进行社会学意义上的审视。所以，在一定程度上，论者的论述与作家的文本是契合的，但与社会现实是割裂的。

当然，对于评论者而言，还要取决于研究对象的丰富与深刻，在文化认同的基础上同时还要保持一定的审美距离，让文学批评真正成为阐释性的批评，能够把宁夏"三棵树"的作品的价值最大化地阐释出来。

第三节　宁夏"新三棵树"批评研究

其进入20世纪90年代以来，作为中国当代文学版图之中的"宁夏文学"，文学创作呈现出"井喷"之势，显示出宁夏地方文学的别样风采。具体而言就是：从过去张贤亮文学创作的一枝独秀，发展为以"三棵树"（陈继明、石舒清、金瓯）、"新三棵树"（张学东、漠月、季栋梁）为代表的文学群团。自此，宁夏青年作家的创作不再单单是一种个人行为，而是一种集团呼应，他们以自己的创作实践介入或参与到了时代的历史进程之中，成为西部文学一道亮丽的文学风景。作为宁夏文坛青年作家新实力的代表，宁夏"新三棵树"的文学创作在当下文坛已形成一股让人不敢小觑的冲击波，他们纯正的文学理念与扎实的创作实绩不断赢得文学评论家们的青睐与关注。孟繁华、陈晓明、吴义勤、贺绍俊、张新颖、郎伟、牛学智等诸多知名评论家都曾把关注的视角投向宁夏"新三棵树"，并做出了独到的文学解读和文学阐释。因此，对于他们的研究，实际上是对当今宁夏青年作家创作倾向的一个初步把握，通过评论家的解读和阐释，我们既可以抓住宁夏青年作家创作的最核心性的文学因素，以此总结宁夏青年作家创作的宝贵经验，又可以引起我们的再思考，以此形成我们独立的文学判断。

诚然，评论家们对"新三棵树"的批评，多忠实于文本的艺术呈现，既揣测到作家们的创作思维，又能在文本内部挖掘出作品的深刻内涵，从而进入一种更深层次的文学把握。在"世界、作者、文本、读者"四位一体的视域下阐释文本的行为，日益成为宁夏"新三棵树"接受史上一种备受青睐的叙事策略。众多评论家在观照"新三棵树"的创作时，并没有将文本单纯地封闭起来看作一个绝缘体，而是借助文本的阐释，参与文本意义多元化的形态之中，用德国文艺理论家伊瑟尔的说法就是一种"文本的召唤"。实际上，如同捷克作家米兰·昆德拉所言，小说的精神是复杂性。① 客观地讲，由于创作主体的知识结构和对客观世界的认知深度与国内外大作家相比还存在不小的差距，所以其创作有时也缺乏一种常规的稳定性，因而，评论家们对作家作品的评论并没有一味地拔高，而是在维系与文本的关系上，突出了批评话语的知性力量与艺术魅力。简言之，无论是单篇的评论还是整体的论述，评论者共同的处理立场常常是立足于对作家们的呵护与催生，于是，对文本的阐释则更加看重创作主体对客观世界的认知和文本特有的审美属性。所以，综观"新三棵树"评论话语的构成，其言说旨趣常常是：在合理观照作家作品文学品格的同时，更加有效地解释我们的时代精神和审美精神追求，力求建构触及批评灵魂的话语系统。

一 文本现实意义的揭示与阐释

在对宁夏"新三棵树"的批评话语进行整合之前，有必要对作家的创作理念进行整体说明。"新三棵树"是宁夏青年作家的代表，他们的写作，"大都依托宁夏这片有着丰富内涵的土地，去作诗意而温暖的书写，他们对故土的虔诚甚至是崇拜，使得他们的小说创作始终充满着浓厚的人情味"②。进一步推演，"新三棵树"的写作往往具有强大的问题意识与现实指向，他们关注现实人生，但他们写作的底色充满同情与悲悯，这是成为一个优秀的小说家应该具有的人文素质与道德情怀，也成为宁夏"新三棵树"创作的共同经验。

对于"新三棵树"创作的关注，评论家们主要选择社会学的批评方式，注重对文本意义的揭示和解释，也就是："批评家通过作品中作家所

---

① ［捷］米兰·昆德拉：《小说的艺术》，董强译，上海译文出版社2004年版，第24页。
② 许峰、郎伟：《温暖的叙事与宁夏经验》，《朔方》2011年第5—6期。

提供的社会生活经验的广度和深度来作为价值衡量的标准。"① 由于看重文学与现实之间关系的考察，因此也就非常认同作家创作的社会现实意义。整合批评家们的批评话语可以发现，虽然诸多批评话语介入文本意义之现实属性的方式不同，但最终旨归大都趋于对现实属性的考量。比如有的评论通过阐说故事题材所具备的现实主义倾向，反思人文关怀的重要性；有的评论揭示小说反映的当下现实的深刻主题，引发我们关注小人物的孤独与寂寞；有的评论则是聚焦作家对现实书写的创作思维，思索现实书写所承担的内在焦虑感。也就是说，使文学批评与小说文本在反映现实世界这一维度产生了某种契合。

首先看关于张学东的评论。张学东的小说创作虽然在"真实与荒诞之间"游弋，但整体看来，张学东的作品倾向于写实，他将生活的感悟化解为充满现实感的文字。如张新颖在《母亲的笑声、现实和叙述——谈张学东的几篇小说》一文中曾指出，张学东的小说《艳阳》"呈现出来的是令人不知如何说才好的现实局面"②。张新颖通过对张学东几篇小说故事内容的分析，着力对人生美好的记忆、教育落后的现状、农村女性的命运等深刻主题进行了多方位的揭示，从而得出作品具有高度的现实性特征。并且，由作品反观作家的创作情怀，说道："张学东是个有着强烈的现实感的人，他对现实有他自己的体会、观察和理解，他有他自己的情绪、关怀和伤痛。"③ 因而，"现实"俨然成为张新颖阐释张学东小说的核心关键词。

在张学东作品的批评接受史上，郎伟的评论有着极其重要的作用与意义。郎伟作为宁夏的评论家，见证了张学东作为一个青年作家的成长历程，对于其创作的每个阶段，不断进行追踪与爬梳，所以，关于张学东小说创作的阐释，郎伟力求达到批评者与创作者的精神耦合，也就是

---

① 蒋原伦、潘凯雄：《历史描述与逻辑演绎——文学批评文体论》，云南人民出版社1994年版。
② 张新颖：《母亲的笑声、现实和叙述——谈张学东的几篇小说》，《南方文坛》2009年第1期。
③ 张新颖：《母亲的笑声、现实和叙述——谈张学东的几篇小说》，《南方文坛》2009年第1期。

说,郎伟试图通过张学东的小说文本的表象层进入张学东小说对现实思考的精神层,增强批评话语的厚重感。或者说,这种批评力图在对作品与作家的双重追问之中实现一种有价值的判断。郎伟的《读〈西北往事〉兼论张学东小说创作的意义》一文,可谓一篇评论张学东小说整体创作风貌的极有洞见的论文,文章在对张学东的长篇小说处女作《西北往事》的分析中,发现了张学东小说之中许多优秀可贵的文学品质,尤其是提出了这篇小说的两个主题:爱的缺失与死亡。这个主题在张学东的小说创作之中,成为他一直热衷于表现的主题。另外,郎伟对于张学东小说主题的揭示,放置于20世纪人类生存困境的世界文化语境之中,借用存在主义哲学家萨特在论及人类的重要命题时有一个精辟的论断就是:存在先于本质。也许受存在主义和人本主义的影响,在郎伟的评论观念中,他认为张学东小说最核心的命题乃是"对存在的深度勘探"。于是,在评价张学东小说时说道:"张学东的小说立足于20世纪中国社会的悲伤历史记忆和我们生活当中的坚硬现实,在对存在的勘探中,揭示了中国社会的'伤害'主题。"[①] 可以看出,郎伟的这些针对"现实"所阐发的批评话语,较之其他批评家的评论之语则更加深刻有力。因而,他对张学东小说"存在"的理解更具有一种哲学意味。

关于张学东小说的主题,许多评论家早已论及了"成长""苦难""疼痛"等沉重的主题,如孙谦、吴义勤的《守望与穿越——张学东小说论》一文曾指出:"成长是小说的基本母题。"[②] 并提出了张学东小说之中两种"苦难"的书写:生存苦难和心灵苦难。这样的评说是颇有眼界的。国杰也看到了张学东小说的苦难书写,但国杰把这种苦难书写引向了底层文学这样的背景之中加以讨论,在讨论之中,国杰指出了当前底层文学创作的不足,并由此高度评价张学东底层文学叙述之中苦难书写的现实意义。他在《论张学东底层文学叙述中的苦难书写》一文中曾评论:"底层文学叙述中的苦难书写曾经一度因为一味强调'草根性'、'民间性',忽略文学审美性而备受批评,而张学东的小说创作较好地弥补了这一

[①] 郎伟:《读〈西北往事〉兼论张学东创作的意义》,《小说评论》2010年第2期。
[②] 孙谦、吴义勤:《守望与穿越——张学东小说论》,《小说评论》2005年第1期。

缺陷；他的苦难书写不是停留于生活表面的浮浅描摹和模式化地对'苦情戏'的营构，而是用心潜入到生活的内部和细节，挖掘'微生活'的真实和意义。"① 这样的评论使我们更加树立了民间立场。另外，某些关于张学东单篇小说的解读和评论，非常有助于我们理解张学东小说的现实属性。比如陈晓明通过对张学东《超低空滑翔》的分析，得出小说之中"权力，金钱，欲望"之间存在纠结。② 贺绍俊阅读《喷雾器》，则看重小说之中所产生的"异化"效果。③ 他们认为，"纠结""异化"这些社会现象在当下的生活中成为普遍的现实存在，张学东通过小说的形式有效地揭示并附着了悲悯情怀。显然，这样的评论亦足以引起我们的深思与静默。

其次看关于季栋梁的评论。季栋梁的小说多以关注现实、介入现实为主导，这源于他丰富的社会经历与生命体验。评论者对于这种创作倾向自然心领神会，往往侧重于观照季栋梁小说的故事情节。并且，因为季栋梁所写的故事情节具有很强的现实针对性，故而引发评论者将目光投放到那些充满现实主义色彩的作品上。白草在《季栋梁小说散论》一文中，曾结合季栋梁的人生经历来探析季栋梁小说纷繁复杂的现实图景，并指出季栋梁的小说充满强烈的现实批判性。他说季栋梁的"内心世界不会是那么平静光滑，他所见所闻社会的种种不平，时时刺激着他，必要做出回应或批判，鲁迅不是说过么，人多见世事，便会不满。而不满，则使作家倾向于对社会的批判"④。这样的评判很有知性色彩。钟正平在评论季栋梁的小说创作时认为，季栋梁的小说"流露出对现实人生和世俗社会物欲横流的焦灼，对不良社会风气和不正常社会心理的针砭谴责，对人类心灵'荒漠化'的深刻隐忧，对隐藏在人性深处的陈旧恶习的嘲讽鞭挞"⑤。这些论断是颇有见地的。钟正平针对具体小说文本的思想蕴

---

① 国杰：《论张学东底层文学叙述中的苦难书写》，《文艺理论批评与研究》2011年第4期。
② 陈晓明：《超低空的原生态叙述——评张学东的〈超低空滑翔〉》，《小说评论》2010年第2期。
③ 贺绍俊：《一份关于异化的使用说明书——读张学东短篇小说〈喷雾器〉》，《朔方》2007年第2期。
④ 白草：《季栋梁小说散论》，《朔方》2000年第12期。
⑤ 钟正平：《文学的触须》，阳光出版社2012年版，第99页。

含曾指出：《追寻英雄的妻子》表现的是当下社会之中的"自以为是与道貌岸然"。《觉得有人推了我一把》展现的是种种损人不利己的社会畸形心理。这些评说立足小说的深层意蕴而立论，颇有独具慧眼之处。

当然，评论者聚焦季栋梁小说的现实属性，并非把"现实"看作一个单一的批评字眼，而是把"现实"理解为一个直面人生的丰富世界，无论是他的回望与怀旧的小说，还是寄寓与讽喻的小说，都附着了挥之不去的当下意识。因而，如钟正平所说，季栋梁的小说毫不掩饰写实特性，一些情节、细节、人物、事件甚至故事发生的地点，在不同的作品里反复出现，仿佛要证明一切都是真的。"他的大量琐细而智性的作品，构成了一部当代生活的大小说，而且有头还没有尾，只要生活还会延续下去，季栋梁的小说就会层出不穷。季栋梁不要花招的平实写作，含着功力和敏锐，读季栋梁的小说能感觉到生存是那样真切而难以逃避，这大约就是季栋梁的文学性格。"[①] 这些批评话语忠实于小说创作的原貌，分明将季栋梁定格为一个执着于社会现实的作家。

最后看关于漠月的评论。漠月小说的独特之处在于其表现特有的生活领域，彰显西部人心灵深处的柔情与坚硬，凄怆与无奈。漠月眼中的现实，并不是依托自身与现实之间的紧张关系构成的，而是关注西部偏远寂寞之地，被风沙和干旱肆意围困的漠野深处。这样的生活环境，漠月没有像其他作家一样，面对现实生活的生存艰难，进行强烈的批判，而是把生活诗意化。换句话说，漠月眼中的现实，是经过漠月独特的审美体验过的诗意现实。牛学智在《"诗意"、"温情"与西部现实——从漠月小说说开去》一文中已将这种"诗意现实"的内涵揭示出来。牛学智的评论从分析漠月小说的意趣入手，探讨漠月小说呈现的"诗意""温情"与西部现实之间的关系。应该说，从这个角度来反思文学与现实之间关系的文章还不是很多，尤其是在把握西部现实生活的背景下，牛学智凭借自己的文学感悟力，运用巴赫金的小说理论来寻求漠月小说的开放性。更为可贵的是，牛学智之于漠月的小说审视，采取一种辩证的观点：漠月的乡

---

① 钟正平：《文学的触须》，阳光出版社2012年版，第99页。

村诗意可能始于温情与宁静,但不止于和谐、安详,其中悲剧性的主题为西部文学发展提供了更为广阔的前景。他的评论所看重的是以尘世关怀的"民本"立场来确立人文指向,关注生活在最底层的草根人的生存状态,而不是"天国"式的圣音者的终极关怀。牛学智的批评话语充满强烈的现实思考,在阐释小说文本的前提下,更加有效地阐释自己的文学理解,如他所说:"漠月比较固执地写他所认识的西部乡村。他力图让作品中农民的角色摆脱某种普遍主义的'召唤'和'规定',以富于诗意的描写呈现西部农村的文化氛围与农民的内心感受,揭示被'现代化'、'都市化'语境遮蔽的西部农村的诸多真实景象。"①

实际上,漠月小说的现实属性中也当包含现代性的因素。如倪万军在论及漠月的小说时,就非常重视漠月小说的现代性内涵,他指出:"或许,城市化、现代化自有它的好处,然而对于一个社会来说,过分的城市化未必就是一件好事。"② 通过分析《锁阳》的深层结构,论者认为在强大的工业文明面前,农业文明毅然默默地抵抗着。这样的批评话语剥离了文本表层的意象,直接深入文本的深层内涵之中,应该说是非常有心得的阐释。

总之,在评论家们对于宁夏"新三棵树"的批评话语之中,"现实"是一个重要的概念和关键词,也是"新三棵树"集体凝结的一种创作倾向。但问题是,小说写作或许弱化了当下的语境。因为在当下这个"后现代"社会的语境下,作家们对于现实的关注或许不够深入,不够深入就有可能存在反省空间的缺失和精神资源匮乏的缺失。这需要引起评论者足够的重视,或许评论者掌握的批评话语有时也会出现理解上的误区,因而我们关于"现实"的解读,需要进行双重的审视和斟酌。

二 文本形式要素和美学要素的剖析与解读

小说是一门艺术。艺术活动需要行为主体发挥艺术创造力和艺术表

---

① 牛学智:《"诗意"、"温情"与西部现实——从漠月小说说开去》,《文学评论》2005年第1期。

② 倪万军:《乡土小说的叙事空间及其可能——以漠月的三篇小说为例》,《宁夏师范学院学报》2011年第2期。

现力，除了考究思想旨趣的深度、广度和力度外，考究形式要素和美学要素也是小说创作者和小说评论者必然面对的论题。对小说家而言，尤其是以现实主义见长的宁夏小说家而言，小说创作的理想状态是能够反映出真、善、美的价值，他们需要考虑的元素比较多，优美的小说语言，准确细致的描写，精巧的结构，引人入胜的叙事技巧，栩栩如生的人物形象，还有作家本身的写作态度等，都必须做到匠心独运，有所创获。对评论家而言，解剖小说肌理的路数虽有多种，新批评、结构主义、精神分析批评、马克思主义的社会学批评、叙事学、读者反映批评等方法，都可为我所用，驰骋才情。

纵观宁夏"新三棵树"的评论可以发现，评论者在评说小说现实意义的同时，最为关注的内容则是小说文本的形式要素和美学要素。这种情形也属必然，因为关注这两种要素的微妙之处也就切入了"宁夏新三棵树"小说的韵致。当然，评论家对于文本形式要素和美学要素可以选择一种要素而进行剖析与解读，但是在很多语境中，评论家对两种要素的评论常常是融为一体的。

我们看到一种久违的审美体验式的批评，在这些批评的文字中，我们能够看到批评家"自我"对艺术的融入和体验，他们能够冷静地打量眼前的艺术世界，给他们做出相应的艺术判断，这种判断建立在细致入微的阅读感受上，也就是说，在文本形式的考察上，众多评论家非常注重审美品格的营造。张新颖在读张学东的小说《剃了头过年》，抓住"母亲的笑声"这一细节，从中挖掘其深刻的内涵和隐喻意义。这是一种典型的隐喻型批评文体，它的特点就在于"舍弃大量一般性材料，抓住某一个最富特征的点，加以想象性的发挥"[1]。"母亲的笑声"在这里成为一种"含泪的笑"，更增加了小说的悲剧氛围。陈晓明从小说叙述的角度对《超低空滑翔》做了精妙的解读，把超低空看作一种叙事姿态和叙事方式，这样"超低空"就带有一语双关的意味。他说："'超低空'既是生活的原生态，又是一种荒诞的、反讽的叙述状态。小说始终把白东方作

---

[1] 蒋原伦、潘凯雄：《历史描述与逻辑演绎——文学批评文体论》，云南人民出版社1994年版，第41页。

为叙述人,这个叙述人'我'/白东方,能在自己身处的位置,看清自己的嘴脸,也看清周围那些人的面目。我处在'超低空'的层次,在对自我的拆解中,也拆解了权力体系中的群体;也因为对自我的消解,才不会在一种自以为是的语式中对他人进行批判。"① 孙谦、吴义勤认为张学东小说叙事的魅力来源于"独特意象世界的建构"和"儿童视角的运用"。如两人所说,"弹壳""刀痕""地震""门""蝴蝶""雪"等"独特意象世界的建构"使张学东的小说有着丰富的意蕴,颇有美学功能和美学意义。② 而"儿童视角"这样的艺术建构在张学东的众多小说之中,得到了普遍的运用,这样的处理可产生一种"陌生化"的效果,如两人所说:"童年视角的运用在张学东的小说中还是一种创造美感和温情的方式。"③ 白草的文学批评是一种典型的审美体验式的批评,这源于他对小说有着较强的艺术把握和文本细读的能力,在他对张学东和季栋梁的小说评论中,我们切实感受到文学批评的艺术魅力,他能够深入小说文本的肌理之中,探析小说情节上的因果关系,着意于小说艺术方面的探索。他曾运用感悟式的语言评论张学东的乡村小说:"熟悉农村生活背景,对童年和少年经历铭感于心的记忆,这是张学东小说创作上的一个优势,在此领域内,他应付裕如,得心应手,单就语言上来说,便多呈密集性特点,有时呈喷涌之势。不过,最主要的还是叙事视角的设立,即叙事者都是农村背景中的少年。"④ 这些评论颇有舒缓的气息,给人以静思的效果。同时,他还非常关注季栋梁早年的成名之作,认为季栋梁的小说结构具有对立式的艺术特征:"官—民,富—贫等等对立,成为小说的背景和框架。"他将之称作"现实批判结构的确立"。⑤ 这些评说是值得我们认同的。

在漠月作品的评论中,郎伟的《漠野深处的动人诗情》可谓一篇讨论漠月小说艺术特色的独到之作。这篇文章从题材的偏爱、人物形象的塑造、美学追求等方面入手,探析漠月小说之中所彰显的动人诗意。尤

---

① 陈晓明:《超低空的原生态叙述评张学东的〈超低空滑翔〉》,《小说评论》2010年第2期。
② 孙谦、吴义勤:《守望与穿越——张学东小说论》,《小说评论》2005年第1期。
③ 孙谦、吴义勤:《守望与穿越——张学东小说论》,《小说评论》2005年第1期。
④ 白草:《略谈张学东的小说创作》,《朔方》2002年第8期。
⑤ 白草:《季栋梁小说散论》,《朔方》2000年第12期。

其在讨论小说的艺术倾向时,郎伟借用了一个美术术语"暖色调"来概括漠月小说的故事情节所呈现的艺术追求,很有感知力。他从三个方面评论说:"'暖色调'的艺术追求,首先表现为作品取材上对于日常生活当中'诗性'的寻求以及叙述上的沉稳安详的'调子'。"①"还表现为作者在作品当中对于西北边地自然风物和人物生活环境的饱含诗意的描写。"②"温暖情调还来源于他在小说创作中的童年叙事视角的反复运用和对回忆性的小说体式的热衷。"③ 显然,立足漠月小说的艺术特色而言,郎伟的这些概括是较为深入的。而牛学智的《"诗意"、"温情"与西部现实——从漠月小说说开去》一文,也曾关注漠月小说的艺术特质。文中说:"'诗意'、'温情',或者'形而上'的追求是漠月小说的又一特点。"④ 并且,牛学智将这种特点与作品思想旨趣的深度结合起来加以评述,较好地处理了文本形式要素分析与内容要素分析之间的衔接。

相比而言,当下评论者之于季栋梁小说艺术层面的评论声音并不强烈,这也许是等待季栋梁小说文本形式要素愈加精致的暗示。除了白草之外,只有钟正平、慕岳、王剑冰、郎伟等人在各自的文章中曾论及季栋梁小说的艺术性。尽管如此,正如慕岳所言,季栋梁善用白描,着墨不多,十分简洁地刻画了西海固农民群体的形象。"季栋梁的创作潜力还可以发挥得更加淋漓尽致。"⑤ 这是评论者的期待,也是我们的期待。

整合而看,评论者对于宁夏"新三棵树"的小说文本形式要素和美学要素的解读有一定的共性认识——除了三人共有的童年视角外,还有一个相融的境地,这就是:宁夏"新三棵树"的小说力求在超越苦难和美善结合之中,彰显西部边地所具有的温暖诗意和人文情怀。于是,"诗意""温暖""超越""安静""隐忍"等充满感情色彩和美学色彩的话

---

① 郎伟:《漠野深处的动人诗情》,《朔方》2002年第3期。
② 郎伟:《漠野深处的动人诗情》,《朔方》2002年第3期。
③ 郎伟:《漠野深处的动人诗情》,《朔方》2002年第3期。
④ 牛学智:《"诗意"、"温情"与西部现实——从漠月小说说开去》,《文学评论》2005年第1期。
⑤ 慕岳:《贴近淳朴的心灵——读季栋梁小说〈西海固其实离我们很近〉》,《朔方》2001年第5—6期。

语,就成为诸多评论者精心构思文章时所使用的关键词。当然,宁夏"新三棵树"小说的艺术个性也存在差异之处,比较而言,正如评论者所指出的那样,张学东、漠月小说的温情因素多了一些,而季栋梁小说的悲剧色彩则浓厚一些。张学东、季栋梁小说的反讽意味凸显,而漠月小说的古朴色彩明显。

把焦点放在文本形式方面和美学方面来考察,是文学批评中最为常见的批评手段。综观对宁夏"新三棵树"的评论,在文本形式要素和美学要素考察上呈现多元化的倾向,这其中既有传统的语言学分析,如涉及文学语言的功能和形态特征等,也有从文本的叙事要素入手,对人物性格、人物风神、环境、动作等诸方面予以分门别类的评述。这种多元化的"形式主义"的批评考量,从另一个层面反映出宁夏"新三棵树"艺术追求的多样性与审美品格的提升是值得我们称道的。

三 文本症候的批评与难得

"批评"这个词最初来自希腊文,意为"标准",而"文学批评"也是个外来词(法文),一般指鉴赏者对文学作品所下的判断,特别是价值判断。而由此形成的"批评家"一词是自西方文艺复兴以来就成为评判文艺作品之优劣高下的专业人士的特别称呼。因此,作为一名批评家要有一定的批评立场和判断的勇气,而作为"文学批评家"更应该对社会时尚和过于喧嚣的流行色保持对抗的姿态,而不是一味地唱赞歌。文学批评是一种独立的审美活动,批评主体的独立是保证批评顺利进行的前提,否则,批评就失去了立场和判断。如果批评在"求真"还是"为善"方面过多地增添了"为善"前提下的"捧杀"成分,那么,"为善"就会转变为"伪善",于是,批评的意义就打了折扣。一向以敢于讲真话而著称的知名批评家李建军曾指出,文学批评必须服从的两个绝对命令:一个是追求"事实感",一个是力求"公正无私"。[①]"事实感"与"公正

---

① 李建军:《文学因何而伟大》,华夏出版社2010年版,第108页。

无私"这两个文学批评的律令要求批评家须以客观化的审美视角进入考察对象,因为批评不仅是一种艺术,也是一种责任,一种对文学的道德的责任。

总的看来,在宁夏"新三棵树"的评论之中,批评家多是追求批评上的美学效应与审美意义,着重关注宁夏"新三棵树"作品存在的意义与独特的价值,所以,我们看到的大多是褒扬之词。当然,正如前文所言,作家的努力和创造是获得这些肯定之语的必要条件。而评论家也许出于对青年作家的呵护,故而褒扬的内容也是必不可少的。但呵护并不等于溺爱,如果连作家的缺点与错误都视而不见,甚至对作家的短处或者伤疤百般遮掩,就会滋生这些青年作家创作上骄傲的情绪,这样反倒不利于他们的成长。实际上,善意的提醒与告诫对于作家的成长是十分有利的。正如李建军所指出的那样:那些胸怀开阔的、善于倾听批评意见的作家,正是借助反对性的批评,来发现自己创作中的问题,警觉地避开过于膨胀的自我意识遮蔽的盲区和陷阱。[1] 常识告诉我们,人在创作过程中不可能百分之百地集中精力,有时由于创作的惯性导致创作进入一种无意识的领域。而这些无意识领域的部分,作家往往浑然不知,或者根本没有意识到,久而久之便成为一种文本症候,反而束缚了作家的创作。因此,一方面评论家们要用他们的"慧眼"去揭示作家在创作中没有意识到的问题,促使作家的创作向良性化方向发展;另一方面"真诚批评"对于作家而言,也是他们成长过程中不可或缺的资源。

在众多的评论中,我们庆幸也能听到评论家中肯的批评之声。比如郎伟在评论漠月的小说时认为:"他的小说的题材明显地具有某种单调性;他对过去的痴情妨碍了作品对历史生活严峻性的发现和描写;他在城市已经生活了二十年,然而他对城市似乎是隔膜的,读者难以发现他对城市生活的有力穿透;他对时代丰富性和复杂性的认识可能还没有达到被期待的高度。"[2] 当我们回顾漠月的小说时,发现漠月的小说大都取

---

[1] 李建军:《必要的反对》,山东文艺出版社 2005 年版,第 2 页。
[2] 郎伟:《漠野深处的动人诗情》,《朔方》2002 年第 3 期。

材于他曾经所生活的地域，《湖道》《锁阳》《父亲与驼》等漠月的名篇都是以乡土为题材的小说，这些小说中，当童年的记忆和怀旧的情绪转化为一种诗意的审美眼光时，既是特色，又可能成为局限。虽然那些过去的岁月会变成美好的回忆，但同时还是要警惕童年记忆与怀旧情绪麻木了作家感知现代社会的敏感神经。郎伟对漠月的提醒不是盲目地下结论，而是建立在对漠月小说大量阅读的基础上的，当我们看到，郎伟在文章后面附上漠月多年来的创作篇目的时候，我们相信这种提醒绝不是武断，而是通过对漠月小说大量阅读后而产生的一个问题。实际上，漠月小说的问题就在于其创作与当下的社会现实有一种疏离感，而作家本人还保持着一种对过去的"醉意"，从而使小说创作视域显得狭窄。艺术如果要有生命力，就不能处于一种封闭的状态。这样的一种状态势必会在作家的作品中得以呈现，因此，我们就不难看到，漠月对城市生活与历史生活的简单化处理降低了小说的艺术力量。所以，郎伟的提醒对漠月来说，是很有必要的。

　　白草的评论常常带有强烈的审视意识，这种意识的形成源于白草对时代精神的敏感性与自觉性、对作家的成长经历与生活背景的熟稔以及自身的艺术修养。白草面对小说文本时，他常常能够敏锐地感受到作家小说创作之中出现的问题，这些问题有的是因为受生活领域的限制，有的则是因为小说艺术上的粗糙。他在读张学东的小说指出："到目前为止，张学东比较出色的小说作品，大多为描写农村背景的童年或少年成长的主题，以及与此相关的农村生活场景。在这一领域内，他是得心应手的，但跨出这一领域，比如描写城市（包括城镇）中的人和事，我感到，他的作品明显就有些力不从心，或者手足无措，甚至出现一些完全可以避免的漏洞。"[①] 白草的这些看法是不无道理的。

　　对季栋梁小说的评论也如此。白草认为季栋梁的小说层次不齐，他说季栋梁既能写出像《觉得有人推了我一把》《追寻英雄的妻子》这样的优秀作品，又能写出《头比石头硬》《正午的骂声》这样追求故事效果的

[①] 白草：《略谈张学东的小说创作》，《朔方》2002年第8期。

浅层作品。究其原因，这与作家的生活经历和对艺术沉潜的程度有关，即便是虚构，张学东的《送一个人上路》等描写农村的作品写得就是要比城市题材小说更深刻、有味。而季栋梁，也许有时过于追求写作的数量，文字在他的脑海之中，有一种泥沙俱下的感觉，缺乏一种理性的过滤。这也许就是学者王彬彬所说的"水龙头式的写作"①。

张学东和季栋梁这两位青年作家的小说创作走的是传统现实主义的路子，可以说，对于社会现实的生命体验与理性认知是他们创作的动力。当他们把自己的生活经历或熟知的事件艺术化地表达出来时，他们的小说创作不仅彰显出迷人的诗意，也能流露出对现实的人文关怀。当作家跳出自己所熟悉的领域与范围，仅凭虚构与想象去接近所要描述的对象，往往会"力不从心""手足无措"。白草对张学东和季栋梁两位作家作品的深度评析，恰恰反映出批评家与作家对于题材和艺术的把握存在一定程度的分歧，白草的分析力图证明小说的创作本是一个丰富的艺术载体，而作家只是捕捉到一个个截面。

郎伟和白草的评论语言都如缓缓的小溪静流一样，对待作家们创作上的问题，总是以一种对话的方式与姿态来展开，而不是那种挥舞着大棒进行所谓一棒子打死的"酷评"。法国批评家蒂博代说过："竞争是商业的灵魂，犹如争论是文学的灵魂。文学家如果没有批评家，就如同生产没有经济人，交易没有投机一样。没有对批评的批评，批评便会自行消亡。"② 因此，作家与批评家之间的关系应该是充满平等意味的对话与交流。充满善意的批评与提醒，其实从另一个层面展现了宁夏良好的文学生态，同时，我们也提倡这样基于对话与交流的批评和提醒，只有这样，作家才能在日后的文学写作中避免多走弯路，写出更多充满人文关怀和普世价值的小说。

显然，缺少异议的批评声音是有问题的，有时会造成区域文学繁荣的假象，如此则不利于宁夏文学的发展。而且，长期下去会养成娇惯作

---

① 王彬彬：《鲁敏小说论》，《文学评论》2009 年第 3 期。
② ［法］蒂博代：《六说文学批评》，赵坚译，生活·读书·新知三联书店 2002 年版，第 120 页。

家的可能性。这需要批评者树立强烈的自省意识。虽然我们不倡导有些评论家们的那种"酷评",但是把作家创作中出现的问题摆出来,与作家一起讨论、交流,形成一种自由、平等、民主的艺术氛围,这种氛围对作家的成长,对宁夏文学的发展才是有益的。

第六章　宁夏文学批评家的个案透视

　　新时期40年来，宁夏作家不断推陈出新，从过去张贤亮的一枝独秀，到现在"三棵树""新三棵树"，形成文学的一片林。与此同时，宁夏文学批评家的队伍也日益壮大。他们以其开阔的学术视野，深厚的文学修养和敏锐的眼光观照着宁夏本土文学的创作。回顾40年来的宁夏文学批评，每一个历史阶段都能涌现一批成就卓著的评论家。老一代的评论家有高嵩、刘绍智、荆竹、吴淮生、田美琳、李镜如、杨继国、赵慧、丁朝君、哈若蕙、潘自强、刘贻清、郎业成等。这些老一辈的宁夏评论家，几十年来一直关注着宁夏文学的发展，是新时期宁夏文学批评的开拓者。随着"宁夏青年作家群"的崛起，成长起来的一批中青年评论家则更引人注目，成就也更斐然。他们中有郎伟、牛学智、赵炳鑫、钟正平、白草、李生滨、武淑莲等，他们以丰硕的批评成果成为当下宁夏文学批评界活跃的中坚力量。更为年轻的一代如张富宝、马慧茹、倪万军、乌兰其木格等，他们拥有高学历，经历过高校的专门的学术训练，学术起点高，在近些年展现出不俗的学术势力，显示了极具潜能的发展前景。眼下，随着宁夏评论家协会的成立（2017年12月9日），各市也纷纷成立了各自的评论家协会组织，广纳评论人才，促进宁夏评论事业的发展。也正是由于宁夏有这样一批薪火相传的评论者，才保证宁夏文学批评的水准不断上升。在此，本章选取五位评论家，对他们做一番简单的勾勒。他们在宁夏文学批评领域取得的有目共睹的成绩与宁夏的文学创作共同铸就了宁夏文学的辉煌。

第一节　前行者的呐喊
——高嵩批评论

高嵩是新时期早期宁夏文学研究领域最著名的学者，他理论功底扎实，文学素养高，还是一个文坛多面手。除了从事文学研究，他还创作了长篇历史小说《马嵬驿》——被小说家张贤亮称为"非常优秀的作品"，并于2002年获得《中国作家》"大红鹰文学奖"。他的学术研究视野纵贯古今，先后完成《李白杜甫诗选译》《敦煌唐人诗集残卷考释》《回回族源考论》《张贤亮小说论》等学术著作。他在古典文学、现代诗歌和作家的个案研究方面都有可观的成绩，尤其是他的《张贤亮小说论》[①]，是国内第一部研究张贤亮小说的学术专著，该书充分体现出一个学者敏锐的学术眼光、广阔的理论视野和独特的美学情怀。

一　"断议体"的诗评样式

高嵩在诗歌研究方面呈现出自己独特的品质，他创造出打上个人印记的"断议体"的诗评样式，并用这种诗评样式评析了许多诗人，其中不乏绿原、牛汉、贺敬之、鲁藜、邵燕祥等现当代文学史上的著名诗人。譬如他的《匍匐在慈母般的前套平原上——秦克温诗断议》《绿原诗断议》《献身者的美学——鲁藜诗断议》《人与诗——深沉的脚窝——牛汉诗断议》《从绣花的笼子里走出来——贺敬之诗断议》《青海高原的歌鸟——白渔诗断议》《邵燕祥诗断议》《毛琦诗断议》等篇章，都形象地勾画出他的"断议体"的批评实践。"断议"一词源出刘勰的《文心雕龙·议对》："陆机断议，亦有锋颖，而腴辞弗剪，颇累文骨，亦各有美，风格存焉。"此中的"断议"指的是陆机议论《晋书》所载的历史划定年代的界限。而高嵩的"断议"并非如此，而是有片段议论之意。高嵩的诗歌断议类

[①] 高嵩：《张贤亮小说论》，四川文艺出版社1986年版。

似于古典文学批评中的感悟式的点评，追求的是对诗人及诗歌部分的观照，而不是从整体上来对诗歌进行阐释。

高嵩对诗歌的解读既立足于中国传统诗评的印象式阐释，又能结合新批评式的文本细读，在对诗歌文本细部观照的过程中不时迸射出睿智的见识。他的诗评是将来自心灵的独特感受与体悟恰如其分地转化为洋溢着生命热情的表述。作为批评主体的自我，高嵩自由地穿梭于文本内外，他有时将自我投入对象，有时又能将自我与对象拉开适当的距离，他将个人的生命体验与诗歌的本体同构相结合，进而引发对诗歌本质及其存在价值的思考，让读者充分体会到一种生命的律动。

由人及诗，是高嵩"断议体"诗评的一大特色。高嵩所论述的诗人大多是他的朋友，有的还是相交多年的好友，高嵩对这些诗人兼朋友是十分熟悉的，他笃信法国作家布封提出的"风格即人"观点。诗人的性格和品质是如何影响或者创作出诗歌的，这是高嵩诗论中所要展示的，也是高嵩进入诗歌艺术大门的一把钥匙。例如他论及秦克温时说道："我比较了解他的人，也比较了解他的诗。因此，我比较真切地知道，那将他的人与诗联结起来的，是他的耿直与激切。他诞生在黄河前套，他是喜欢在前套平原上匍匐的前套平原的儿子。他有一种不怎么讲情面的透明性格。他的诗不像羼了奶的水，那么迷离，那么氤氲，他的诗像黄河之水，带着西北高原的土腥气，他的诗也如银川白酒，能把一种热辣辣的感觉送进你的胃口里去，只要你慢慢饮吸，有时也会感到一阵朦胧的微醺。""大凡耿直的人，皆以强与真的统一为美，皆以强与伪的统一为丑。秦克温是以强与真的统一为美的。"[①] 秦克温耿直的性格造就了秦克温诗歌"强与真的统一"。高嵩还在诗人那里发现了人格造型，这是"风格即人"的另一种表述。他在评论七月派著名诗人绿原时，这样写道："诗的道路和人的道路一样，没有直线，一个和诗终生为伴的诗人，总是通过曲折的人生之路的造型，和曲折的个人命运的造型，实现着曲折的诗的造型。经过数十年旅途的颠连，历史的风雨会从他平生堆积起来的

---

① 高嵩：《匍匐在慈母般的前套平原上：秦克温诗断议》，见《高嵩文艺评论选》，宁夏人民出版社2016年版，第52—53页。

诗的丘壑，冲刷出他的最后一个造型——他的人格的造型。从1941年起，六十年来的绿原，他的人生和他的诗都像历史一样丰富，丰富得让人难以说尽。""金玉自守，勇于求真，这是绿原诗格与人格的主根！"[①] 他在评析青海诗人白渔时就直接指出："他内在的品格与素性，所谓'风格即人'是也。"由人及诗，高嵩将诗人的气质和性格与诗歌创作联系在一起，努力展现出诗人与诗歌创作存在的整一性特质。在高嵩的诗评中，诗歌所呈现的风格是诗人人格的外化，是诗人的主观因素在诗歌中打上的烙印，是诗人思想情感的表现形式。

抓住诗歌的核心品质，是高嵩"断议体"的另一个特点。高嵩对诗歌的评析总能准确地找出诗歌所呈现的主要艺术品质，紧紧围绕这一艺术品质展开绵密而不失理性地分析，在高嵩那充溢着机敏的发现、灵动的诗性感悟、鲜明的艺术气质的论述中，高嵩似乎有一种删繁就简的能力，诗人的诗歌形象在读者面前变得不再复杂，一下明晰起来。高嵩不喜欢平铺那些枯燥的概念与术语，更无意于范式化的逻辑推理，他对诗歌的分析直接切中主旨。比如他在总结秦克温的诗歌特点时指出："他的诗歌的第一个特点，就是能够为真理挺直腰杆。"他认为鲁藜的诗"常常意涉深曲而出之以明丽"，牛汉诗歌的主要特征是"境界浑朴、语言洁净，内力外发"。他在解析青海诗人白渔时强调："白渔的优秀诗作全都从感叹起步。""白渔是让情态携着意象奔流。"

最后，高嵩的"断议体"诗评坚持诗歌的本体论美学。高嵩是诗评家，又是美学家，他有着深厚诗学涵养和美学功底，这一切表现在他对诗歌技艺的重视，他对诗歌的构架、肌质、语言、意象、韵律等都有着精到的论述。他在鉴赏贺敬之的诗歌时，指出他的《雷锋之歌》等诗歌采用了"堆垛式的语句完成""意象推进"。他在论述鲁藜的诗时强调："这些诗句，是有节奏的，是有内在旋律的，只是不用脚韵罢了。以双音节为主的参差错落的节奏，和伴随着情绪起伏的诵读旋律，都还保持着音乐式的和谐。"高嵩的诗评既坚持诗歌的外部研究，更注重诗歌的内部

[①] 高嵩：《绿原诗断议》见《高嵩文艺评论选》，宁夏人民出版社2016年版，第70页。

研究，诗之所以称为诗，是因为诗歌的形式属性决定了诗歌的本质。高嵩对于诗歌本体的垂爱更加提升了高嵩诗评的文体意识。

二 "张贤亮"的美学研究

20世纪70年代末80年代初，张贤亮以其卓越的创作引起了巨大的关注，学界认可张贤亮是一位重量级的作家，特别是在"伤痕""反思"文学中所做出独特的贡献。张贤亮也是一位争议比较大的作家，作品甫一问世，便引起各方争议。整合对张贤亮的评论发现，批评界将更多的注意力放在张贤亮在文化政治的书写上，尤其是张贤亮在描写极"左"时代对知识分子所造成的伤害所提供的新的表现方式，如"饥饿心理学""性心理学"等，然而这些评论追求的并不是张贤亮小说的审美价值，而是张贤亮小说的文化价值和意识形态意义。批评界往往忽略了张贤亮作为一名著名小说家所具备的艺术品质。研究者们很少从艺术层面去分析张贤亮小说所具有的审美价值。关于此，著名学者孙绍振先生就尖锐地指出西方文论在小说艺术功能研究方面的欠缺，他呼吁学者："我们不能一味对他们进行疲惫的追踪，应该从中国小说创作和阅读的历史经验出发，概括出中国式的小说阅读理论，解决小说的情节、人物在艺术上的评价问题。"[1]

在张贤亮的批评史上，高嵩绝对是一个不能忽略的学者，他的专著《张贤亮小说论》[2]是国内第一本研究张贤亮小说的专著，由于身处边缘，高嵩的研究并没有引起足够的重视。在马英的《八十年代以来张贤亮小说研究述评》[3]一文中，竟然没有提及高嵩的研究。《张贤亮小说论》出版于1986年，这部30多年前的批评著作今天重读，依然充溢着大量的真知灼见。为什么这部著作有这样的学术生命力？原因在于高嵩将张贤亮

---

[1] 孙绍振：《经典小说解读》，上海教育出版社2018年版，第3页。
[2] 高嵩：《张贤亮小说论》，四川文艺出版社1986年版。
[3] 马英：《八十年代以来张贤亮小说研究述评》，《湖北经济学院学报》（人文社会科学版）2006年第8期。

的小说当作一件艺术品来鉴赏，只有这样有艺术情味的评论，才经得起时间的考验。

高嵩生前供职于宁夏文联，与张贤亮非常熟悉，张贤亮的每一部作品问世，高嵩都谙熟张贤亮创作的心路历程。作者选取的是张贤亮1984年7月之前发表的作品，对《灵与肉》《邢老汉和狗的故事》《土牢情话》《肖尔布拉克》《龙种》《河的子孙》《男人的风格》《绿化树》《浪漫的黑炮》等小说都有评价。该书主要由"创作论"和"风格论"两部分组成，评论者对张贤亮的评论没有任何凭借，完全依靠扎实的理论与敏锐的艺术感觉做出判断，高嵩认为："张贤亮智能结构的重要特点，就是对理性的尊崇。他的巨大的理论热情，来源于苦难的'反思'和理想的追求。这种热情帮助他的艺术思维摆脱了那种小里小气的格局，帮助他广涉人生、隼视历史与现实，帮助他对生活题材进行深刻的开掘，使他在创作中具有战略家的支配感。可以这样说，没有理论的热情，就没有我们著名的作家张贤亮。"[1] 并且笃信张贤亮的小说"稳固地把握了当代历史的脊骨"[2]。这些论断显示出高嵩作为一名批评家的见识。在方法论上，高嵩借鉴了中国古典文论和西方文论的入思方式。在古典文论方面，受刘勰的《文心雕龙》的写作思路和研究视角的影响较为显著。在西方文论方面，借鉴了日内瓦学派的有关理论，尤其是乔治·布莱的《批评意识》。在创作论部分，有史才、诗笔、议论——文笔；窥意象而运斤——细节；悟性世界的群雕——人物；拟容取心；意象织体的产生——构思（A）；情以物迁，辞以情发——构思（B）；心以理应——理念的运动——构思（C）；设情以位体——结构；梗概多气的时代风骨——典型化问题。在风格论部分，有蹑风雅之遗踪——现实主义的风格特色；吐纳英华，莫非性情——作风；因内符外，深雄俊放——风格。作者通过这个评价体系，基本上涵盖了对张贤亮前期小说的内容主旨与艺术风格的阐释，书中运用了古典美学的有关理论、西方文论中的批评意识一说，体验着文本所彰显的精神，辩证地分析张贤亮小说所呈现的审美价

---

[1] 高嵩：《张贤亮小说论》，四川文艺出版社1986年版，第5页。
[2] 高嵩：《张贤亮小说论》，四川文艺出版社1986年版，第14页。

值,具有一定开拓性。

放置于20世纪80年代初期的文化语境中,《张贤亮小说论》有许多值得肯定的意义与价值。其一,这是第一部研究张贤亮小说的专著,集中探索了张贤亮小说存在的价值及艺术魅力。虽是第一部,却出手不凡,避免了第一部可能存在的粗糙与不足。其二,呈现出了一种体验式的批评模式。融入自我,又不忘自我,建构了一种批评者与作者通过文本深层对话的关系。其三,将地域特色纳入张贤亮小说风格形成的原因之中。这一点非常重要,因为"西部文学"这一概念在80年代初期还未达成共识,而高嵩却能敏锐地觉察到张贤亮小说与西北边地文化的密切关系,充分体现出高嵩学术研究前瞻性。20世纪90年代初期,管卫中才在《西部的象征》一书中,将张贤亮纳入西部文学研究的视域中去考察。

令人拍案叫绝的是高嵩在对张贤亮前期小说的系统研究后对张贤亮以后的创作所做的预判。当他细致阅读了《绿化树》之后,相信1984年之后,"张贤亮小说艺术进一步提高的各种可能性。有的在《绿化树》里面潜藏着,有的在其他作品中潜藏着"。并且总结出了"五条揣测的信息"[①]。今天看来,尤其是对那些熟悉整个张贤亮创作的读者而言,再联系1984年之后发表的《男人的一半是女人》《习惯死亡》《我的菩提树》,甚至进入21世纪之后的《一亿六》,高嵩的这五条揣测都基本应验。一方面我们对于高嵩先生的期待予以更多的理解;另一方面,对他的这部专著更多了一些认同感与尊敬之情,不负宁夏文学批评前行者之名。

三 "批评家即艺术家"

今天,我们重读高嵩的批评,由衷地为他评论文章中的诗性体验、诗性表达而折服。当下的文学批评备受诟病,是因为文学批评被打造成了一门毫无生机的匠术,大量的评论操持着一种思维模式,同一种文学术语面对着千差万别的作品,使用着"放之四海而皆准"的批评话语。

---

① 高嵩:《张贤亮小说论》,四川文艺出版社1986年版,第11页。

各种西方理论武器轮番上阵,你唱罢来我登场,文学作品成为这些流行理论演练的战场,成为它们的注脚。读着学院派生产的这些整齐划一的批评文章,总有一种雾里看花、水中望月之感,很"隔",很"硬",甚至陈旧与平庸,当试着对这些批评文章"稀释""瘦身"之后,真正有价值、有见地的论断所剩无几。为什么如此?恐怕是理性有余而情味不足的缘故吧。所以,有些批评家非常不满地指出,一部优美的文学作品被一篇毫无美感的评论给破坏了。文学批评虽是理论文章,但评论者也应该收起那张冰冷的脸,让自己真心投入文本之中,让批评文章增强点文学色彩。英国作家王尔德有句名言:"批评家应是艺术家。"法国作家、评论家法朗士要求,批评家要把自己的操作当成"灵魂在杰作中的冒险"。

坦率地讲,让批评文章有些文学色彩并不是每个批评家都能做到的,这其实是一个比较高的要求,它要求批评家除了有理论知识,还要有深厚的文字功底。高嵩便是这样的一位批评家。他通晓中外美学理论,又对中国古典文学有着很深的造诣,从他的《从〈北征〉看赋的方法》《关于李商隐的〈利州江潭作〉》《探李杜诗歌的创作论问题》《风骨论——中国古典现实主义文学的典型论》等篇目中,可以看到他丰赡的知识谱系。当他回头光顾一下现当代文学作品时,不仅充溢着真知灼见,而且妙语连珠,展示了批评应有的自我形态。通读高嵩有关批评的文字,给人留下最深刻的印象便是:他十分注重批评者自我对艺术的融入与体验。

与凌驾于作家之上的冷漠的批评者不同,高嵩完全以一个美的鉴赏者、作家的知音、艺术探索者的身份进入阅读和分析。他把自己融入文本之中去设身处地地考虑作品中的人物的行为表现和作者的艺术处理,又能置身事外,以经典作品所提供的艺术经验作为参照,冷静地打量眼前的艺术世界,以此来做出相应的审美判断。这种融入自我的观照使高嵩在评论创作对象时抛掉了批评家的"他性",转而使用第一人称"我"的描述方式,又渗入浓烈的抒情语调。例如:"我读吴淮生同志的诗,像欣赏虞世南派的小楷,感到它们庄重而不威凛,虽是那么不激不厉。""我斗胆说一句,在宁夏新诗中,这是夫妻之情的绝唱,这是呕心沥血的'妻颂'。我原以为元微之先生的'唯将终夜长开眼,报答平生未展眉'

两句，在这个主题上，搭起了无可逾越的横竿，然而我错了。吴淮生同志的这首诗，冲淡了我对元诗的信念。元诗写得真率，他的诗同样真率。我了解他，我也了解她。"① 高嵩笔下的"我"仿佛有种奇异的力量，带领着我们一起进入一个美妙的艺术世界，他的评论本身就很生动、形象，富有情味。每每读高嵩的评论都将其当作一篇充满诗性的散文来阅读，无论他的诗评也好，还是他对张贤亮等小说家的评论也好，都说得那么的透彻，他笔下的研究对象经他诗性语言的描述后形象立刻变得清晰起来。

高嵩的批评文章既能做到融入自我，又能实现不忘自我，保持一种清醒的独立精神。他认为："批评的真正深度，在于探及作家构思过程中的心理机制和作家本人的审美意识背景或理论背景。批评家的个人倾向，不是表现在天马行空式的指东道西上，而是渗透在对作家作品知根知底的分析中。"② 这一句话可以看作高嵩文艺批评观，是一种近乎日内瓦学派的批评方式，同时又不失雅量。他反对批评的暴力，反对"霜杀"式的批评，他提倡文学批评应该保持一种宽宏的、和风细雨的风格，尽量地去理解和体贴作者，互相间多一些温馨。从高嵩的批评实践看来，他的批评之所以能准确地描绘出文本的精神，就在于他采取一种宽容的批评姿态去撰写"细论文"，去贴心地体察作家们的思路，忘情地琢磨他们的内在品质，然后再用准确的语言描绘出来，恰切地抓住文品与人品的特征。所以，我们必须承认一点——高嵩是批评家，也是一位充满诗性的艺术家。

第二节 美学的沉思
——荆竹批评论

在老一辈的宁夏文学批评队伍中，荆竹是一个理论素养深厚且自觉的批评家。他早年毕业于复旦大学中文系，受过良好的学术训练。1972年他开始发表作品，写出了四百余万字的理论文章，出版过《智慧与觉

---

① 高嵩：《高嵩文艺评论选》，宁夏人民出版社2016年版，第49页。
② 高嵩：《高嵩文艺评论选》，宁夏人民出版社2016年版，第187页。

醒》《追求真善美》《学术的双峰》《精神的雕像》等著作。文学批评只是荆竹的副业，荆竹长期从事美学理论的相关研究，并且对王国维和陈寅恪两位民国大师有着非常细致深入的研究。因此，当荆竹转向文学批评时，他良好的艺术感觉与深厚的理论素养使他的批评呈现出雄辩的分析与绵密的论述，他独到的认识得到充分的阐释。他将自己对美学的沉思渗透到他的批评实践中，能够让读者真切地感受到他话语背后深刻的美学期待。更令人激赏的是，荆竹的美学沉思摒弃了枯燥的理论术语的滥用，他将理论的深入思考完全化作自己的血肉，用大量形象可感甚至颇具文采的批评语言来阐释文学的价值。

一 审美体验与语言艺术

荆竹在《我的批评观》中声明："我的批评体验，是在记忆中零零碎碎能够连成一气的，大致是自己曾经写过的一些批评文字与学术札记。或许，这些写作活动能够构成我的思想过程。首先是面对文学现象和文学作品的刺激而产生了想说话的欲望，然后把它说出来。于是便有了我的批评，文艺批评与禅宗一样，需要一种体验。批评家必须具备深刻而敏锐的审美体验能力，才能对作品做一番有力的穿刺，并从作品的整体上烘托出，再现文学作品所包含的美感氛围。批评家的审美经验越丰富，他对作品所包含的美学内涵的体验也就越深刻。"[1] 荆竹在文艺批评中特别强调审美体验的重要性，他叩开文学艺术世界大门的钥匙便是凭借审美体验来完成。在他看来，现实体验只是体验的初级阶段，只有审美体验才能真正进入艺术世界，只有审美体验才能使艺术创作充满活力。因此，荆竹的批评是建构在对艺术作品的审美体验基础之上的。他将文学文本视为一个完整的艺术世界，在这个艺术世界中，唯有审美体验才能探得艺术世界的真理。我们纵览荆竹在20世纪80年代撰写的有关审美体验的文章，譬如《论审美体验与艺术踪迹》《艺术生命与审美形态》《论

---

[1] 荆竹：《荆竹文艺论评选》，宁夏人民出版社2017年版，第123页。

第六章 宁夏文学批评家的个案透视

艺术与自由精神》等篇章，这些文章旨在告别文学的政治附庸属性，让文学重回审美的本质轨道上来，以此来构建批评的审美范畴。

文学是语言的艺术，许多作家都将语言作为第一位。汪曾祺先生曾说："一个作家应该从语言中得到快乐。"①"写小说就是写语言。"② 孙犁也说过："从事写作的人，应当像追求真理一样去追求语言。"③ 两位作家都将语言视为文学创作的重中之重，都把语言艺术作为文学创作的本体。而批评家也应如此。学者王彬彬在《一个批评家应该从语言中得到快乐》一文中指出："批评家首先面对的，是语言；语言是批评家进入作品的唯一正道。""一个批评家就应该像领会真理一样去领会语言。……一个批评家就应该从作家创作的语言中得到快乐。"④ 荆竹也是一个"从作家创作的语言中得到快乐"的批评家。荆竹在《文学卮言》中就表达了与王彬彬先生一样的观点："我们阅读一部文学作品时，首先进入视界的是作品的语言。"而且荆竹更加详细地指出语言对于文学的意义："文学主要是靠语言来创造一切的。文学主体性的各个方面，从客观主体之移入语言，到创作主体之使用语言，再到欣赏主体通过语言、玩味语言以感知艺术的内蕴，在所有这些过程中，都体现出语言的独特功能和独特的审美价值。一部文学史，也可以说是文学语言与文体的发展史。""文学是以语言为手段的。""我们欣赏文学而忽视语言的特性，犹如看了一出缺少主角的戏剧，是一种舍本逐末、买椟还珠的做法。"⑤ 荆竹将语言作为叩开文学作品大门的钥匙，实现对文学作品的真正阐释。其实，荆竹十分清楚，20世纪是语言学革命的时代，再多的理论框架都无法摆脱文学所构建起来的语言艺术。赏读文学作品必须先进入文学内部借助语言来体验作品的审美价值而不是文化价值与社会价值。因为，人物的塑造也好，环境的描写也好，情节的设计也好，都要借助语言的魅力来实现。这也就是荆竹为什么如此强调语言之于文学批评的价值，对于召回文学

---

① 汪曾祺：《汪曾祺文集·理论卷》，江苏文艺出版社1993年版，第14页。
② 汪曾祺：《汪曾祺文集·理论卷》，江苏文艺出版社1993年版，第1—2页。
③ 孙犁：《孙犁文集》，人民文学出版社2004年版，第150页。
④ 王彬彬：《一个批评家应该从语言中得到快乐》，《南方文坛》2011年第3期。
⑤ 荆竹：《荆竹文艺论评选》，宁夏人民出版社2017年版，第121—122页。

的审美属性具有重要的意义。

二 问题意识的自觉与创作规律的把握

通读荆竹的批评文章，我们会惊叹于荆竹的眼光。因其理论素养深厚，艺术感觉敏锐，所以他在观照文学时往往有着强烈的问题意识。这种问题意识的直接表现就是他对宁夏文学的现状做出符合真实的评判。荆竹在《宁夏长篇小说概论》一文中指出，宁夏的长篇小说尽管取得了一定的成绩，但只要横向比较，与区外的长篇小说对比，宁夏的长篇小说在思想与艺术质量、创新意识上都存在不小的差距。这具体表现在：宁夏长篇小说语言与叙述的探索滞后，"笨重有余而灵秀不足"，缺乏自觉的文体意识；"实有余而虚不足"，精神厚度不够，精神世界的探索不够深入，缺乏深邃的文化精神支撑；更为具体的问题在于："一是艺术表现形式的薄弱，往往出现结构性'内伤'。二是作家的创作个性未得到很好的发展，作家主体未得到充分的发挥。三是创作境界问题，一些作家未能预期到接受者的三种心理境界：即宏观的时代性和哲理性；中观的故事性；微观的情绪性。四是作品对想象虚构和创新的追求较为匮乏。"[①]荆竹长期生活在宁夏，一直跟踪宁夏文学的创作，对宁夏长篇小说的把脉还是十分准确的，宁夏的长篇小说呈现的这些问题严重影响了宁夏文学的整体发展。

荆竹对宁夏长篇小说不仅做了准确的"诊断"，还提出治疗的良方。他认为应从三种角度去提高宁夏长篇小说的创作质量："一是历史的视角，以社会历史流变为背景，或全景式的，或以局部反映全局，或以重历史事件写个人悲欢；二是地域或民俗的角度，着重反映地域特色以及个人的生存方式，独特的地域文化特色，独特的文化传统，独特的人物个性及风俗、风情、习俗、习惯等；三是生命的角度，以边塞历史的文化和生活方式为三棱镜，来折射出人类普遍的生存困境与生命状态。"[②] 在荆竹的论述中，

[①] 荆竹：《荆竹文艺论评选》，宁夏人民出版社 2017 年版，第 204—205 页。
[②] 荆竹：《荆竹文艺论评选》，宁夏人民出版社 2017 年版，第 204 页。

长篇小说的写作除了写作者本身的素养以及能力外,还需要一个培育长篇小说所生产的场域。除了作家自身的责任,还要依靠批评家、领导和出版者同心协力。只有如此,才能使宁夏的长篇小说走向繁荣。

另外,荆竹在长时间关注文学创作过程中,通过研读中外经典文学作品,获取经典作品创作的经验,逐渐形成一套文学创作的律条,这些律条成为荆竹文艺批评的标准参照。荆竹在《文艺创作摭论》一文中,零星片段式地阐述了17类文艺创作的要点。他从语言的个性化、文艺创作简洁、小说开头、小说中的笑、风景描写、人物的眼和手、艺术的共性与个性、艺术创新、灵感、修改、诗歌创作等方方面面加以阐述,从中外经典中吸取创作的经验并加以分析,从而为自己批评观的稳定形成提供了有效的价值支撑。

三 批评实践中的美学沉思

荆竹长期从事美学的研究,在美学研究上积累了不少硕果。荆竹的美学研究立足于经典美学理论的阐释,从他关于审美体验、审美形态、经典化、艺术知觉等美学概念的论述中可知,他试图构建美学理论的普遍特质,他特别强调艺术感觉在理解美学理论范畴中的意义与作用。因此,他的美学研究绝非空中楼阁,不可触及。他并没有将抽象、固定的美作为思考的重点,他关于美学的诸多思考有着极强的现实针对性,他尤其强调人与现实之间的审美关系。从荆竹的理论来源看,他的美学思考受到他的老师蒋孔阳先生的"实践论美学"的影响,在荆竹的《人本质的理论同文学的关系》[①]一文中可见端倪。尽管这篇文章在方法论上是在重拾马克思主义的经典论述,可最后的落脚点,依然是在捍卫人的主体性,进而探寻主体在美学中的意义。

因为从事美学研究的缘故,荆竹有关宁夏文学的批评呈现出一种久违的理论化模式。在面对具体的宁夏文学的文本时,荆竹有意去建构一

---

① 荆竹:《荆竹文艺论评选》,宁夏人民出版社2017年版,第80—83页。

种本土化的理论话语。他的《论两种小说美学模态——兼及宁夏新时期小说的宏观考察》①《杨梓诗歌意味造型论》②便是这种理论话语构建的尝试。宁夏小说真正具有美学意义上的分类是从荆竹开始，他认为，小说美学运动的动力结构就是顺应型与冲突型，并按照这样的分类给予宁夏小说如此命名。其实，荆竹所谓的"顺应型和冲突型"两类小说运动模态脱胎于西方接受美学理论，接受美学中"期待视野"是指接受者在进入接受过程之前，根据自身的阅读经验和审美趣味等，对于文学接受客体的预先估计与期盼。接受者对于文学接受客体的预先估计与期盼吻合则体现出"顺应型"，反之则是期待受挫，也就是所谓的"冲突型"，当然，荆竹并没有局限于接受美学所谓的"期待视野"，而是反过来加以审视与超越，借助心理学的相关理论，让这种小说美学理论与宁夏小说的创作实际更为切合，从而形成自己的美学观念。在《论两种小说美学模态——兼及宁夏新时期小说的宏观考察》一文中，荆竹虽然为宁夏小说命名了两种小说美学模态，但在情感方面，荆竹还是倾向于冲突型的小说模态。荆竹特别强调冲突型小说实践的意义"在于提供一种咄咄逼人的挑战，使我们具有惰性的、难以自发驱动的认识结构，被逼迫着面临一种我们原有的结构无法处理的心理机制因素，从而调动起我们的调节机制，在与新的刺激因素的适应活动中，也就是认识理解冲突型小说实践的内在意义的努力中，推动我们认识结构的组织发展，把我们的审美水平提高到一个新的阶段"③。虽然荆竹此处的论述颇为拗口，但究其本质，荆竹是在陈述一个事实，那就是好的小说创作应该能够带给读者无限的惊喜，超出读者的阅读期待。按照这样的界定，荆竹认可张贤亮的《肖尔布拉克》而不是更为知名的《灵与肉》。荆竹认为两种小说模态并非二元对立，而是辩证统一。"我们并不是说顺应型小说美学运动毫无意义，是应予否定的。而且，只有结合冲突型小说美学运动，它才可能有积极的意义，并获得健康的发展。同样，顺应型运动的充分发展

---

① 王邦秀主编：《宁夏文学作品精选·评论卷》，宁夏人民出版社1999年版，第50—60页。
② 荆竹：《荆竹文艺论评选》，宁夏人民出版社2017年版，第127—160页。
③ 王邦秀主编：《宁夏文学作品精选·评论卷》，宁夏人民出版社1999年版，第54页。

也是冲突型运动发生的重要起点,冲突型运动是对处于饱和危机的顺应型运动的'结构性革命'。"① 综观荆竹对新时期宁夏小说的考察,提供了一种可贵的美学理论化的审视视角,从中可以提升宁夏小说的美学价值。但问题在于,荆竹对宁夏小说的考察确实如他所述是"兼及"。荆竹的批评沉浸于理论的沉思中,缺乏对文本的深刻阐释,过于抽象的理论描述非但没有触及宁夏小说的"深度",反而形成了某种认识上的错位,有"六经注我"之嫌。

当然,这种不足在《杨梓诗歌意味造型论》中得到改善。《杨梓诗歌意味造型论》一文节选于《杨梓诗歌美学论》,但从该文论述的长度,理论的深度、叙述的绵密程度来看都可以成为杨梓诗歌研究的奠基之作。杨梓是宁夏诗人,也是唯一入选丁帆主编的《中国西部现代文学史》中的宁夏诗人,杨梓的诗歌有很强的辨识度,尤其是他的《西夏史诗》成为中国当代诗坛一个重要的存在。荆竹在研究杨梓的诗歌,从方法论上仍是延续他的美学观照,从中国传统诗学理论出发,结合黑格尔的古典美学,详细解读杨梓诗歌的美学价值及艺术魅力。一个优秀的批评家不会仅仅止步于理论的探索,而是会自觉地将其理论思考用于批评实践。荆竹对杨梓诗歌的研究便是一次理论思考在批评中的愉悦实践。这篇堪称宏文的文章,并没有因为论述的长度而消减荆竹论述的激情,荆竹将多年对杨梓诗歌的跟踪、研读化作充满思辨色彩的有温度的文字,将杨梓诗歌的艺术价值解读得细致明了,体现出一种诗学的深度勘探。读荆竹这篇论文的一个直观感受就是透彻。此文不仅让我们看到荆竹坚实的理论基础,也让我们见识了一个艺术感受敏锐、有着极高审美判断能力的批评家。

第三节　宁夏文学的守护
——郎伟批评论

南京大学丁帆教授在其主编的《中国西部现代文学史》中称郎伟为

---

① 王邦秀主编:《宁夏文学作品精选·评论卷》,宁夏人民出版社1999年版,第58页。

"西部最为活跃的评论家"①。在宁夏，在文学评论这一园地勤奋耕耘且取得一定成绩的学者不是太多，最早从事文学评论这一事业的有高嵩、荆竹、杨继国、丁朝君、吴淮生等老一辈学者，中生代的有郎伟、钟正平、白草、牛学智、赵炳鑫等评论者，作为"学院派"的郎伟是其中的佼佼者。从20世纪90年代中期开始，当诸多评论者渐渐地放缓评论的步伐甚至放弃这一寂寞行业的时候，郎伟却一直在默默地坚守。尤其是对宁夏文学的长期跟踪与推介，如果说宁夏文学在中国文坛有一定的地位与声音，除了宁夏作家的创作实绩外，还与郎伟数十年以来孜孜不倦地认真评论有关，从20世纪80年代中期涉足宁夏文学批评领域到进入21世纪之后，郎伟先后出版了《负重的文学》《写作是为时代作证》《欲望年代的文学守护》《孤独的写作与丰满的文学》《守护风沙中的一盏灯》《巨大的翅膀和可能的高度》等评论集，30年间，郎伟发表了百万多字的评论文章，这些浸润着汗水与智慧的文字足见郎伟对宁夏文学评论事业的执着与热爱。

一 "负重""作证""守护"：批评者的价值坚守

"负重""作证""守护"是郎伟著作中的关键词，也可看作郎伟从事文学批评的价值追求。1980年，郎伟以宁夏文科状元的身份进入北京大学中文系求学，大学毕业工作四年后，又再次进入北大攻读中国现当代文学专业的研究生。据郎伟回忆，燕园七年，作为五四精神发祥地的北大，给予他和他的同学们最大的恩赐除了"独立之精神，自由之思想"这样的精神瑰宝外，最直接的财富便是能当面感受北大教师对学问的那种探索与追求的精神，这些北大的教授，无论条件多么艰苦，都无法阻碍他们对学问的那种孜孜不倦的追求与渴望。这种读书求学的精神在每一位北大学子身上得以传承，至少郎伟是这样做的。

---

① 丁帆主编：《中国现代西部文学史》，人民文学出版社2004年版，第477页。

第六章 宁夏文学批评家的个案透视

在一个鲍德里亚所定义的消费时代，文学在20世纪90年代之后就被市场边缘化了，文学作品也像其他商品一样被贴上了文化消费品的标签，如果说"20世纪"还被誉为"批评的世纪"，21世纪从事文学批评便是一项"吃力不讨好"的事情。郎伟身在高校，本可以按部就班地完成教学和一定的科研工作，享受茗茶品乐的悠闲时光。但他拒绝平庸，以严肃积极的姿态选择了文学批评这一寂寞的行业，而且一做30年。在北大同学兼同事黄学军教授看来，郎伟之所以甘愿做一个"寂寞的守望者"，正是因为他"心中所跳动的，依然是一颗我曾经熟悉的带北大色彩的追求独立与自由的心"①。郎伟走的就是一条不为名利求知问学的精神探索之路。然而，他又不是那种在孤灯枯寂的书斋里做死学问的批评者，而是一开始介入批评就强化批评者的知识分子身份。在他早期的学术研究中，他极力在为自己寻找一把批评的标尺，把学术精力放在了知识分子品性和思想人格的思考与探索上。黄学军教授曾经指出："他追问知识分子的真正涵义，质疑知识分子的社会职责，拷问国民性的弊端和误区，坚信鲁迅当年对国民性的批判在今天仍有深刻的现实意义。在他批判的目光中，始终把关注的焦点放在二十世纪八九十年代中国文学中所显现出来的最能代表中国作家对人文精神的思考和反省的作品上。"② 在郎伟的考察对象中，就存在这样一个知识分子的谱系，从对作为作家的鲁迅、巴金、孙犁、王小波到对作为知识分子代表的陈寅恪、顾准、韦君宜等人的评述中，确立了自己的知识分子的价值立场。"郎伟在注释别人的同时，也正是在注释自己；在拷问他人的同时，也在拷问自己的道德与良知。他的好恶喜怒，都由衷地表现在了他对作家的观点立场的鲜明定位上。"③ 从黄学军教授的阐述与郎伟的批评实践来看，郎伟所表现出来的批评者的知识分子身份意识一方面源于北大精神的传承，另一方面与郎伟自身的读书思考息息相关。"负重""作证""守护"不仅体现出郎伟文学批评的价值面向，更表现出一位知识分子的社会担当与责

---

① 黄学军：《寂寞的守望者》，《黄河文学》2002年第6期。
② 黄学军：《寂寞的守望者》，《黄河文学》2002年第6期。
③ 黄学军：《寂寞的守望者》，《黄河文学》2002年第6期。

任感。

　　正是源于这样的批评意识和坚守独立的批评立场，郎伟在考察作家的创作时十分看重作家是否有独立的创见。这表现在作家的创作取材是否称得上具有"新鲜感"，讲述的故事方式是否给读者带来"陌生化"，作品所表述的思想是否有"时代感"。这就是郎伟评价一部文学作品可读与否的一个重要尺度，实际上，也就是在考察作家们对待生活是否具有独立的意识，是人云亦云还是独出机杼。在郎伟的文学观念里，文学是严肃的，有重量的，不是轻佻的茶余饭后的谈资；文学是所有年代的精神证词，是时代风云变化的见证者；文学还是重重文化危机下的那份良知守护，是重拾文化自信的那盏明灯。正是基于这样的认知，才让郎伟觉得自己所从事的文学批评充满意义和价值，才能做到在消费主义时代寂寞强行，孤苦搏斗。

二　文学批评的三个重要面向

　　作为一种地方知识的构建，新时期以来的宁夏文学呈现 U 字形发展模式。粉碎"四人帮"之后，20 世纪 80 年代的宁夏文学由于出现了张贤亮这样一位重量级的作家一时间名声大噪，张贤亮的创作也引爆了宁夏其他作家的创作激情。除了"两张一戈"（张贤亮、张武、戈悟觉）外，还有张冀雪、马知遥、马忠骥、李唯、郑柯、南台、查舜、蒋振邦等一大批作家不断用一篇篇佳作繁荣着宁夏文坛，80 年代的宁夏文学与当时中国文坛的主流文学创作相契合，在反思历史与书写改革方面创作出了不少名篇佳作，迎来了宁夏文学第一个繁荣期和高潮期。到了 90 年代，由于市场经济的影响，有的作家主动放弃文学这一寂寞的行业，另择他业；有的作家由于失去了历史语境难以创作出像 80 年代那样优秀的作品；有的作家由于工作调动离开了宁夏。90 年代前期宁夏文学暂时跌入低谷。好在宁夏文学陷入低谷的时间不算太长，从 90 年代的中后期开始，一大批宁夏青年作家崭露头角，登上文坛，取得了不俗的成绩。从 90 年代中期开始，郎伟开始在宁夏文学批评领域跟踪与关注宁夏青年作家这一创作群体,并逐渐将其当作他的学术主攻方向。长达 20 多年的对宁夏青年作家的研究与推介,使郎伟无可争议地成为宁夏文学首屈一指的地方文学研究专家。近几年,郎伟又着手进入 21 世纪以来宁夏小说创作年表的史料搜集和整理工作。作为一名把全部精力投身宁夏文学研究的批评者,他的学术贡献如下。

首先,郎伟对中国新时期以来的文学创作状况有精到研究。他对新时期以来丰富多彩的文学创作现象和创作潮流非常熟悉,分析研究亦非常精到、有独特性创见。在《觉醒与成长:近 20 年中国文学的简单回顾》[1]一文中,他从新时期知识分子的精神解放带来中国文学创作的全新面貌这一角度,认真分析创作主体意识觉醒如何催生了新时期以来文学繁荣的局面,并得出结论:由于知识分子灵魂的觉醒,中国新时期文学才能够与"五四"文学形成一种跨越时空的对话关系。在《1995 年以来的文学发展状况考察》[2]一文中他细致分析了 20 世纪 90 年代中期以后到世纪之交中国文学的创作状况,一方面高度赞扬了市场经济大潮冲击之下坚守知识分子情怀的写作者;另一方面,对"痞子"文学的流行和"私语"文学的泛滥给予了尖锐的批评。在《迷乱的星空——论"70 年代以后"作家的创作生成背景及缺陷》[3]一文中,他对"70 后"作家的成长背景、文化血缘、价值寻求和创作缺陷进行了条分缕析的研究,揭示了卫慧、棉棉等作家所谓的"反叛""另类"写作的颠覆人类尊严与理性的本质。在《九十年代以来中国文学创作的若干病象》[4]一文中,他指出中国文学创作中存在四大病象:思想缺乏症与思想冷漠症;道德感的丧失与虚无;个人的小情小趣和病态宣泄压倒了对于生活严峻性的书写;逐利心态所导致的作品艺术上普遍的粗制滥造。

其次,在宁夏当代文学创作研究方面建立了新话语。在宁夏当代文

---

[1] 郎伟:《觉醒与成长:近 20 年中国文学的简单回顾》,《宁夏大学学报》(人文社会科学版)1998 年第 4 期。
[2] 郎伟:《负重的文学》,宁夏人民出版社 2002 年版,第 57—73 页。
[3] 郎伟:《迷乱的星空——论"70 年代以后"作家的创作生成背景及缺陷》,《文艺理论与批评》2001 年第 1 期。
[4] 郎伟:《写作是为时代作证》,宁夏人民出版社 2007 年版,第 3—8 页。

学创作的研究领域，郎伟是国内花费时间最长、理论建树也最多的评论家和研究者之一。这一方面的成果主要见于他的文学研究著作《孤独的写作与丰满的文学——宁夏当代文学创作论》[①]。他对宁夏文学诸多概念进行了命名与阐释，是国内当代文学研究界第一个提出"宁军"命名的评论家。在《偏远的宁夏与渐成气候的"宁军"》一文中，在国内文坛第一次提出"文学宁军"的概念，也是国内文坛第一个全面论述"宁夏青年作家群"崛起历程、创作特色及独特价值和意义的批评家。在《新世纪前后中国文学版图中的"宁夏板块"》一文中他细致分析了"宁夏青年作家群"的崛起历程，总结了"宁夏青年作家群"崛起于中国文坛的特殊意义与价值。同时，秉持清明的理性，认真剖析了"宁夏青年作家群"创作的不足。《巨大的翅膀和可能的高度——"宁夏青年作家群"的创作困扰》一文，便是对宁夏青年作家的写作困境进行了客观而冷静的分析，文章指出：一方面，乡土生活对宁夏青年作家而言，既是创作源泉，也构成了写作的制约；另一方面，文化视野的狭窄性又构成了宁夏青年作家创作的另一重制约。这篇文章是对当前宁夏文学创作的把脉之作，宏观地考察了宁夏青年作家在创作上表现的主要问题与存在的不足。《"西海固"之子和他的小说世界》是国内文坛第一篇全面研究石舒清小说创作的学术论文。《悲悯的注视——李进祥小说创作论》是国内文坛第一篇全面论述李进祥中短篇小说创作的研究论文。从张贤亮到"三棵树""新三棵树"以及宁夏其他青年作家的创作，都悉数被郎伟认真研究并撰写过评论文章，为宁夏文学的积极推介并为其能够走向全国做出了贡献。

最后，为当下的学术热点"西部文学"的研究提供新的理论话语。宁夏回族自治区作为西部最小的省份，虽然面积最小，但是宁夏文学为西部文学甚至中国文坛提供了许多值得思考的意义与价值。而这种意义与价值在郎伟的批评话语中都能找寻到相应的依据。同时也为致力于西部文学研究的学者们提供了新的研究思路与研究视角。

[①] 郎伟：《孤独的写作与丰满的文学——宁夏当代文学创作论》，中央民族大学出版社 2015 年版。

三 体验式的审美批评与对汉语的敬畏之心

历经 30 年的批评生涯,郎伟逐渐有了较为成熟的批评观,他的批评文章不是"新批评"所要求的那种脱离社会固守文本的批评,而是要追求一种积极干预生活的现实姿态。在《负重的文学·后记》中,郎伟强调:"我一直认为文学批评不是寄生性和附庸性的,它的'根'本应该深深扎在人类生活和时代的丰厚土壤之中,是变动不居的社会生活和绚烂多彩的时代风云给予文学批评以强大的背景支持。一篇优秀的文学评论文章当中总是跳动着一颗对现实的热切关注和忧患之心,流淌着批评者对生活、时代和人本身的独特理解和新鲜感受。"[1] 在这里,郎伟实质上强调的是文学批评的方法,他没有把文学看作一个孤立的个体,在他看来,文学作品应该是一个社会发展的产物,对文学作品的解读不能仅仅停留在作品的"内部研究",而是要兼济它的"外部研究"。只有内外兼修,才能更好地去还原或者是逼近文学作品的本来面目和作家的真实意图。"穿透"是郎伟解读文本时经常提及的一个关键词,然而靠什么去穿透文本呢?文学理论固然重要,但在郎伟看来,理论或许只是增加了一个分析视角而已,而不能如实去挖掘文本之中更为深层次的东西。在这一点上,郎伟与他的授业老师们的治学路径显然是一致的。洪子诚在《问题与方法》中谈及对待历史的看法时说道:"理论虽然会起到非常重要的启发作用,但是自身的经历、体验有时更重要。"[2] 郎伟穿透文本靠的是丰富的人生阅历与生命体验。这种体验不是空中楼阁或者海市蜃楼,它主要包含两个方面,一是与宁夏作家近距离的相处能够窥测到创作主体的隐秘心理;二是自己几十年来对人世的洞察与看法。他评论过很多宁夏作家,这些作家中有全国知名的,还有许多文学上的"发烧友",在他评论一个作家的重要作品时,总是先要介绍一下作家的基本概况,这不是为了介绍而介绍,而是为这些作家描绘一幅逼真的肖像画,勾勒出

---

[1] 郎伟:《负重的文学》,宁夏人民出版社 2002 年版,第 319 页。
[2] 洪子诚:《问题与方法》,生活·读书·新知三联书店 2004 年版,第 21 页。

这些作家的性格特征,从而为准确地了解他们的作品做好铺垫。他评论宁夏作家漠月《漠野深处的动人诗情——读漠月的小说》① 一文便是如此。这篇评论,开头部分介绍了漠月的性格特征、出生环境和人生经历文学化,为下一步评论漠月的小说做了一个很好的铺垫。

　　郎伟的文学批评是一种审美体验式的批评,他力图将文学批评写得鲜活与从容。但当代批评的一个极端走向就是,一篇优美的文学作品,被一篇很不优美的文学评论给"玷污"。原因是批评者不会把作品看作一件优美的艺术品,而是用作品为他们那些深奥晦涩的理论寻找注脚。与他们不同,郎伟的文学评论力求写得很优美,他把文学评论的文章当作"美文"来写,语言的优美不是说郎伟放弃了深刻,而是在鉴赏、审美中去发现进而去创造。他的感觉来自他的聪慧,他的发现更多来自他的分析。他在不紧不慢的分析中,去找出作品与作者之间的关系,以及可能给予读者的东西。在表达的过程中,他追求一种渗透着哲思的"简洁明快"的叙事风格,"不兜圈子,不掉书袋,有什么说什么,有多少说多少"②(陈继明语)。这与其说是一种语言的节制,不如说是一种情感的节制。语言的节制是形式,情感的节制是内容,所以郎伟的批评文体是一种节制型文体。对待语言,他有着一种与生俱来的亲近的感觉,这种本能让他对汉语充满无比的敬畏之情,他说道:汉语是世界上最伟大和神奇的语言之一,终我的一生,都不能把它的美妙之处参透,但我力图在自己的评论文章里尽可能展示它的美妙与神奇。具体地说,我在写批评文章时非常讲究文字的锤炼,注意汉字的音乐性和节奏感,希望不要将本来应该动人心弦能给读者以审美愉悦的文学论文,写成哲学高头讲章或者淡乎寡味的"玄言诗"。这种自我的提醒与告诫对自己与读者是非常必要的。他欣赏杜甫的"为人性僻耽佳句,语不惊人死不休",他崇拜马尔克斯的那种"与每一个字摔跤搏斗",这些文学大师对他而言,虽不能至,心向往之。他在评论石舒清的小说的时候,先交代了石舒清的家乡"西海固"的境况,对"西海固"的勾勒非常形象生动:"它像一个居住

---

　　① 郎伟:《漠野深处的动人诗情——读漠月的小说》,《朔方》2002年第3期。
　　② 陈继明:《写作是为时代作证·序》,宁夏人民出版社2007年版,第3页。

在深山谷里寂寞的老人,带着曾经的苦难和忧患,长久地默默注视着高山上的万千流云,满腹心事,不知向何人诉说。局外人很难知晓,在它那颗表面渊默而内里波翻浪涌的瀚海一样的心灵世界深处,到底积聚了多少渴望和力量——那片贫瘠而敏感的土地上几乎一百年的热情和想象。"① 充满诗意的语言非但没有削弱论文的深刻,反而让读者感觉更加直观,西海固作为一个贫穷、荒瘠、苦焦、孤寂的形象映入我们的脑海之中。在郎伟的批评文字中,到处可见这样诗意化的论述,读这样的文字是一种审美的享受,用伟大的汉语重铸出生命的理解力和思想的解释力,这是批评内在的张力。

关于批评,谢有顺有两句话说得很好:"真正的批评,就是要通过有效地分享人类内在的精神生活来重申自己的存在。"②"真正的批评,是用一种生命体会另一种生命,用一个灵魂倾听另一个灵魂。"③ 这就是审美体验的精髓所在。在郎伟的评论文章中,他总是怀着一种推己及人的思考方式去面对作家们的作品,因而,他的批评体现出的是用包容理解之心去与作家们进行交流与对话,也许当下的"酷评"让人感到一种过瘾,可是对待还处在起步阶段的宁夏作家们,"酷评"显然不合时宜,因为比起当代文坛那些受到"酷评"的作家们,宁夏的文学生态环境显然还比较脆弱,郎伟深知地处西北偏远的宁夏作家们的创作是多么的艰辛与不易。在宁夏,甚至有些作家物质生活都难以保证,写作对宁夏作家们而言是一种精神上的慰藉,如果"酷评"一番,犹如当头一棒,会让作家们失去写作的信心,进而对写作产生绝望,这反而是不利于宁夏文学发展的。因而,郎伟总是满怀着同情和认可的态度,对作家们的作品进行审美体验式的解读,他把作家在作品中所蕴含的优秀品质阐释出来,去分享人类普适性的充满真善美的价值观念。

在宁夏评论界,郎伟一如既往的是最具活力和影响力的评论家,他一直保持着学术的惯性,长期对宁夏作家进行追踪,热情地为宁夏青年

---

① 郎伟:《"西海固"之子和他的小说世界》,《民族文学》2000 年第 10 期。
② 谢有顺:《如何批评,怎样说话?》,《文艺研究》2009 年第 8 期。
③ 谢有顺:《文学批评的现状及其可能性》,《文艺争鸣》2009 年第 2 期。

作家们撰写评论。在评论的道路上,他几十年的沉淀与修为,终究促成郎伟更大的学术野心,从评论家到史学家。近些年他专注于宁夏文学的史料整理工作,特别是对宁夏小说家创作年表的整理与研究,不久的将来力争呈现给读者一部有关新时期宁夏小说历史的扎实厚重之作,为地方文学与文化的繁荣与发展做出贡献。

第四节　文化现代性的捍卫
——牛学智批评论

　　牛学智是宁夏最为勤奋的批评家之一,也是在文学批评理论方面最有建树的学者之一。迄今为止,牛学智共出版了《世纪之交的文学思考》《寻找批评的灵魂》《当代批评的众神肖像》《当代批评的本土话语审视》《文化现代性批评视野》《当代社会分层与流行文学价值批判》《话语构建与现象批判》等著作,发表论文上百篇,一百多万文字。作为一名非学院派的批评家,牛学智不仅拥有着丰富的基层社会经验与深刻的生命体验,而且很好地摒弃了那种学院八股式的文风,彰显出自己的学术个性。用他自己的话来说:"是从社会性能、现实状况来说的,不是以学院学科建设来论。"[1] 牛学智也是一个勤于自省的批评家,他没有因为自己身处学术的边缘而自卑,而是充分利用这一边缘来思考当代文学的发展,可以说,边缘为他提供了一个观察文坛的独特视角。另外,他的自省还在于随着理论阅读的深入和所亲历的真实性体验,不断调整着对文学批评的认识与理解。2005 年对于牛学智是一个特殊的年份,这一年他在"鲁院"进修了两个月,对他的学术转向起到了很大的作用。自此之后,他告别了《寻找批评的灵魂》那样一种学科化的审美批评,开始转向了"现代性论述与社会学视域下的消费主义论述"[2],他"通过对哲学思想、社会学的借重,最终生成各类批评路向的价值言说机制"[3]。通过《当代

---

[1]　牛学智:《文化现代性批评视野》,阳光出版社 2015 年版,第 6 页。
[2]　牛学智:《文化现代性批评视野》,阳光出版社 2015 年版,第 9 页。
[3]　牛学智:《文化现代性批评视野》,阳光出版社 2015 年版,第 10 页。

批评的众神肖像》与《当代批评的本土话语审视》两个姊妹篇著作,完成了对中国当代文学批评话语的研究。这也进一步地奠定了牛学智文学批评的学术品格。在牛学智对批评话语的审视中,他立足于对中国社会结构、绝大多数人的现实生活和精神处境的基本认知,并将这种认知作为文学叙述的基本经验来源,形成了带有共识性价值观念的批评话语。

一 文化现代性的批评支点

"文化现代性"是牛学智远离审美批评的一个理论选择,这一概念成为牛学智论评文学艺术思潮的价值支点。何谓"文化现代性"?如"现代性"一样,这是一个非常复杂的概念。许多学者在使用"现代性"的时候往往没有结合本土的语境,甚至根本没有考虑中国社会发展的不均衡的状态,盲目提出了"现代性危机""反思现代性""反现代性"等说法,把问题的矛头指向"现代性"这一理论本身显然是找错了"冤家"。回顾20世纪中国思想文化发展的历程,一个显著的问题就是启蒙思想传播与接收。无论是"救亡压倒启蒙"(李泽厚语),还是"四个现代化",都没有从根本上解决启蒙的主体问题。按照康德的说法,启蒙应该是正确自觉地使用自己的理性来摆脱自身那种愚昧不成熟的状态。社会滋生的一系列问题最终就是源于人未能自觉使用自己的理性,也就是说人的启蒙问题。所以,牛学智基于这样逻辑,指出"文化现代性,即人的现代性问题"。将问题的原因上升到主体层面。牛学智进一步解释道:"文化现代性之所以构成我清理大多数带有普遍性的文学思潮的价值尺度,是因为我把观察的视点置于社会内层时发现,我们大概只能在现代社会这个轨道上往前行驶,而不是相反的方向。既如此,解放人、成全人为其人的最有效途径,只能是而且必须是在'回不去'的前提下进行。"[1]这是"文化现代性"展开的必要前提,需要注意的是,牛学智对"文化现代性"使用不是内在于个体遭遇之上,而是放置于社会公共空间之内

---

[1] 牛学智:《文化现代性批评视野·自序》,阳光出版社2015年版。

来展开，并寻找广泛的社会认同。在这样的价值支撑下，牛学智在论评文学及文化现象时，开始着手清理当下"奥吉亚斯牛圈"里的"牛粪"，首当其冲的是他所熟悉和最为关心的文学批评。在他看来，文学批评要重建有效性，就要走出"四个规定性"，即"批评要走出自我经验规定性，学科规定性，知识规定性，时下响亮的意识形态规定性"。这"四个规定性"强调的便是文化现代性之于文学批评的具体实践，将文学批评放到现实秩序的内层，内在于社会生活，既要警惕打着"求真"旗号的细节求真，也要提防那些标榜"道德伦理失范"实则是身陷相对主义的无效批评。

"文化现代性"作为牛学智的价值支撑，还在于他清醒的问题意识与深刻的洞察力。出版于2014年的《当代批评的本土话语审视》一书是牛学智最为看重的著作。这不仅是因为此书集中体系化地解决了当前文学批评话语的本土化问题，更为重要的是此书所论及的问题依然是对"文化现代性"的展开。牛学智在本书的前言中强调："我最终要写这本书，其实根本的一个疑惑是，在我们这边来说，启蒙现代性本来就展开得不充分，再加上晚近些年来剧烈的社会分化和不顾一切的经济增长、相当快速的城市化等等，导致经济主义机制成了实际上的主导性价值趋向。"[①]针对这些问题，《当代批评的本土话语审视》一书"通过对哲学思想、社会学的借重，最终生成各类批评路向的价值言说机制"[②]。在这本书中，牛学智的文学批评话语的审视仍然是寻求对社会问题的关注而产生的重要面向，在这一细致的梳理中，当前各种批评观念的缠绕甚至复杂的呈现，并不是围绕社会现状而产生的，而是在学科之间进行所谓的消费，而学术界盛行的"自我"和"内在性"这些貌似与启蒙相关的概念与文化现代性的内涵实际上是南辕北辙，用学者耿占春先生的话则是"语境的错位"。因此，牛学智不仅要批判那些"假大空"的无效批评，还要审视那些假借启蒙之名而唯个人经验之实的学术现象，进而整合出隶属本土化的批评话语。

---

① 牛学智：《当代批评的本土话语审视》，北岳文艺出版社2014年版，第4页。
② 牛学智：《当代批评的本土话语审视》，北岳文艺出版社2014年版，第4页。

对于牛学智的学术努力，著名学者耿占春如此评价道："在当代批评话语与它的社会历史语境显得如此错位的时刻，在观念史与制度史如此分裂的情况下，牛学智对当代批评观念、问题与社会语境错位的'审视'是富于洞察力的，他所强调的批评的文体意识与价值书写也深具思想的创见性与预见性。在批评观念、问题与社会语境极度错位的情形下，观念及其整个批评话语是无法在本土扎根的。本土化是观念、概念的重新语境化问题，是批评观念、概念与社会历史经验之间张力关系的建立。绕过本土令人焦虑、痛苦的社会文化状况根本无法使概念的空中旅行具有本土意义。在牛学智提出批评话语的本土化并进行细致考察之后，或与之同时，'审视'一书既提供了当代批评现场的概观无疑也勘探通向当代批评前沿问题的路径。或许，我们应该把这一'审视'视为当代批评所做的一次深刻的自我反思。"[①]

二 宁夏文学批评的价值观审视

牛学智出生于宁夏西吉县，也就是大家经常提及的所谓西海固地区。尽管牛学智对于养育他的这片土地充满感恩之情，但是作为一个充满良知的学者，摆在他面前的首先是对客观事实的尊重。尽管他也通过批评实践积极地参与了"地方感"的编码与建构，参与了地理空间的生产，但是作为本土批评家的牛学智并没有由此陷入地方主义保护的泥潭，而是超越地域化所形成的同质化文学叙事模式，用批判审视的目光去扫描宁夏本土文学的创作。牛学智对宁夏文学不是孤立地考察，而是将宁夏文学放置在西部文学、中国文坛、全球化、现代性等多样化的知识场域内去审视。尤其是在现代性这个大的理论话语背景下，宁夏文学存在诸多普遍性的问题以及与文学大省之间存在不小的差距。特别是与发达的京沪相比，牛学智认为"宁夏的文艺创作在整体上并未摆脱20世纪三四十年代左翼文艺图解政策的思维定势，特别是没有摆脱那个时期赵树理

---

① 耿占春：《对观念、问题与社会语境错位的"审视"》，《中国艺术报》2015年1月21日第3版。

路子的影响"。① 而若放置于西部文学的大背景下，由于经济发展的滞后所带来的物质贫困使宁夏作家天然地选择乡土叙事，比如占据宁夏文学半壁江山的西海固文学，一直以来则以苦难叙事与乡土诗意美学而自我表征。而这种创作在牛学智看来，"倾向于叙写、演绎原乡、原教旨主题，无论价值取向还是审美趣味，或者表现手法、很难看出这些创作主体受过启蒙现代性思想的影响，因而作品也就很难进入市场经济发展的纵深地带来叙事和结构故事。所以作品所传达的平静、安逸、幸福、快乐，也就并不具有内在于现实生活的'真实性'，而是某种外在于创作主体的理念指引下的'虚构'和'教化'"②。牛学智对宁夏文学的这种批评还是基于启蒙现代性，正是在这一理念的指引下，宁夏文学在创作中出现的问题才如此明显，而且正是源于创作主体的封闭落后的价值理念才导致文学创作无法还原一个真实的世界，无法介入现实结构的内部，尤其是无法触及活生生的苍凉的现实生活。在文化现代性的观照下，宁夏作家的创作还依然在宗教原点、传统宗法社会和民间民俗文化仪式中传达所谓的安详诗意的价值理念。而这样的理念传达无异于自我呓语，上升不到普遍性与整体性的价值认同。故而，牛学智观察宁夏文学是站在反思性、批判性的位置上去完成审视的，在具体的理论实践中，他摒弃了审美型的批评模式，而采用了社会学与哲学思想相结合的价值观照的批评方式。作为本土的文学批评，牛学智时刻警醒自己远离对苦难的消费，在他看来："苦难的审视意义，于是消弭在欢乐、恬静的审美话语里了。人们被告知，在苦难中，我们才养成了隐忍、内敛的气质，批评在更高一层开创了'批判性的言论文化'的力量于是藏匿了。"③

对于宁夏作家的个案批评，牛学智似乎不感兴趣，迄今，牛学智只对陈继明、石舒清、漠月三人有过深入细致的专论，而且是在21世纪第一个10年。在《世纪之交的文学思考》④ 一书中，三位宁夏作家创作被

---

① 牛学智：《文化现代性批评视野》，阳光出版社2015年版，第191页。
② 牛学智：《文化现代性批评视野》，阳光出版社2015年版，第192页。
③ 牛学智：《文化现代性批评视野》，阳光出版社2015年版，第221页。
④ 牛学智：《世纪之交的文学思考》，作家出版社2008年版。

置放于西部文学的现实结构中去考察,并且通过绵密的艺术分析来凸显三位作家创作所具有的主要特征。牛学智对三位宁夏作家的个案论评并未孤立地文本分析,而是在一个培育文本的大的话语语境下展开,陈继明的"暧昧的文学语境",石舒清的"文学观念的转变",漠月的"西部现实世界",无论是结构的离析,还是文本的美学阐释,牛学智都是在西部地域文化语境下去阐释小说的真实内涵,这种阐释还带有某种辩论色彩,尤其是某些批评存在对宁夏小说家文本的误读,都被熟悉创作文本与创作主体的牛学智予以纠正。一"批"一"立",进而整合出宁夏文学创作所达到的水平及表现的深度。无论是价值观念的选择还是艺术技艺的运用,三位作家在牛学智的批评视野里已经代表着张贤亮之后的最高水平,同时也通过所谓中西转换实践自己文学批评的"全球化"过程。对于牛学智这种文学批评实践的努力我们有目共睹,但他自己时刻提醒自己,对待宁夏文学批评所持有的尺度,甚至他自己戏称在实践过程中不免"杀鸡用了牛刀"。

三 跨学科的批评方法

牛学智在《走出四个规定性:也谈文艺批评》[1]一文中就指出文艺批评要走出学科规定性和知识规定性。言外之意,文艺批评不宜在学科内部自我繁殖,更不宜罗列规范知识和术语为写论文而论文。批评话语作为重要的人文话语,理应在实践中体现出时代感和命运感。因此,文艺批评应该要有跨学科的学术视野,从社会学与哲学思想中汲取我们这个世界所需要的理论支撑,以便于我们理解当下社会的发展,理性把握人的生存境遇及人文精神特征,才能更好地把握时代脉搏,获取准确的诊断,解决消费社会激荡下的现代性焦虑,进而重建我们的人文精神。

刚介入文学批评的初期,牛学智也是在文学理论的惯性知识、文学的学科内部寻找作家论、作品论的知识依据。各种《文学理论》的书籍、

---

[1] 牛学智:《走出四个规定性:也谈文艺批评》,《百家评论》2013年第6期。

英美新批评的相关理论、中外美学等都是他从事文学批评的理论凭借。可是作为一个从事文学批评的学者，牛学智更相信自己的眼睛、脑袋和心灵的真实体验。因此，经历过文学批评初期的学科化的批评话语之后，牛学智重新启动了文学批评的新机制。借助社会学、哲学等学科知识，重新找到了自己所心仪的批评方式，强化了文学批评力量，进而建构出文学批评的价值机制。

牛学智在《在"文学"中，为什么读文学之外的书？》一文中详细地阐述自己文学观念的转变以及对文学批评重新理解。或许我们可以通过他的阅读书目更好地理解他对文学批评的重新思索。

在阅读完了相关的文学理论书籍之后，牛学智首先开始系统地阅读中西方的"知识分子论"书目[①]，其目的是为了介入新时期以来知识分子群体主体性世界和公共事务，增强批判的力量。富里迪的《知识分子都到哪里去了？》[②]一书是牛学智最为激赏的，因为书中所言的技术官僚与当下文学批评工作者何其相似。其次，梳理现代性、后现代性哲学研究状态，阅读了大量有关现代性的经典理论作品。"试着通过文学批评解释我们这里的消费社会实质，并试着介入深层社会结构内部生成文学批评的话语言说机制。"最后，阅读社会学的经典著作，尤其是与当下社会问题紧密相关的理论著作。比如他非常认同的吉登斯《现代性的后果》、齐格蒙特·鲍曼的《工作、消费、新穷人》、鲍德里亚的《消费社会》、赫勒的《日常生活》、孙立平的《社会断裂三部曲》、李培文的《村落的终结》、贺雪峰的《新乡土中国》《城市化的中国道路》等，这些社会学著作无疑为他的批评提供了新的理论支撑。

在具体的实践环节，《当代批评的本土话语审视》一书便是这种跨学科研究的案例。本书详细梳理了当代文学批评所集中体现的话语模式，并对每种话语进行深入细致的剖析、盘查和论争，以此实现几大批评话语在批评实践中的有效性问题。另外，他的《当代社会分层与流行文学

---

① 牛学智：《文化现代性批评视野》，阳光出版社2015年版，第124页。
② [英]弗兰克·富里迪：《知识分子都到哪里去了？》，戴从容译，江苏人民出版社2005年版。

价值批判》一书更是借用社会学的结构分层理论去观照当代文学发展现状,对那些流行的文学价值观念予以审视批判。

总之,牛学智的文学批评充分体现出文化现代性的学术品格,他观照文学的方式从原先的审美走向了更为宏阔的社会学视野,在多种学科理论的综合运用下,牛学智的文学批评所形成的人文话语具有普遍性和现实性,他的底层意识与现实体验使他的文学批评更具有广泛的认同感,更为重要的是,他的文字是面对鲜活的现实世界和充满现实焦虑的读者而不是那些在围墙内的象牙塔生活或者早已作古的读者。所以,我们必须重提钱谷融先生的"文学是人学"的论断,而之所以如此强调文学是人学,就在于文学是描述人的生存境遇,关注人的生存状态,揭示人的精神特征,而这些都是文化现代性所涵盖的理论范畴,也是文学批评要集中解决的问题,文学批评研究什么?怎么研究?这在许多从事文学批评的人那里或许仍充满疑惑,可对牛学智而言,已经找到了明确的答案。

第五节 审美世界的开掘与考证
——白草批评论

白草是笔名,原名李有智,是南京大学中国现当代文学专业的博士,师从著名学者王彬彬。出版过《文学大家笔下的回族》《张贤亮的小说世界》《宁夏文学十四家》等专著,在《当代作家评论》《扬子江评论》《中国现代文学研究丛刊》等刊物上发表论文数十篇,是宁夏非常有影响的文学评论家。

白草是古人们常说的那种"读书种子",他好像除了读书外没有别的嗜好,连酷爱读书的宁夏著名作家石舒清都由衷佩服白草读书之多,读书之细,声称每次和白草交谈总能获得启发。白草读书可谓博览群书,尤其是自己的专业,白草表现得尤为扎实。这种扎实表现为三点。一是对现当代文学这一学科所涉及的基本作品篇目了如指掌。二是对现当代文学史的基本脉络如数家珍。三是对现当代文学的史料及人物掌故也一清二楚。只因为白草有如此扎实的基础，所以白草的文学评论显得非常厚重，他讲究论从据出，体现出较强的文本细读能力与审美感受能力。他从不做毫无根据的臆测，其评论文章能做到烛照细节而发微。像白草这样低调、专一的学者在目前的学术界已属不多，尤其是在一个文学被边缘化的消费年代。一些从事文学研究的人很难把全部的精力放在文学本身，更多的从业者只是把它当作一门职业而非事业。你要说他喜欢也可以，因为毕竟也偶尔写些文学研究性的文章；你若说他不喜欢也没错，他整日靠文学之外的活动来充实自己的文学生活。白草是个例外。他从不热衷于申请那些浪费时间又有太多限制性的课题项目，也不喜欢在公众场合下与一群"文学浪人"交流。捧着一本自己感兴趣的书，安静地阅读、欣赏、思考，这是我们看到的白草倾心的生活方式。他对文学永远充满生命的激情，仿佛文学是他的唯一，他大多时间都用在了对文学的思考上，对社会上的世俗生活及人与人之间那些无聊的闲谈看得很淡，他看重的是文人之间的精神交流，一杯浓茶，一缕馨香，弥漫在充满智慧的话语交流中。白草总是强调文学应该是一个比较柔软的东西，千万不要把它整得太生硬，那样就失去文学存在的意义。白草喜欢文学，源于文学能够给他带来诗意的审美享受，他能在文学作品中，体味到艺术的臻美境界，能够在文学的世界里自由地游弋一番，这样的一个过程对白草而言就意味着某种价值与意义。

一　张贤亮研究的新成果

当下对张贤亮的研究已不再是一个新鲜的课题，而是一项艰巨的学术挑战。张贤亮的创作尽管在20世纪90年代逐渐式微，但对张贤亮的研究没有因此减弱。20世纪80年代以来，张贤亮的研究热度不减。以中国知网的检索为参照，自80年代以来，每年都有相当数量的研究张贤亮的文章呈现，而且自进入21世纪之后，这种数量成递增之势，研究的角度也更加多元化。面对这样的一个学术研究的热点，更有许多先前的学术成果形成的所谓"影响的焦虑"，白草却迎难而上，毅然决然地选择身边这位大作家作为自己的研究对象。《张贤亮的文学世界》[1]一书是白草研究张贤亮的最新成果。面对纷繁的张贤亮研究成果，这样一部研究张贤亮的专著在张贤亮批评史上意味着什么？作为张贤亮研究的一部专著它有什么特别之处？这都是我们所期待的。

首先，白草的这部专著是一部极其严谨扎实的学术著作，也是一部真正能够如实还原张贤亮本人的著作。不可否认，研究张贤亮的成果多如牛毛，但大多数研究并没有进入张贤亮的世界去探析，而是游离在文本之外，游离在张贤亮本人之外，在许多的研究文章中，我们或者看到一个被神化的在反思文学中大放异彩的张贤亮，或者看到一个被矮化的热衷于"饥饿心理学""性心理学""走红地毯"的张贤亮。然而，这些都不是真实的张贤亮，至少是不全面的。白草曾指出："了解一个作家，须顾及其全体"。白草充分利用地缘优势（同在宁夏），通过阅读张贤亮创作的一切作品以及聆听张贤亮公开场合下的讲话走进张贤亮的艺术世界，用大量的事实依据和理性分析，还原了一个真实的张贤亮，并试图解答了一个事实：为什么在80年代初期的伤痕、反思文学思潮中，张贤亮高于其他作家？他的诗人气质，他的文学观念，他笔下所刻画的那个特殊年代人物形象的深刻性，他身上那种"参与社会变革到追求超越"的热情，甚至他所表现的缺憾，都客观地将一个真实的张贤亮展现在读者面前。

其次，白草的《张贤亮的文学世界》在继承前人研究成果基础上，通过对作品的文本细读和许多未曾被关注的资料的使用，再加之白草细微的审美感受，提供了张贤亮研究方面许多新的见识。比如，许多学者都注重研究张贤亮的文学作品，很少论及张贤亮的文学创作观念，即便是谈及他的文学观念，却很少在学理上进行严密的分析。白草在《张贤亮的文学观念》一章中，开门见山地指出："张贤亮的文学观念基本上源自于黑格尔美学，而马克思主义哲学则主要是他用于思考民族、国家前途以及人生、社会景况的工具和方法。"[2]因为，张贤亮反复表达过阅读

---

[1] 白草：《张贤亮的文学世界》，作家出版社2018年版。
[2] 白草：《张贤亮的文学世界》，作家出版社2018年版，第315页。

《资本论》对自己的影响，并且在小说中大量引用《资本论》的经典片段，这导致文学研究界将注意力放在马克思主义哲学上，而忽略了张贤亮文学观念中的黑格尔因素。白草通过将张贤亮的小说创作实践和创作主张与黑格尔在《美学》《逻辑学》中的主张做原文比照，发现张贤亮在创作的诸多理念皆源于黑格尔，比如"心灵活动的特殊性或异禀特质""认识生活的能力""天才与艺术成熟论""人物形象论""艺术独立性品格"等。这应该是白草研究张贤亮的一大发现，也是此书的一大亮点。

最后，白草这本著作的文风令人称赞。眼下，理论书籍最大的一个弊病就是语言晦涩难懂，有些学术著作假借西方理论术语，一方面没有吃透概念的内涵；另一方面也未做到中西之间的转化，这就导致一部语言优美的小说文本被许多故作高深的评论家阐释得不知所云，给读者造成了阅读与审美上的错位。白草很好地承继其导师王彬彬教授的文风，对语言的要求上升到一种本体论的地位。该书行文流畅，言简意赅，引章摘句都能和谐地统一在论述之中，白草完全摒弃了学院八股式的写法，采用一种散文随笔化的书写方式，写得轻松而不失深刻。比如白草这样评价张贤亮：

> 张贤亮本身即是一个矛盾，他是一个充满矛盾的传统。
> 张贤亮留下了不少的缺憾，他是一个有缺憾的大师。
> 但是，他完成了自己。……
> "有血会淌出来"，这句话可概括张贤亮全部的文学世界。[①]

二 求真、向美与小说修辞

正如前面所述，白草对文学作品有着很强的文本细读和审美感悟能力，在他早期的文学批评文章中，他的文本解读饱满而充盈，对于小说

[①] 白草：《张贤亮的文学世界》，作家出版社2018年版，第24页。

的细节感知到位，故事的来龙去脉都尽在他的把握之中。他始终遵循着一种体验式的审美批评，他对文学的思考不游离于文本之外，凭着一种人生的体验去解析小说中的故事，他对小说故事的分析，主要是看重故事是否具有逻辑性和真实性。我们知道，小说是虚构的艺术，但是小说家的虚构也不是凭空想象，也要受现实因素的制约，即便是卡夫卡的作品，也在恪守着"有逻辑的荒诞"。作家们创作，有时会放松神经，把关不严，写作便成了一种"自来水"式的写作。这种"自来水"式的写作瞒不过白草的眼睛，他就像医生一样把创作的症候给找出来，并顺便来几句善意的叮嘱和提醒。

《略谈张学东的小说创作》①《季栋梁小说散论》②《浸润生命的华美——略谈石舒清的小说》③ 这三篇评论都是宁夏作家的专论，这三篇作家论首先体现出白草的谦虚，"略谈""散论"给人的感觉似乎是缺乏深刻和目的性，实则不然。对于张学东和季栋梁的小说创作，白草像一个艺术导游一样，在作家的小说世界里给我们讲解这篇小说的主题、那篇小说的叙事视角，我们跟随着他的步伐游历了小说家为我们营造的艺术世界，在他的讲解下，我们获悉了小说家创作的整体概况与得失。前面所说的逻辑性和真实性，实际上，就是故事情节所包含的因果关系。批评家要做的是说明这种因果关系是否深刻。因此，针对张学东和季栋梁的小说，白草就指出一些篇章的问题和缺陷，比如他批评张学东《获奖照片》的观念化写作，季栋梁《先人种树》故事形态的粗糙。另外，白草对宁夏作家的背景是比较熟悉的，交代他们的生活背景不是可有可无的，这些作家生活背景的描述其实是为下一步准确理解他们的作品做好铺垫。比如他指出，张学东的农村生活的经历与体验使得他的农村题材写得得心应手，但跨出这个领域，就显得力不从心。季栋梁丰富的工作经历带给他的是作品充满强烈的批判意识。作为批评家的白草有一双慧眼，他能够通过作家的作品去窥视作家的创作心理，能够很好地凭借作家的特征

---

① 白草：《略谈张学东的小说创作》，《朔方》2002年第8期。
② 白草：《季栋梁小说散论》，《朔方》2002年第12期。
③ 石舒清：《清水里的刀子·石舒清自选集·序》，宁夏人民出版社2008年版。

去体察作品中出现的问题。白草的批评在"求真"的同时,还"向美"。文学归根还是一项审美的艺术,鉴于此,白草的评论恪守一种感悟式的鉴赏。《浸润生命的华美》是一篇充满着欣赏的评论,这源于作家石舒清的小说蕴含着一种美,这就是关于人性、关于生命的美。白草围绕着石舒清小说体验的深度、民间世界、宗教价值制衡等的议论,从而感悟出石舒清小说的华美。这种美是那种"润物细无声"的温润的美,这种美读者只能在读了石舒清小说后才逐渐体会的美。白草抓住了石舒清小说艺术的本质,深刻诠释了石舒清小说的艺术价值。

白草对小说修辞学颇有研究,虽然在他的文章中很难看到西方小说理论的艰涩话语,但是不难看出,白草有着扎实的理论功底。首先,他的小说解读直接贴近文本,叙事学成为他首要的工具。他非常注意小说叙事视角的变化导致文本效果的不同。另外,他熟练运用新批评的理论去阐释小说的艺术价值。白草是个唯美主义者,对他而言,小说就是小说,不是大说。小说家就是艺术家,是用语言来营造艺术世界的行家。《诗意的内涵——对几个短篇小说的印象描述》[1] 就很好地体现出白草的艺术直觉和理论分析能力。对石舒清的《红花绿叶》,白草探析出作品存在一种"隐喻性结构"。这种隐喻性首先体现在题目上,同时也喻指回族民众的生死观。"潜在结构"主要是分析陈继明的《一棵树》《比飞翔更轻》和张学东的《看窗外的羊群》。这些作品有一个明显的表层结构,但作者在意的还是作品的潜层结构。白草通过艺术分析,揭示出这些作品显著的艺术特点,也许这些特点连作家本人都未必能够体察,但是对于一部作品而言,它产生以后就不再属于作家一个人,作品的历史也包含阐释的历史。《〈秦腔〉中的"镶嵌"手法及典故运用》[2] 也是白草小说艺术分析的一篇力作,对于贾平凹的《秦腔》,白草指出作品显著的两个艺术手法的运用:一是镶嵌手法,二是典故的运用,从小说艺术这一层面对作品进行考察。白草的文学批评,显然受韦勒克《文学理论》"内部研究"的影响,文中视角、结构、模式、隐喻、象征、隐含读者等术语,

---

[1] 白草:《诗意的内涵——对几个短篇小说的印象描述》,《朔方》2001年第8期。
[2] 白草:《〈秦腔〉中的"镶嵌"手法及典故运用》,《朔方》2012年第3期。

皆是西方文体学研究范畴。

南帆指出:"在批评家看来,作家应当在叙述之中找到这个事件赖以形成的最深刻的原因,并且以此作为情节演变的根本动力。这时,批评家的眼光自然而然地盯住了活跃于事件中的人物。"[1] 人物分析是解读文学作品的一把钥匙,因为,任何一个人的性格的形成都与社会环境息息相关。白草解读小说的另一个方法就是人物形象的分析,在《小说中的女性形象》[2] 中,他解读了几部现当代文学史上的经典作品,他的文本切入点就是小说中的女性形象,但是白草女性形象的解读并非形象的离析与揭示,他是借女性在作品中的性格特征、地位与命运,来透视情节的必然性,进而再从情节的必然来感受时代的氛围。白草所用的方法就是钱理群所说的"从一个人去看一个世界"。同时,通过女性形象的解读也窥视出作家本人隐秘的创作动机。关于这一点,《围城》中的唐晓芙就是明显的例子,她在《围城》中是一个理想完美的女性,这源于钱钟书对这一形象的溺爱。

三　史料考证:文学大家笔下的回族

令人敬佩的是,白草不仅是一个能够品评作家和作品的评论家,他还是一个沉浸于史料中进行考证的学者。其实,很多做文学研究的人,内心深处都有一个学术上的野心,就是能够写一部文学史。文学史家的头衔在一种不自觉的比对中,似乎要高出评论家一个等级,这源于文学史家在史料钩沉方面做出的努力并形成的话语权力,仿佛沉浸在史料中的学问才是彰显学术功力的学问。白草深知学科内部的关联,他决心在浩如烟海的史料中,寻找这么一根绳子,用这根绳子将这些珠珠串联起来,而这根绳子就是与回族有关的问题。作为回族学者的白草,对这一课题的兴趣推动着他研究的深入。《文学大家笔下的回族》[3] 正是这项研

---

[1] 南帆:《文学批评手册——观念与实践》,北京师范大学出版社2011年版,第135页。
[2] 白草:《小说中的女性形象》,《朔方》2012年第1期。
[3] 白草:《文学大家笔下的回族》,宁夏人民出版社2008年版。

究的阶段性成果。在白草的眼中，文学大家的作品固然是艺术的精品，但白草在重温这些优秀经典作品的同时，尽可能地将文学与民族学结合在一起。也就是在细读文学作品的同时，寻找这些文学大家与回族之间的关系，这一视角是不起眼的，但又是独具特色的。比如，《鲁迅全集》的读者，看重的是鲁迅启蒙思想中"立人"的深刻，谁会去注意《鲁迅全集》中关于回族的论述。可是，白草没有放弃这样的努力，他在用"沙里淘金"的方式去淘洗出他所看重的"金子"。用这样的方式，在郭沫若、老舍、巴金、杨绛、王蒙、张贤亮的笔下与生活中，爬梳出文学大家与回族之间的关系。在梳理中，他发现，这些文学大家们在对回族的生活及精神世界描写方面很准确，并且抱着尊重和理解的态度去对待，这种民族认同感也促使白草的这项研究细致化，大家笔下的回族形象很清晰也产生了亲和力。白草的这项研究应该是填补空白的，这充分体现白草极其敏锐的学术意识和勤于读书的学术积累。

白草敢于挑战学术难度，把文学看作一种求真向美的艺术，并且从专业的角度进行审美性的阅读。在一个知识贬值、物欲横流的时代，能够坚守自己的爱好与兴趣，并且一如既往地追求下去，白草的这种求学精神值得我们敬佩与尊重。视读书为生命，视书本为知己，这种精神的纯粹使他的文学批评多了几分神圣色彩，少了一些功利色彩。从他身上，或许可以寻得一点魏晋风度。

结　语

　　新时期以来的宁夏文学批评是在中国当代文化语境中成长、繁荣与收获的思想与艺术批评，是关于宁夏文学史、文学理论和文学批评等多元化探索、全面发展的批评，是对宁夏文学的发展起到了积极推动作用的批评。诸多评论家与时代同行，见证着宁夏文学的成长历程，并在这一过程中不断强化自己的主体意识，开阔自己的批评视野，确立独立的批评立场，展开了具有创造性的批评实践。在宁夏文学的演变轨迹、审美特征、价值估衡和文本解读等诸多方面，都取得了与宁夏文学创作比肩的成就。众多批评家的涌现和大量优秀的批评文本的相继推出，均昭示着宁夏文学批评已经成为中国西部文学值得特别关注的"另一种写作"。

　　40年来，宁夏文学由曾经的失语状态到现在吼出西北强劲之声，取得令人瞩目的不俗业绩，宁夏文学批评是重要的推动力之一，没有文学批评清理思想地基，廓清思想迷雾，为文学创作摇旗呐喊，文学创作将无法顺利进行下去。从早期的张贤亮，到如今的"宁夏青年作家群""西海固作家群"，之所以他们能够在中国文坛这一大舞台上大放异彩，与文学批评对他们的评价、阐释、推介息息相关，任何一个作家的成长、成名都不是一蹴而就的，当上述作家还处在事业初创阶段时，是本地的文学批评给予了他们创作的勇气与鼓励，并通过批评的命名与阐释让他们获得文坛的认可。宁夏作家能够取得今天的成就，宁夏文学批评可谓功不可没。当张贤亮新时期初期的小说《灵与肉》《男人的一半是女人》等作品遭到有些批评者质疑甚至批判的时候，是宁夏本土的批评者同那些质疑者展开争论并极力捍卫张贤亮文学创作的价值与意义，高嵩、刘绍智、田美琳、李镜如等批评者早期对张贤亮创作的呵护与正名，为后来张贤亮走向更大的舞台奠定了基础。20世纪90年代中期，当宁夏青年作家在文坛初出茅庐，并没有获得更多的关注，是学院派出身的郎伟几十年来一直给予这个群体关注与跟踪，积极地向外界推介他们，并通过大量的批评实践从学理上论证"宁夏青年作家群"是中国当代文坛一支不可忽视的创作力量，而由他们所构建起来的宁夏文学是中国当代文学版图中的重要板块。宁夏文学批评虽然作为一种地方性知识的生产实践，却积极地介入主流话语的建构之中，从早期对"题材论"的争鸣到对"歌颂与暴露"的辨析，从对"回族文学"定义的厘定到对"张贤亮作品"的争论，这些缠绕在宁夏文学创作中的论争虽不乏情绪化的意气之争和话语权的争夺，但批评家对宁夏文学发展的真诚关心与反思是显而易见的。随着论争的不断深入，不少之前模糊不清的理论问题得以澄明。新时期以来宁夏文学批评在对历史传统的承继和现代超越的审视与评判中，更加清晰地勾勒出40年来宁夏文学发展的轨迹和美学特征，深化了对宁夏文学的理解，强化了人们对宁夏文学未来发展的信心。

　　40年来的宁夏文学批评界，培养了一批出色的评论家，形成了一支功底扎实，有较高学术素养的批评队伍。正是这一批批评论家坚持独立自由的批评身份与立场，热情、执着地在文学批评这一领域默默耕耘着，才推动宁夏文学事业不断向前发展。不管是身在学院之内还是学院之外，宁夏的评论家们都笃信文学是一项尊灵魂的事业，他们与宁夏作家一道守护着宁夏文学这片绿洲。他们广泛地吸纳着中西方的理论话语，不断提升自己的艺术修养和理论深度，在学术眼界、韧性、定力等方面都有着很高的要求，随着时间的推移和时代的变迁，宁夏批评家的队伍也在不断成熟与壮大，从而有效地推进宁夏文学批评的不断繁荣。40年间，宁夏老中青批评家所汇聚形成的批评队伍，尽管有身份和批评风格上的差异，但他们的共同之处是都强调批评的自觉、独立、自由。随着现代理论话语的传播，宁夏文学批评的广度、深度和力度都得到了不同程度的加强，面对本土不断出现的文学现象，批评家不仅强调个人的生命感觉和体验，还借助现代理论去观照和阐释各类文学现象。不仅有效地衡估了本土文学的价值与意义，还将批评的触角伸向哲学、社会学、文化学、人类学等广阔的领域，增强了批评的现实关怀与历史承担，使批评更好地参与到当下文学的创作进程之中，夯实了批评的根基，避免了文学批评走向空泛与苍白，点燃了批评充满生命创造的激情。进入21世纪之后，以郎伟、牛学智、白草、赵炳鑫为代表的宁夏批评家以巨大的热忱和客观的评述，将宁夏文学批评推向了一个新高度，赢得了人们的尊重。

  40年来的宁夏文学批评界，已经形成了比较良好的学术生态和严肃的学术规范，铺就了宁夏文学批评未来发展的轨道。新时期以来的宁夏文学批评更多是进入文学写作的现场贴近创作对象的批评，批评主体的亲历感增强，宁夏的批评家亲自参与宁夏文学的各类文学活动，尤其是对宁夏作家的创作过程谙熟于心，批评家拉近了与作家的距离，批评实践与创作实践彼此间密切呼应和双向互动，催生了许多富有启发意义的文论命题。而批评家与作家之间的多层次、多方位的对话，又有力地激活了批评，营造出比较良好的学术生态环境。比如高嵩、刘绍智与张贤亮之间的关系，郎伟与李进祥、查舜等作家的对话，牛学智与石舒清、陈继明、漠月之间的对话，白草与石舒清之间的对话，这样有效的对话关系充分保障了批评渠道的畅通。批评与创作一样，更看重个人的生存状态与生命体验，关注批评自身的发展。宁夏文学的批评家自觉地参与到新时期宁夏文学演进的历史进程之中，高嵩对张贤亮的研究，郎伟对"宁夏青年作家群"的评介，一方面是阐释文本；另一方面也是通过对文本的解读来阐释自己的文学观念，凸显自己的批评风格。我们虽不能企求宁夏文学界出现像别林斯基、杜勃罗留波夫、车尔尼雪夫斯基之于俄国作家的那种生态关系，但是经过40年来的风雨历程，宁夏文学界业已形成了比较良好的学术生态，一批批从事文学批评的工作者充分发挥个人意志，贡献个人的智慧，不断提升自己的理论素养，既认真汲取中国传统文论的营养，又能吸收最前沿的现代西方理论知识，经过创造性的转化，建立起了适应"本土话语场"的文论话语，并不断沉潜，形成了较为成熟而严肃的学术规范。综观新时期宁夏文学批评的发展历程，批评越来越呈现出一种开放的姿态，研究的领域更加开阔，视角更趋向多样，批评路径的选择也更加的自由与灵活，批评策略和表达方式也更加多元化、个性化，批评的风格化也越来越明显。这一切无不昭示着宁夏文学批评会以更加充满激情的开拓姿态向前发展，在推动宁夏文学的繁荣昌盛，为整个西部文学甚至中国当代文学提供充满理论价值与精神意义的话语经验做出应有的贡献。

当然，我们在诉说自己优长的时候，同时也要以警醒的姿态去正视自己的不足。新时期以来的宁夏文学批评领域，显然还存在明显的短板。回看40年来宁夏文学批评的发展历程，尽管取得一定的成绩，积累了不少的经验，但是宁夏文学批评的整体现状却不容乐观。与东部文化底蕴深厚的省份相比，还存在很大的差距。宁夏的文学作品有了自己的风格，获得多方认可，但文学批评的认可度还不是很高。20世纪90年代之后，启蒙精神趋于消散，文化批判的锋芒收敛，宁夏的文学批评更多流露的是一种非批评的现象，"圈子化"的批评、颂歌式的批评开始大量出现，作家们也满足于这类批评对于自己的称赞，因此，有深度有思想的批评变得匮乏起来，肤浅的读后感式的批评开始泛滥。就目前的文学批评现状，至少有以下现象值得去重视。

一是宁夏文学批评队伍的建设滞后。进入21世纪之后，宁夏作家队伍面临青黄不接的现象，文学批评的队伍更是处于严重的断代现象。目前在宁夏文学批评方面处于主力的依然是"60后""70后"的批评家。"80后""90后"基本上面临断档的困境。当下，"80后"都已近不惑之年，然而在文学批评领域依然没有形成一股强劲的后备力量。这一方面与批评个体有关，同时也与宁夏作协的理念指导不无干系。宁夏作协为大大小小的作家开过研讨会，却从未为批评家开过研讨会。宁夏作协的各种扶持项目，各种图书的资助项目从未向文学批评倾斜过。许多批评者都是自费出版自己的批评著作，宁夏作协在培养批评人才方面不尽如人意。诚然，高校以及科研院所是批评者较为集中的单位，但他们还有自己相应的教学与科研任务，如果作协不能为他们提供平台，提高他们关注本土文学的积极性,文学批评便会严重滞后于文学创作。对此,从人才培养的角度来看,政府应适当对文学批评进行政策导向上的倾斜,培养更多的文学批评者进入宁夏文学批评的队伍中,提高他们批评的积极性和主动性,进而发挥文学批评的功能与价值。

二是宁夏文学批评缺乏自觉的理论意识。文学批评实际上是一项门槛较高的工作,它除了要求批评者阅读大量文学经典作品形成良好的艺术感觉,还要求批评者必须掌握一定的理论知识。这个理论知识并不限于文学理论,哲学、社会学、人类学等理论知识也必须有所涉及。令人遗憾的是,在宁夏,似乎进入文学批评的门槛被放低,一些将读后感视为文学批评的人进入了文学批评的队伍,把印象式的批评奉为批评的唯一,甚至圭臬。著名学者南帆就曾提醒:"如果批评家继续将'感动'、'领悟'或者'印象'作为首要的指南,那么,他们很难获得足够的信任。"[1] 南帆特别强调文学批评的意义再生产,批评家要借助文学话语从事意义的再生产。可是,批评家如果没有理论上的洞见,何谈意义再生产。尽管宁夏生产了数量不少的批评,但有许多批评还只是停留在"感动""领悟""印象"的层面,缺乏意义再生产的文学批评。因此,要改变上述现状,宁夏批评者就要不断吸收中西方各种人文社会科学的理论,提高批评主体的理论素养与艺术感受力,关注学术前沿,开拓学术视野,将文学批评导向学术乃至社会公共领域,使批评与创作形成良好的互动关系,从而推动宁夏文学进一步的繁荣与发展。

三是宁夏文学批评的主体性还有待加强。宁夏有些批评文章不是建立在对文本细读以及学理推论的基础上,而是在报纸舆论的影响下去做出脱离文本的判断。在这样的批评文本中,我们几乎看不到有效的价值判断,难以看到批评家的真诚与批判的勇气,更发现不了充盈在批评文本中的智慧。我们要谦逊地走进文学创作的写作现场,重返文学写作的历史语境,走进作家和作品的世界之中,真诚、平等地与作家和文本形成深层次的对话关系,这才是一种正常、健康的也是值得采取的批评方式。

---

[1] 南帆:《论文学批评的功能》,《东南学术》1999年第1期。

总之，新时期以来的宁夏文学批评，在推动宁夏文学发展方面做出重要的贡献，培养了一批优秀的评论家，建立了良好的学术生态环境。当然，在现代性的观照下，批评也面临困境，批评的价值导向变得暧昧，批评失去了应有的价值立场。因此，坚守文学批评的价值追问与文化批判功能理应是题中之义。作为宁夏的批评者，理应将文学视为知识分子思想的平台，以更为广阔的视野来观照现实和思考现实，将批评话语转化为一种思想的言说，在更深广的层面形成问题意识，实现批评意义的再生产。宁夏文学批评需要自勉，更需要自省！

参考文献

一 著作类

［美］艾恺：《世界范围内的反现代化思潮——论文化守成主义》，贵州人民出版社1991年版。

［意］艾柯等：《诠释与过度诠释》，王宇根译，生活·读书·新知三联书店1996年版。

［英］安德鲁·本尼特、尼古拉·罗伊尔：《关键词：文学、批评与理论导论》，汪正龙、李永新译，广西师范大学出版社2007年版。

［英］安东尼·吉登斯：《现代性的后果》，田禾译，译林出版社2011年版。

［美］保罗·康纳顿：《社会如何记忆》，纳日碧力戈译，上海人民出版社2000年版。

［俄］别林斯基：《文学的幻想》，满涛译，安徽文艺出版社1996年版。

［日］柄谷行人：《日本现代文学的起源》，赵京华译，生活·读书·新知三联书店2006年版。

［法］布尔迪厄：《文学资本与社会炼金术》，包亚明译，上海人民出版社1997年版。

［俄］车尔尼雪夫斯基：《艺术与现实的审美关系》，周扬译，人民文学出版社2009年版。

［法］蒂博代：《六说文学批评》，赵坚译，生活·读书·新知三联书店2002年版。

［美］Jonathan Culler：《文学理论入门》，李平译，译林出版社 2008 年版。

［德］加达默尔：《真理与方法（上）》，洪汉鼎译，上海译文出版社 1992 年版。

［美］拉尔夫·科恩主编：《文学理论的未来》，程锡麟等译，中国社会科学出版社 1993 年版。

［美］勒内·韦勒克：《近代文学批评史》第 1 卷，杨岂深等译，上海译文出版社 1987 年版。

［美］勒内·韦勒克、奥斯汀·沃伦：《文学理论》，刘象愚等译，江苏教育出版社 2006 年版。

［法］罗杰·法约尔：《批评：方法与历史》，怀宇译，百花文艺出版社 2002 年版。

［美］P. D. 却尔：《解释：文学批评的哲学》，吴启之、顾洪洁译，文化艺术出版社 1991 年版。

［比］乔治·布莱：《批评意识》，郭宏安译，百花洲文艺出版社 2010 年版。

［法］让-伊夫·塔迪埃：《20 世纪的文学批评》，史忠义译，河南大学出版社 2009 年版。

［英］特里·伊格尔顿：《二十世纪西方文学理论》，伍晓明译，北京大学出版社 2018 年版。

［英］特里·伊格尔顿：《批评的功能》，程佳译，西南师范大学出版社 2018 年版。

［法］托多罗夫：《批评的批评》，王东亮、王晨阳译，生活·读书·新知三联书店 1988 年版。

［奥］维特根斯坦：《哲学研究》，李步楼译，商务印书馆 2012 年版。

［美］英格尔斯：《人的现代化》，殷陆君译，四川人民出版社 1985 年版。

［美］于连·沃尔夫莱：《批评关键词：文学与文化理论》，陈永国译，北京大学出版社 2015 年版。

白草：《张贤亮的文学世界》，作家出版社 2018 年版。

包亚明主编：《权力的眼睛——福柯访谈录》，严锋译，上海人民出版社 1997 年版。

曹文轩：《中国八十年代文学现象研究》，作家出版社 2003 年版。

陈思和：《中国当代文学史教程》，复旦大学出版社 1999 年版。

邓晓芒：《文学与文化三论》，湖北人民出版社 2005 年版。

邓晓芒：《新批判主义》，作家出版社 2019 年版。

丁帆：《中国西部现代文学史》，人民文学出版社 2004 年版。

丁玲等：《爱国主义的赞歌》，宁夏人民出版社 1981 年版。

费孝通：《乡土中国　生育制度》，北京大学出版社 1998 年版。

复旦大学中文系资料室：《新时期文艺学论争资料》，复旦大学出版社 1988 年版。

傅道彬：《晚唐钟声——中国文学的原型批评》，北京大学出版社 2008 年版。

高嵩：《高嵩文艺评论选》，宁夏人民出版社 2016 年版。

高嵩：《张贤亮小说论》，四川文艺出版社 1986 年版。

贺仲明：《中国心像：20 世纪末作家文化心态考察》，中央编译出版社 2002 年版。

洪子诚：《中国当代文学概说》，北京大学出版社 2010 年版。

洪子诚：《中国当代文学史》，北京大学出版社 1999 年版。

洪子诚、孟繁华：《当代文学关键词》，广西师范大学出版社 2002 年版。

黄曼君：《中国 20 世纪文学理论批评史》，中国文联出版社 2002 年版。

蒋述卓、洪治纲：《文学批评教程》，武汉大学出版社 2015 年版。

荆竹：《荆竹文艺论评选》，宁夏人民出版社 2017 年版。

敬文东：《灵魂在下边》，河南大学出版社 2009 年版。

郎伟：《负重的文学》，宁夏人民出版社 2002 年版。

郎伟：《孤独的写作与丰满的文学》，中央民族大学出版社 2015 年版。

郎伟：《守护风沙中的一盏灯》，作家出版社 2018 年版。

郎伟：《写作是为时代作证》，宁夏人民出版社 2007 年版。

郎伟：《欲望年代的文学守护》，宁夏人民出版社 2012 年版。

李鸿然：《中国当代少数民族文学史论（上、下）》，云南教育出版社 2004 年版。

李建军:《文学的态度》,作家出版社 2011 年版。

李建军等:《十博士直击中国文坛》,中国工人出版社 2007 年版。

李健吾:《李健吾文学评论选》,宁夏人民出版社 1983 年版。

李生滨、田燕:《审美批评与个案研究:当代宁夏文学论稿》,阳光出版社 2016 年版。

李兴阳:《中国西部当代小说史论》,安徽大学出版社 2006 年版。

李杨:《文学史写作中的现代性问题》,山西教育出版社 2006 年版。

李泽厚:《中国现代思想史论》,天津社会科学院出版社 2004 年版。

刘大先:《千灯互照》,暨南大学出版社 2017 年版。

刘大先:《现代中国与少数民族文学》,中国社会科学出版社 2013 年版。

鲁枢、刘锋杰等:《新时期 40 年文学理论与批评发展史》,浙江文艺出版社 2018 年版。

南帆:《二十世纪中国文学批评 99 个词》,浙江文艺出版社 2003 年版。

南帆:《理解与感悟》,华东师范大学出版社 2014 年版。

南帆:《文本生产与意识形态》,暨南大学出版社 2003 年版。

南帆等:《文学理论》,北京大学出版社 2010 年版。

牛学智:《当代批评的本土话语审视》,北岳文艺出版社 2014 年版。

牛学智:《世纪之交的文学思考》,作家出版社 2008 年版。

牛学智:《文化现代性批评视野》,阳光出版社 2015 年版。

欧阳可惺、王敏:《"走出"的批评——当代少数民族文学批评的阐释与实践》,新疆大学出版社 2011 年版。

申小龙:《语言文化阐释》,知识出版社 1992 年版。

孙绍振:《经典小说解读》,上海教育出版社 2018 年版。

陶东风、和磊:《中国新时期文学 30 年(1978—2008)》,中国社会科学出版社 2008 年版。

童庆炳:《文学理论教程》,高等教育出版社 2015 年版。

汪曾祺:《汪曾祺文集·理论卷》,江苏文艺出版社 1993 年版。

王安忆:《心灵世界:王安忆小说讲稿》,复旦大学出版社 2007 年版。

王邦秀主编:《宁夏文学作品精选》,宁夏人民出版社 1999 年版。

王锋：《当代回族文学现象研究》，作家出版社 2001 年版。

王光东：《中国现当代乡土文学研究·上下卷》，东方出版中心 2011 年版。

王贵禄：《中国西部小说叙事学》，中国社会科学出版社 2015 年版。

吴淮生、王枝忠：《宁夏当代作家论》，宁夏人民出版社 1988 年版。

吴淮生、王枝忠：《宁夏文学十年》，宁夏人民出版社 1988 年版。

徐庆全：《文坛拨乱反正实录》，浙江人民出版社 2004 年版。

杨继国：《回族文学创作论》，宁夏人民出版社 1995 年版。

杨义：《重绘中国文学地图通释》，当代中国出版社 2007 年版。

张贤亮：《写小说的辩证法》，上海文艺出版社 1987 年版。

赵学勇、王贵禄：《守望　追寻　创生——中国西部小说的历史形态与精神重构》，北京大学出版社 2012 年版。

周宪：《文学与认同：跨学科的反思》，中华书局 2008 年版。

朱栋霖等：《中国现代文学史 1917—2000（下）》，北京大学出版社 2008 年版。

朱立元：《当代西方文艺理论》，华东师范大学出版社 2003 年版。

二　论文类

白草：《〈秦腔〉中的"镶嵌"手法及典故运用》，《朔方》2012 年第 3 期。

白草：《略谈张学东的小说创作》，《朔方》2002 年第 8 期。

白草：《小说中的女性形象》，《朔方》2012 年第 1 期。

耿占春：《对观念、问题与社会语境错位的"审视"》，《中国艺术报》2015 年 1 月 21 日第 3 版。

贺绍俊：《宁静安详　纯净透明——宁夏作家群体创作印象》，《光明日报》2013 年 3 月 26 日第 14 版。

贺绍俊：《宁夏的意义》，《小说评论》2006 年第 5 期。

郎伟：《1995 年以来的文学发展状况考察》，《朔方》2001 年第 5—6 期。

郎伟：《"西海固"之子和他的小说世界——石舒清小说创作散论》，《民族文学》2000 年第 10 期。

郎伟：《读〈西北往事〉兼谈张学东小说创作的意义》，《小说评论》2010年第 2 期。

郎伟：《巨大的翅膀和可能的高度——"宁夏青年作家群"的创作困扰》，《宁夏社会科学》2017 年第 3 期。

郎伟：《觉醒与成长：近二十年中国文学的简单回顾》，《宁夏大学学报》（哲学社会科学版）1998 年第 4 期。

郎伟：《论新时期以来（1978—2018 年）的宁夏短篇小说创作》，《宁夏社会科学》2018 年第 4 期。

郎伟：《迷乱的星空——从卫慧、棉棉的创作看"七十年代以后"作家的创作生成背景及其缺陷》，《文艺理论与批评》2001 年第 1 期。

郎伟：《漠野深处的动人诗情——读漠月的小说》，《朔方》2002 年第 8 期。

郎伟：《偏远的宁夏与渐成气候的"宁军"》，《小说评论》2005 年第 1 期。

郎伟：《新世纪前后宁夏长篇小说创作状况考察》，《朔方》2013 年第 6—7 期。

郎伟：《新世纪前后中国文学版图中的"宁夏板块"》，《宁夏社会科学》2012 年第 5 期。

李庆西：《论文学批评的当代意识》，《文学评论》1985 年第 5 期。

刘大先：《当代少数民族文学批评：反思与重建》，《文艺理论研究》2005 年第 2 期。

刘大先：《新世纪少数民族文学的叙事模式、情感结构与价值诉求》，《文艺研究》2016 年第 4 期。

刘锋杰：《从话语霸权到合法性的消解——对"歌颂与暴露"命题的讨论》，《文艺争鸣》2001 年第 6 期。

刘建军：《为什么必须重视现实主义传统》，《西北大学学报》（哲学社会科学版）1978 年第 4 期。

马梅萍：《乡土传统与精神指归——石舒清创作心理解析》，《回族研究》2012 年第 4 期。

南帆：《论文学批评的功能》，《东南学术》1999 年第 1 期。

牛学智：《当前宁夏文学题材透视》，《文学自由谈》2018 年第 5 期。

牛学智：《当前宁夏中短篇小说叙事新观察》，《名作欣赏》2014年第4期。

牛学智：《当前小说流行叙事批判》，《文学自由谈》2018年第2期。

牛学智：《今天究竟需要怎样的文艺批评?》，《文学自由谈》2016年第2期。

牛学智：《金瓯小说与现代性》，《宁夏师范学院学报》2017年第1期。

牛学智：《近年来宁夏短篇小说创作的思考》，《小说评论》2014年第2期。

牛学智：《走出四个规定性：也谈文艺批评》，《百家评论》2013年第6期。

苏文宝：《西海固文学的生命意识叙事：苦难、宁静与朝圣》，《时代文学》2009年第9期。

王晓明：《所罗门的瓶子——论张贤亮的小说创作》，《上海文学》1986年第2期。

吴亮：《当代小说与圈子批评家》，《小说评论》1986年第2期。

谢有顺：《如何批评，怎样说话?》，《文艺研究》2009年第8期。

谢有顺：《文学批评的现状及其可能性》，《文艺争鸣》2009年第2期。

阎纲：《〈灵与肉〉和张贤亮》，《朔方》1981年第1期。

杨继国：《当代回族文学的创作特征》，《回族研究》1996年第1期。

杨继国：《回族文学民族特点初探》，《宁夏大学学报》（社会科学版）1982年第3期。

杨继国：《文学与回族文化》，《朔方》1987年第6期。

张冀：《生命体验与当下文学批评空间的重新开创》，《南京师范大学学报》（社会科学版）2017年第1期。

赵炳鑫：《不堪的现实，人性的图景——陈继明小说浅论》，《名作欣赏》2013年第5期。

赵炳鑫：《宁夏文学批评的历时性观照》，《名作欣赏》2015年第4期。

赵炳鑫：《西海固文学何以可能》，《宁夏日报》2017年7月18日第7版。

钟正平：《苦土上的岁月与人生——评石舒清的小说集〈苦土〉》，《固原师专学报》1998年第2期。

钟正平：《西海固文学及其释义》，《固原师专学报》2000年第1期。

后　　记

　　本书是我的第二本学术专著，是以我的博士学位论文为基础写成的。其中又添加了新的章节和删除了一些内容，并对论文原有的结构和内容做了一定程度的修改与扩展。

　　已过而立之年的我于2016年重新步入熟悉的校园去享受作为一名学生的快乐，远离外界的尘嚣，收获校园内的一份平静与满足，三年的学生生活短暂而又美好。我最应该感谢的是授业恩师郎伟教授。自硕士阶段起，我就求学于郎老师门下，硕士毕业后我选择了留在宁夏工作，十五年来，郎老师不仅在学业上给予我悉心的指导与鼓励，更在生活上给予我如父般的关爱，我学业上的每一次进步都离不开恩师的教导。每当我学业上取得一点小小的成绩，恩师似乎比我还要高兴，他最愿看到的就是弟子们的成长。恩师的人格魅力像照亮我灵魂的灯，始终点亮我问学的漫漫长路。2016年，我再次投入郎老师门下攻读博士，恩师对我提出了更高的要求，鼓励我在读博期间，不仅在学历上有所提升，更要在科研能力上有大的提高。这本书也浸润着恩师的汗水与心血，从开题、撰写到修改阶段，恩师都给予了非常认真的指导，开题报告和论文的草稿上布满了恩师密密麻麻修改的痕迹，论文撰写的每一个环节恩师都提出了许多宝贵的意见，这才让论文得以顺利进行并且完成，并于2019年12月顺利通过了博士研究生答辩。意想不到的是，这篇博士学位论文获得了2020年宁夏回族自治区优秀博士学位论文，而且是唯一的文科论文，教育部专家给的分数排名宁夏第二，在宁夏大学优秀博士学位论文中排名第一。恩师看到这一文件，第一时间电话告知我，并在分享喜悦的同时不忘告诫，"我对你的论文并不是太满意，尤其论文语言方面，我还是能够修改出许多问题，不过这次荣誉也算个意外之喜"。这就是恩师的教育艺术。

本书可算是第一部系统探讨宁夏文学批评的研究成果，从批评话语、文化心态、典型现象、作家批评、批评家个案等多个方面进行了探讨，学无止境，文有高低，研究之中还存在许多不尽如人意之处，还有待专家指正。感谢《宁夏社会科学》《宁夏大学学报》《百家评论》《朔方》《黄河文学》等刊物为本人的研究搭建了交流的平台，感谢白洁、宫京成、孙涛、杨梓、火会亮、计虹等各位编辑老师，正是依托这些刊物的支持和编辑老师们的认真校对，书中的部分成果才得以发表，同时也感谢母校宁夏大学给予本书的资助出版。感谢宁夏大学民族与历史学院杜建录院长，杨浣副院长，王雅芳老师，人文学院刘鸿雁副院长、史春燕老师、杨慧娟老师为本书的出版付出的辛劳。六年的硕博求学生涯，使我早已与母校宁夏大学血肉相融，而本书的出版过程亦证明了母校与我的情意绵长。感谢中国社会科学出版社的王小溪老师，作为山东老乡的王老师，对本书的校正认真细致，其一丝不苟的工作态度常常令人感动，我们合作的过程非常愉快。

在这里，我还要感谢我的同事牛学智老师和白草老师，他们既是我的同事、学业上的前辈，也是我的研究对象。感谢宁夏党校的赵炳鑫先生对我学业和工作的关心。感谢暨南大学博士生导师张丽军老师，张老师是宁夏文联给我安排的学习导师，张老师为人随和，知识渊博，在学业上给予我很大的帮助。我也很有幸加入了张老师的团队，与团队其他成员建立起了友好的合作关系。我还要感谢宁夏文联作协的各位老师，没有文联作协的平台，我的文学研究可能还处在"闭门造车"的阶段。感谢身在远方的本科授业恩师张景超教授，虽与恩师相隔千里，但老恩师一直关心我的成长，给我提供新的研究选题，鼓励我在自己的专业上要不断突破。而作为弟子的我真诚祝愿老恩师晚年身体健康，快乐每一天。

最后，我衷心感谢我的家人，感谢妻子黄昭霞女士一直以来背后的支持，感谢父亲与母亲不辞辛苦地为我付出，也感谢儿子许泺钒在我枯燥的学术研究中带给我幸福与快乐的每一瞬间。

  即将迈入不惑之年的自己，时常提醒自己不能懈怠，完成本书之后即将投入"新世纪城乡剧变语境下乡村振兴与新乡土文学"的研究中。路漫漫其修远兮，吾将上下而求索！未来充满希望与挑战，而我将一直在路上，前进！

许 峰

2022 年 7 月 16 日于银川湖畔嘉苑荣盛苑